Jürgen Ehlers

Fantom

Die »Kommissar Berger«-Reihe:
Mitgegangen
Neben dem Gleis (E-Book)
Die Nacht von Barmbeck (E-Book)
In Deinem schönen Leibe
Blutrot blüht die Heide
Nur ein gewöhnlicher Mord (E-Book)
Im Haus der Lügen

Darüber hinaus vom Autor bei KBV erschienen:
Mann über Bord
Der Wolf von Hamburg
Die Hyäne von Hamburg
Die Schlange von Hamburg
Abmurksen und Gin trinken

Jürgen Ehlers wurde 1948 in Hamburg geboren und lebt heute mit seiner Familie auf dem Land. Seit 1992 schreibt er Kurzkrimis, die in verschiedenen Verlagen im In- und Ausland veröffentlicht wurden, und ist Herausgeber von Krimianthologien. Er ist Mitglied im »Syndikat« und in der »Crime Writers' Association«. Sein erster Kriminalroman *Mitgegangen* wurde in der Sparte Debüt für den Friedrich-Glauser-Preis nominiert.

Jürgen Ehlers

Fantom

KBV

MIX
Papier aus verantwortungsvollen Quellen
FSC® C083411

Originalausgabe

www.kbv-verlag.de
E-Mail: info@kbv-verlag.de
Telefon: 0 65 93 - 998 96-0
Umschlaggestaltung: Ralf Kramp
Lektorat: Volker Maria Neumann, Köln
Druck: CPI books, Ebner & Spiegel GmbH, Ulm
Printed in Germany
ISBN 978-3-95441-562-5

»Die Bombe platzt um 20 Uhr.
Roy Clark …«

(Hektor von Usedom, *Roy-Clark-Ballade,* 1967)

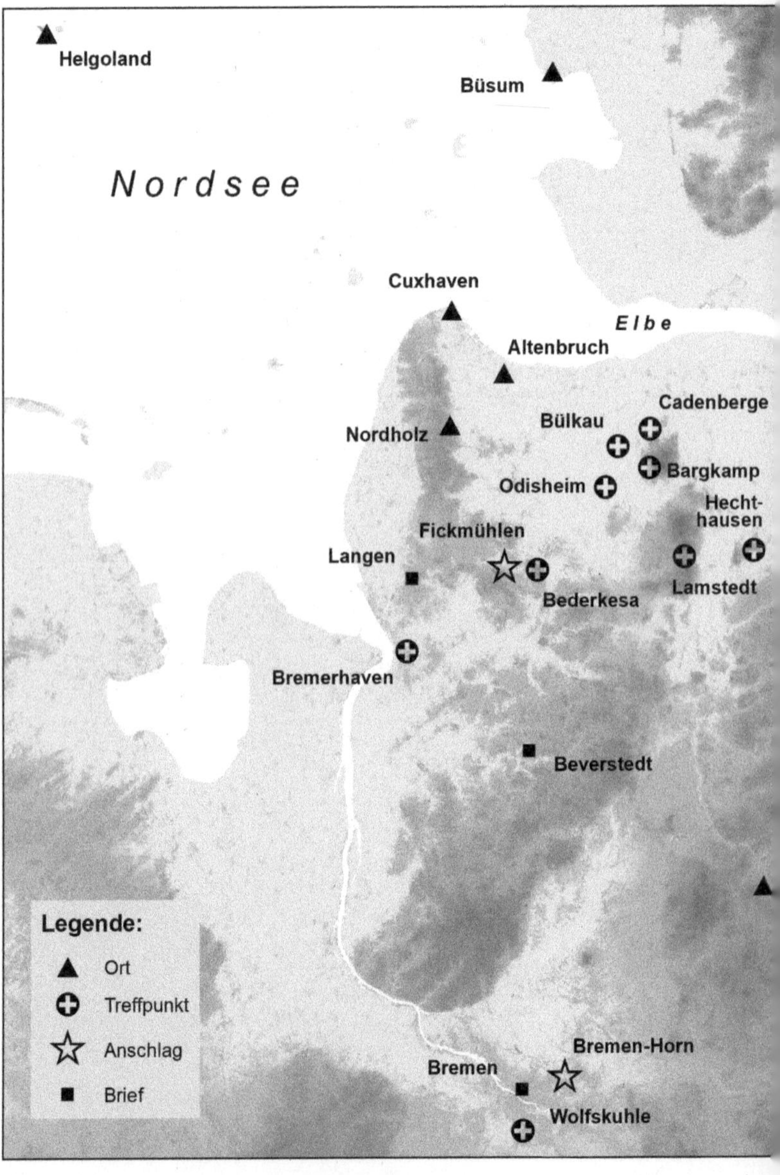
Helgoland
Büsum
Nordsee
Cuxhaven
Elbe
Altenbruch
Cadenberge
Bülkau
Nordholz
Bargkamp
Odisheim
Hecht-
hausen
Fickmühlen
Langen
Bederkesa
Lamstedt
Bremerhaven
Beverstedt
Legende:
Ort
Treffpunkt
Anschlag
Brief
Bremen-Horn
Bremen
Wolfskuhle

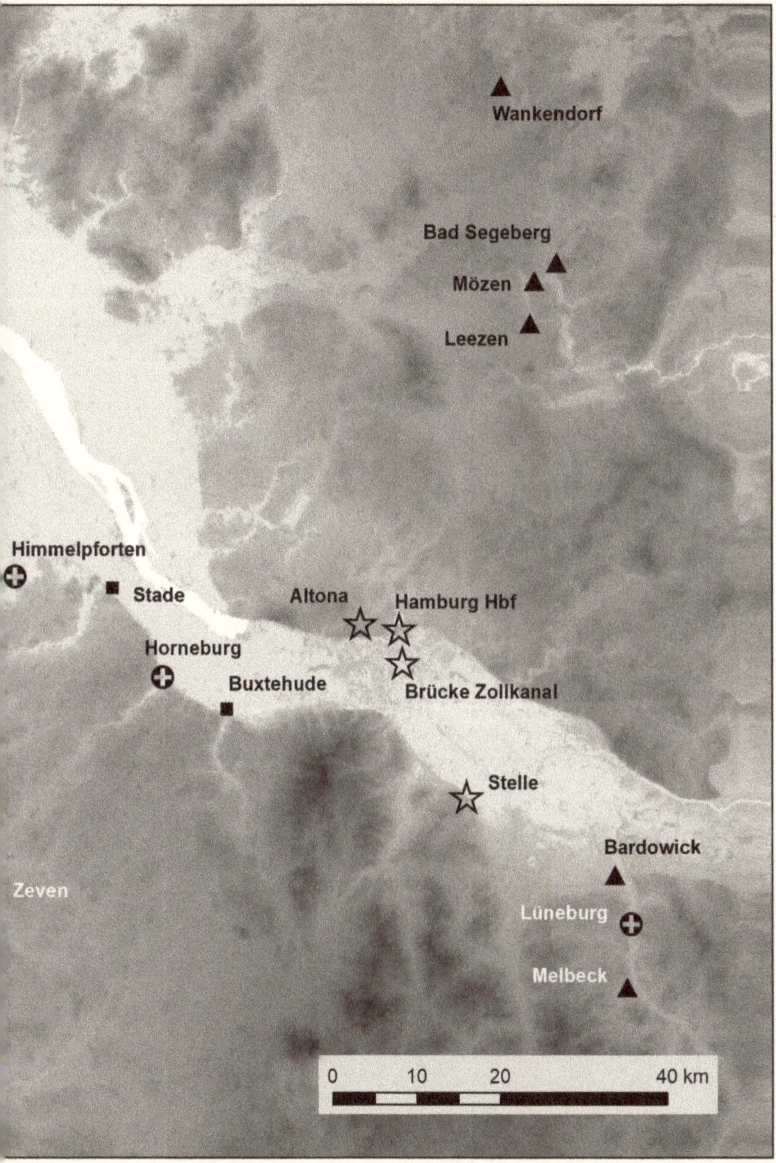
Wankendorf
Bad Segeberg
Mözen
Leezen
Himmelpforten
Stade
Altona
Hamburg Hbf
Horneburg
Buxtehude
Brücke Zollkanal
Stelle
Bardowick
Zeven
Lüneburg
Melbeck
0
10
20
40 km

Bombe im Schließfach

8. Dezember 1966 - 24. Dezember 1966

Donnerstag, 8. Dezember 1966

Endlich eine freie Telefonzelle! Alexander Dobruck zog den Zettel mit der Telefonnummer aus dem Portemonnaie, dann warf er zwanzig Pfennige ein und wählte die Nummer. Er hörte das Freizeichen. Einmal – zweimal – verdammt! Wenn nun niemand ranging?

Doch der Hörer wurde abgehoben. Endlich. Eine Frauenstimme, freundlich und nichtssagend: »Hamburger Abendblatt, was kann ich für Sie tun?«

Alexander räusperte sich. »Hier ist Roy Clark. Hauptbahnhof. In einer Viertelstunde geht die Bombe hoch.«

»Was? Was soll das …?«

Alexander legte auf. Das hatte geklappt. Er sah auf die Uhr. Noch vierzehn Minuten.

Bombenalarm! Pagels war schon weg, Roeder übernahm die Telefonwache, Berger hastete los. Eine Bombe im Hauptbahnhof!

Vom neuen Polizeipräsidium war es nur ein Katzensprung bis zur S-Bahn Berliner Tor. Horst Berger knöpfte sich im Fahrstuhl den Mantel zu, rannte aus dem Haus, zur Unterführung und dann in den Bahnhof hinein. Die S-Bahn Richtung Blankenese lief gerade ein. Berger sprang die Treppe hinunter, bahnte sich einen Weg durch die Fahrgäste, die in die Gegenrichtung eilten. Der Zug war schon abgepfiffen und die Türen schlossen sich bereits. »Zurückbleiben bitte!«, tönte die ärgerliche Stimme des Fahrdienstleiters aus dem Lautsprecher. Berger kümmerte sich nicht darum. Er riss die Türen mit Gewalt wieder auf, zwängte sich in den Wagen, und schon fuhr der Zug los. Eine ältere Dame schüttelte missbilligend den Kopf.

Knappe fünf Minuten dauerte die Fahrt vom Berliner Tor bis zum Hauptbahnhof. Knappe fünf Minuten Zeit, darüber nachzudenken, was jetzt geschehen musste. Bombenalarm – das hieß also, dass die Bombe noch nicht explodiert war. Wenn es denn überhaupt eine Bombe gab. In den meisten Fällen war es ein Fehlalarm. Irgendein Witzbold, der sich einen Scherz erlaubt hatte oder einfach mal testen wollte, wie lange es wohl dauerte, bis die Polizei kam. Oder die Feuerwehr.

Aber wenn es nun kein Scherz war?

Der Hamburger Hauptbahnhof war ein sehr massives Gebäude, schätzungsweise hundert Meter lang und fünfzig Meter breit. Er hatte den Zweiten Weltkrieg ohne allzu große Schäden überstanden. Das hieß, man würde eine sehr große Bombe brauchen, um ihn zum Einsturz zu bringen. Das würde also nicht geschehen. Aber auch ein kleinerer Sprengsatz konnte erheblichen Schaden anrichten, es könnte Verletzte geben, vielleicht sogar Tote. Horst Berger sah sich im Abteil um. Zwanzig Leute ungefähr. Eine Mutter mit einem kleinen Kind. Sollte er die Fahrgäste warnen? Wovor? Niemand konnte wissen, was passieren würde. Und ob überhaupt etwas passieren würde.

Der Zug lief in den Hauptbahnhof ein. Normaler Feierabendbetrieb. Nichts war abgesperrt. Bis jetzt war die Bombe offensichtlich noch nicht explodiert. Berger sah auf die Uhr. Der Anruf war nicht direkt bei der Polizei eingegangen, sondern beim Abendblatt. Zeitpunkt wahrscheinlich ungefähr 19:45 Uhr. Wenn die Bombe durch einen Zeitzünder gezündet werden sollte, wäre 20:00 Uhr naheliegend. Noch drei Minuten.

Horst eilte den Bahnsteig entlang in Richtung Wandelhalle. Er rannte die Treppe hinauf. Ein Schutzmann hielt ihn auf. »Sie können hier nicht durch!«

»Kriminalpolizei«, sagte Berger ärgerlich.

Der Uniformierte verstand ihn nicht oder wollte ihn nicht verstehen. »Sie können hier nicht durch!«, wiederholte er. »Gehen Sie bitte zurück und verlassen Sie den Bahnhof über den Südsteg.«

Berger hielt dem Mann seinen Dienstausweis vor die Nase und drängte sich an ihm vorbei. Immerhin war die Schutzpolizei alarmiert worden, das war gut. Die Wandelhalle war aber keineswegs verlassen. Polizei und Feuerwehr bemühten sich ohne allzu große Hast, die Menschen nach draußen zu schicken. Der große Zeiger der Bahnhofsuhr sprang auf die Zwölf. Nichts geschah.

Zwei Männer vom Kampfmittelräumdienst standen unschlüssig mitten in der Halle. Berger kannte die beiden. Sie hatten ihm einst ein Metallsuchgerät ausgeliehen, als er seinen Trauring verloren hatte. »Was machen Sie denn hier?«, fragte der eine.

Berger zuckte mit den Achseln. »Das ist ein Fall für die Kriminalpolizei, denke ich.«

»Später vielleicht, wenn es hier wirklich kracht, aber bis jetzt haben wir keine Anzeichen dafür.«

Die beiden Männer wussten jedenfalls, was der unbekannte Anrufer am Telefon gesagt hatte. »Er hat sich kurzgefasst. ›Hier ist Roy Clark‹, hat er nur gesagt. ›Hauptbahnhof. In einer Viertelstunde geht die Bombe hoch.‹«

»Die Bombe hat Verspätung«, stellte Berger fest.

In diesem Augenblick explodierte der Sprengsatz. Berger zuckte zusammen. Es war keine besonders heftige Explosion, aber dass etwas explodiert war, daran bestand kein Zweifel. Aus einem der Schließfächer drüben drang beißender, schwarzer Qualm, und es roch nach abgebranntem Feuerwerk. Berger dachte: Da hat sich jemand einen Scherz erlaubt. Wenn das alles ist, haben wir Glück gehabt.

Der Kampfmittelräumdienst war anderer Ansicht. Der zuständige Einsatzleiter drang energisch darauf, dass die Bahnhofshalle, die sogenannte Wandelhalle, jetzt sofort geräumt wurde. Auch das Personal aus den Läden musste nach draußen. Berger ging in die Gegenrichtung, um den Ort der Explosion in Augenschein zu nehmen. Die Tür eines der Fächer war aufgesprungen. Schließfach 134. Ein Feuerwehrmann packte mit Schutzhandschuhen zu und zog eine Aktentasche nach draußen. Die Tasche selbst war kaum beschädigt, aber der Inhalt war vollständig verkohlt.

»Alle Schließfächer aufmachen«, verlangte der Mann vom Kampfmittelräumdienst. »Wir müssen sicherstellen, dass da nicht noch weitere Bomben drin sind.«

Aber es gab keine weiteren Bomben.

»Na, was sagen Sie dazu, Herr Hauptkommissar?«, fragte der Mann mit den Handschuhen.

»Es riecht nach Feuerwerk«, sagte Berger.

»Ja, Feuerwerk. Schwarzpulver ist das, was hier verbrannt ist. Damit kann man eine Menge Schaden anrichten, wenn man es richtig macht. Aber wer auch immer diese Bombe hier deponiert hat, der hat nicht gewusst, wie man es richtig macht. Das meiste Pulver ist einfach nur verbrannt und nicht explodiert.«

Eine Stunde später war die Wandelhalle schon wieder geöffnet. Nur der Bereich mit den Schließfächern blieb abgesperrt. Die Spurensicherung suchte nach Fingerabdrücken. Feierabend, dachte Horst Berger. Eigentlich war es Zeit, nach Hause zu gehen. Aber er musste zurück ins Präsidium, Bericht erstatten, einen Schlachtplan für den nächsten Tag entwerfen.

Es war fast Mitternacht, als er sich auf den Heimweg machte. Kurz erwog er, noch bei seinem Vater und seiner Halbschwester Susanne vorbeizuschauen. Er verwarf den Gedanken aber. Er wollte jetzt mit niemandem diskutieren. Er wollte schlafen.

Die kleine Wohnung im Universitätsviertel hatte Horst von seinem Sohn übernommen, als Michael nach Berlin gegangen war. Sie lag im Hinterhof eines der alten Häuser am Mittelweg, war klein, aber frisch renoviert und seit Irmi weg war für seinen Bedarf vollständig ausreichend. Der Vermieter hatte wahrscheinlich gedacht, dass dort ein Student einziehen würde, aber ein Polizist war ihm hochwillkommen. Da war jedenfalls sicher, dass die Miete pünktlich bezahlt wurde. Wenn der Vermieter gewusst hätte, wie wenig ein Polizist verdiente, hätte er vielleicht doch lieber einen Studenten genommen.

Horst öffnete den Briefkasten. Zwei Briefe. Der eine kam von der Besoldungsstelle und enthielt die Gehaltsbescheinigung, der andere kam von der Haspa und informierte ihn über den aktuellen Stand seines Girokontos. Jetzt, nach Eingang des Weihnachtsgeldes, sah es gar nicht so schlecht aus. Aber im Januar war die Kfz-Versicherung fällig. Das war der Moment, in dem er sich jedes Jahr wieder die Frage stellte, ob er eigentlich ein Auto brauchte. Er hatte diese Frage bisher immer mit Ja beantwortet, obwohl natürlich das Präsidium mit der S-Bahn problemlos zu erreichen war.

Es war kalt im Zimmer. Das Fenster stand auf Kipp. Horst schloss es und drehte die Heizung auf. Er nahm das Butterbrot aus der Aktentasche, welches er vorhin aus der Kantine mitgebracht hatte. Es schmeckte ihm nicht. Die Butter war zu dick aufgetragen, die Mettwurst zu alt. Ein Blick in den Kühlschrank. Eine letzte Flasche Astra. Mist, dachte Horst. Alles Mist.

Er hatte alles verpatzt. Irmi – er hatte die Chance versäumt, sich mit ihr zu versöhnen. Jetzt war sie aus Aumühle weggezogen, und in der Sparkasse wusste niemand, wo sie geblieben war. Zumindest sagte es ihm niemand. Das Einzige, was geblieben war, war ihr Foto. Horst hatte es mit Heftzwecken an die Wand gepinnt. Und da war sie nun, Irmi, und guckte leicht spöttisch auf ihn herab.

Freitag, 9. Dezember 1966

Lagebesprechung. Alle waren müde. Haydn gähnte. »Wir wissen inzwischen etwas genauer, wie die Bombe gebaut war«, erklärte der Mann von der Spurensicherung. »Als Sprengstoff hat der Täter eine Mischung aus Salpeter, Kaliumchlorat, Schwefel, Puderzucker, Kohlenstaub und Sägemehl benutzt …«

»Und drei Eier«, sagte Wilfried Pagels.

Der Spezialist blickte irritiert auf.

»Das Ganze klingt nach einem Kuchenrezept«, behauptete Pagels. »Nur die Eier fehlen.«

»Bitte, Herr Pagels! – Die Sprengladung war in einer Caro-Kaffeedose untergebracht …«

»Sag ich doch! Kaffee und Kuchen!«

Horst stieß Wilfried an. »Sei still!«

»Die Dose war zusammen mit Kleidungsstücken in einer Aktentasche untergebracht. Als Zeitzünder dienten ein Reisewecker und eine Taschenlampenbatterie.«

»Das klingt nicht besonders professionell«, stellte Berger fest.

»Ja und Nein. Einerseits ist Schwarzpulver aufgrund seiner geringen Brisanz nicht besonders gut geeignet, wenn man mit seiner Bombe größere Schäden anrichten will. Andererseits sind die Dinge, die ich Ihnen eben beschrieben habe, relativ leicht erhältlich und daher für private Bombenbastler wahrscheinlich attraktiv.«

»Die Brisanz …«, hakte Berger nach.

»Entschuldigung, ich vergaß, dass Sie nicht vom Fach sind. Die Brisanz, das ist das Zertrümmerungsvermögen eines Sprengstoffs. Und da gibt es erhebliche Unterschiede. Wenn Sie einen hochbrisanten Sprengstoff nehmen, also zum Beispiel Nitroglyzerin oder TNT, dann haben Sie eine Detonationsgeschwindigkeit von zehntausend Meter pro Sekunde. Wenn Sie dagegen Schwarzpulver verwenden, dann explodiert das nur mit vierhundert Meter pro Sekunde.«

»Also ist es sicherer in der Handhabung als zum Beispiel TNT?«

Der Mann schüttelte den Kopf. »Im Gegenteil. TNT und viele andere moderne Sprengstoffe können Sie bloß mit einem speziellen Initialzünder zur Detonation bringen. Schwarzpulver zündet viel leichter. Insofern reichte die Verwendung des Weckers und der Batterie aus, um die Ladung zu entzünden. Bei der Wirkung einer Sprengung mit Schwarzpulver kommt es allerdings auf die Verdämmung an, wenn das Pulver nicht nur abbrennen, sondern auch explodieren soll. Und daran ist unser Attentäter gescheitert. Eine Caro-Kaffeedose reicht einfach nicht aus. «

»Wie ist der Mann überhaupt an das Schwarzpulver gekommen?«, fragte Roeder.

»Das ist kein Problem. Jeder kann sich ohne große Mühe Schwarzpulver beschaffen. Es ist zum Beispiel in ganz normalen Feuerwerkskörpern enthalten. Wenn man also zu Silvester ein paar Mark mehr ausgibt und sich entsprechend viele Kanonenschläge kauft, dann kann man sich daraus eine Bombe basteln. Das ist der Weg, den ein Amateur wahrscheinlich einschlagen würde. Relativ umständlich. Aber man kann das Schwarzpulver auch in größeren Mengen ganz normal käuflich erwerben, wenn man zum Beispiel Mitglied in einem Vorderlader-Schießsportverein ist. Für Vorderlader braucht man das Pulver. Die Genehmigung für den Erwerb stellt das örtliche Landratsamt aus. In Hamburg gibt es kein Landratsamt, hier wäre das Amt für Arbeitsschutz zuständig.«

»Haydn, stellen Sie fest, wie viele solche Genehmigungen in den letzten Jahren erteilt worden sind.«

Kommissar Haydn schreckte hoch. Er hatte ganz offensichtlich geträumt.

»Und an wen«, fügte Berger sicherheitshalber hinzu.

Inzwischen war die neueste Ausgabe des Hamburger Abendblattes eingetroffen. Trudchen, die Sekretärin, brachte ein Exemplar. »Ihr habt es wieder nicht bis auf die Titelseite geschafft«, sagte sie.

»Ja, das reicht natürlich nicht«, lästerte Pagels. »Einfach nur den Hauptbahnhof in die Luft sprengen, das reicht heutzutage nicht mehr. Da muss man sich schon ein bisschen mehr einfallen lassen.«

Trudchen lachte. Nebenan klingelte das Telefon. »Ich komme, ich komme!« Sie eilte davon.

Horst Berger blätterte in der Zeitung. »Immerhin stehen wir auf Seite drei«, stellte er fest. Es war ein sehr knapper Bericht, der mit den Sätzen endete: *Die Ermittlungen nach dem Täter sind noch nicht abgeschlossen. Vermutlich handelt es sich um einen Mann, der sich einen üblen Scherz erlaubt hat.* Horst deutete auf den Text. »Wer hat sich denn das ausgedacht? Von uns stammt das nicht!«

»Das stammt von mir.« Kriminalrat Petersen war durch die offene Tür ins Zimmer getreten. »Unser oberstes Ziel muss es sein, jede Panik zu vermeiden. Ich freue mich, dass es uns gelungen ist, in Zusammenarbeit mit der Schutzpolizei und der Feuerwehr das Aufsehen gering zu halten, das dieser kleine Vorfall im Hauptbahnhof hervorgerufen hat. Der Bahnverkehr ist sicher, das soll auch dem letzten Bürger klar sein.«

Horst runzelte die Stirn. Ewald Petersen war nicht unsympathisch, aber er war ein Freund einsamer Entscheidungen.

»Herr Berger, Sie machen den Eindruck, als ob Sie mit dieser Entscheidung nicht einverstanden sind.«

Berger nickte. »Ich halte dieses Vorgehen für falsch. Ich halte es für wichtig, dass wir der Bevölkerung die Wahrheit sagen. Der Sprengstoff hätte ausgereicht, um erheblichen Schaden anzurichten, und es hätte leicht Verletzte oder gar Tote geben können. Das kann das nächste Mal ganz anders ausgehen.«

»Sollen die Leute denn nicht mehr mit der Bahn fahren?«

»Doch, aber sie sollen ganz einfach wissen, woran sie sind.«

Der Kriminalrat schüttelte den Kopf. »Wir wissen ja selbst nicht, woran wir sind. Wenn Sie wirklich etwas für die Bevölkerung tun wollen, dann sorgen Sie dafür, dass es kein nächstes Mal gibt. Finden Sie den Täter, nehmen Sie ihn fest. Mehr gibt es dazu nicht zu sagen.« Er schlug die Tür hinter sich zu.

Im nächsten Moment betrat Trudchen das Zimmer. »Ist er weg?«

Pagels lachte.

»Es ist eben ein Anruf von der Bundesbahndirektion gekommen. Der ist bei mir gelandet, und ich hatte das Gefühl, dass es im Augenblick nicht sehr sinnvoll wäre, wenn ich das Gespräch direkt an Sie weiterleite.«

»Ja«, sagte Berger knapp.

»Hier herrscht gerade schlechte Stimmung«, erläuterte Pagels. »Wundern Sie sich also nicht, wenn unser Kollege Berger morgen das Präsidium in die Luft sprengt. Teilen Sie dann einfach der Presse mit, es habe sich vermutlich um einen Scherz gehandelt.«

»Oh. – Jedenfalls gibt es eine wichtige Neuigkeit. Die Bundesbahndirektion hat in ihren Unterlagen nachgeforscht und dabei eine Art Erpresserbrief gefunden. Die Herrschaften glauben, dass der für uns von Interesse sein könnte.«

»Erpressung«, sagte Berger. »Da haben wir das Motiv.«

Die Besprechung fand in der Bundesbahndirektion in der Museumsstraße in Hamburg-Altona statt. Horst Berger war verblüfft über die Größe der Anlage. Während Pagels das Modell einer Dampflokomotive bestaunte und Roeder versuchte, sich auf der Übersichtstafel zurechtzufinden, wandte sich Horst direkt an den Hausmeister: »Entschuldigen Sie, wo finden wir den Kleinen Sitzungssaal?«

»Ich bringe Sie eben hin, das ist am einfachsten.«

Sie waren nur zu fünft. Die beiden Vertreter der Bundesbahn stellten sich vor und begrüßten die Polizisten mit Handschlag. Rutter war als Abteilungsleiter für den Betriebsablauf zuständig, Ronsdorf für Bau, Unterhaltung und Fahrzeuge.

»Ich nehme an, Sie trinken einen Kaffee?«, fragte Rutter. Er hatte eine seidenweiche Stimme.

»Für mich bitte einen Tee«, sagte Roeder.

Rutter rief eine Sekretärin, die sich um den Tee kümmern sollte. Der Kaffee stand in zwei großen Kannen bereit.

Horst Berger sagte: »Sie hatten also doch einen Erpresserbrief bekommen. Ist das richtig?«

»Zwei sogar. Der erste kam am 15. Oktober. Aber den haben wir nicht ernst genommen. Das sah aus wie der Scherz eines kleinen Kindes. Sehen Sie selbst!«

Auf dem Umschlag stand in unbeholfener Sütterlin-Schrift:

An die
Bundesbahndirektion
Hamburg

Es war ein ganz gewöhnlicher, ungefütterter Briefumschlag billigster Sorte. Die Briefmarke zeigte das Brandenburger Tor in Grün. Zwanzig Pfennige. Der Brief war unterfrankiert; seit dem 1. April 1966 waren dreißig Pfennige zu zahlen. Er war dennoch glatt durchgelaufen. Der Brief war abgestempelt in *Buxtehude 1*, auf dem Stempel neben der Briefmarke stand *Heimatstadt von Has' und Swinegel*. Im Gegensatz zu der Adresse war der Text im Inneren des Briefes mit sehr ungelenken, großen Druckbuchstaben geschrieben. Der Text lautete:

ROY CLARK
HAMBURG
EIN NEUER KUP. BAHNUNTERFÜHRUNG
BEI STELLE-MASCHEN
WENN ZUG NICHT ENTGLAIST IST
HABT IHR NOCH MAL GLÜK GEHABT
NÄCHST MAL WIRD SCHLIMMER
Und
ES WIRD GEBETEN
JEDER EINE
DA DIESEN BRIEF BEKOMMT
IN HÄND - ZU ÖFFNEN
UND WEITERLEITEN
MENSCHENLEBEN IN GEFAHR

»Aber es hat im Oktober keinen Anschlag gegeben?«, fragte Horst zur Sicherheit nach.

»Nein. – Und dann kam der zweite Brief.«

»Wann?«

»Am 4. Dezember. Ein Brief, in dem Geld verlangt wurde.«

»Das war vier Tage vor dem Anschlag im Hauptbahnhof«, stellte Berger fest. »Warum haben Sie uns nicht informiert?«

»Wir haben den Brief ebenfalls nicht ernst genommen.«

»Der zweite Erpresserbrief in kurzer Folge? Und den haben Sie nicht ernst genommen?«

Rutter nickte. »Und als wir gestern den Anruf bekommen haben, habe ich zunächst geglaubt, dass das auch nur ein Scherz sein könne, aber jetzt nach der Explosion ...«

Horst ärgerte sich. Der Kerl war aalglatt. »Aber als dann die Bombe im Hauptbahnhof explodiert ist, da müssen Sie doch den Zusammenhang gesehen haben?«

»Ja.«

Ronsdorf räusperte sich. Der Mann hatte sich bisher noch gar nicht geäußert. Jetzt sagte er: »Sie wundern sich vielleicht über unsere langsame Reaktion. Wir sind ein staatliches Unternehmen, wir gehören zum Sondervermögen des Bundes. Unser oberstes Ziel ist die Dienstleistung. Schnelle Entscheidungen sind nicht gefragt. Und mit Kriminalität haben wir normalerweise nichts zu tun.«

Sie haben versucht, die Erpressung zu ignorieren, dachte Berger. Jetzt ließ sie sich nicht länger ignorieren. »Der Anruf bei der Zeitung belegt jedenfalls, dass der Anschlag auf diesen Roy Clark zurückgeht«, sagte er.

Freitag, 9. Dezember 1966

Alexander Bordan Dobruck, geboren am 1.5.1927 in Celle, 1,67 m groß, staatenlos, so stand es in seinem Fremdenpass. Waltraud war verblüfft gewesen, als sie zum ersten Mal das blassblaue Dokument ihres späteren Mannes gesehen hatte. »Warum hast du keinen grauen Personalausweis wie wir alle?«

»Ich bin staatenlos«, hatte Alexander geantwortet.

»Staatenlos? Was soll das heißen?« Damit konnte Waltraud nichts anfangen. Ihrer Meinung nach gehörte jeder Mensch in irgendeinen Staat. Und wer Deutsch sprach und in Deutschland lebte, der war eben ein Deutscher.

»Das reicht nicht aus«, sagte Alexander. »Ich bin zwar in Deutschland geboren, aber ich bin trotzdem kein Deutscher. Mein Vater stammt aus dem heutigen Polen. Als er geboren wurde, gehörte das Dorf in Galizien, aus dem er stammte, noch zu Österreich-Ungarn. Nach dem Ersten Weltkrieg fiel es an Polen. Meine Mutter hieß ursprünglich Maria Kydrowski. Das ist ein polnischer Name. Aber die Polen wollten uns nicht haben. Die ukrainische Minderheit sollte verschwinden. Schon vor Beginn des Zweiten Weltkrieges haben Hitler und Stalin Galizien unter sich aufgeteilt. Und die Deutschen wurden 1939/40 ins Reich umgesiedelt. So sind meine Eltern aus Galizien nach Deutschland gekommen. Sie sprachen Deutsch, aber sie waren gar keine Deutschen. Der Staat, in dem sie gelebt hatten, der existierte nicht mehr. So waren sie auf einmal staatenlos.«

»Das stelle ich mir furchtbar vor, wenn man nirgendwo zu Hause ist«, sagte Waltraud.

Alexander nickte. »Es war gewiss nicht leicht. Und hinzu kam, dass meine Eltern nicht besonders gut Deutsch sprachen. So konnte mein Vater nur als ungelernter Arbeiter anfangen. Er hat in Celle bei der Eisenbahn gearbeitet.«

»Bei der Reichsbahn«, vermutete Waltraud.

Alexander schüttelte den Kopf. »Nicht bei der Reichsbahn. Die hatten ihn nicht haben wollen. Aber bei der Kleinbahn Celle-Wittingen, da konnte er anfangen. Und so kam es, dass meine Eltern nach Celle gezogen sind, und da bin ich dann auch geboren worden.«

»Kleinbahn?«, fragte Waltraud. So etwas kannte sie nur aus dem Lied von Bolle. Sie sang leise:

»Die Kleinbahn hat Verspätung,
und 14 Tage drauf,
da fand man unsern Bolle
als Dörrgemüse auf.«

Alexander fand das nicht witzig. »Die Kleinbahn war in Wirklichkeit eine ganz normale Eisenbahn«, sagte er. »Keine Schmalspurbahn, wie man sie vielleicht in irgendwelchen Kiesgruben findet, sondern alles Normalspur. 1,43 Meter und fünf Millimeter. Genau wie die Reichsbahn auch. Genau wie die heutige Bundesbahn. Der einzige Unterschied bestand in der Bezahlung. Mein Vater hat weniger Geld gekriegt. Er war ja nicht beim Staat angestellt, sondern bei einer privaten Eisenbahngesellschaft.«

»Aber ihr seid durchgekommen«, stellte Waltraud fest.

»Mehr schlecht als recht«, brummte Alexander. Natürlich hätten sie viel leichter mit dem Geld auskommen können, wenn sein Vater nicht angefangen hätte zu trinken. Aber diesen Punkt wollte er jetzt nicht ansprechen. Er trank ja selbst zu viel. Und seine eigenen finanziellen Verhältnisse waren ziemlich unerfreulich.

»1927 geboren.« Waltraud rechnete. »Dann bist nicht mehr im Krieg gewesen, oder?«

Doch, er war im Krieg gewesen. Anfangs hatten sie ihn nicht haben wollen, weil er ja kein Deutscher war. Aber später wurde jeder gebraucht, und da spielte seine Staatenlosigkeit keine Rolle mehr. Er sprach ja Deutsch, war gesund und damit wehrtauglich. »Als sie mich schließlich eingezogen haben, da war der Krieg schon fast vorbei. Ich bin zunächst nach Neumünster gekommen, und da haben sie mich zum Soldaten ausgebildet. Eigentlich hätten wir ja nach der Ausbildung direkt an die Front gehen sollen, aber irgendjemand an höherer Stelle hat anders entschieden, und wir wurden alle nach Dänemark geschickt, zur Flak nach Kollund.«

Waltraud wusste nicht, wo Kollund lag.

»Zwischen Flensburg und Sonderburg«, erläuterte Alexander. »Und da haben die Engländer uns dann schließlich gefangen genommen. Keiner wusste, was weiter passieren würde. Es gab die tollsten Gerüchte. Angeblich sollten wir als so eine Art Arbeitssklaven eingesetzt werden, um all das wieder aufzubauen, was die deutsche Luftwaffe in England zerstört hatte. Aber dazu hatte ich nicht die geringste Lust. Da bin ich abgehauen.«

»Zu deinen Eltern«, vermutete Waltraud.

Alexander schüttelte den Kopf. »Ich habe einen großen Bogen um Celle gemacht«, sagte er. »Ich hatte ja keine Entlassungspapiere, und falls die Engländer nach mir fahnden sollten, dann würden sie mich natürlich bei meinen Eltern zuerst suchen. Nein, ich bin direkt nach Süddeutschland, in die französische Zone, weg von den Engländern. Im Suff habe ich dann einen Fünfjahresvertrag bei der Fremdenlegion unterschrieben. So kam ich schließlich nach Indochina.«

Alexander wusste inzwischen, dass seine Frau an seinen Erlebnissen in der Fremdenlegion nicht wirklich interessiert war. Er hatte ihr nur von dem erzählt, was beim oberflächlichen Hinsehen von Bedeutung war. Vom Geld. In Indochina, als er im Norden, in Tongking eingesetzt war, hatte er achttausend Piaster im Monat bekommen. Das waren ungefähr tausendsechshundert D-Mark. Da keine Kosten für Unterkunft und Verpflegung anfielen, hätte er ein kleines Vermögen sparen können. Es gab Kameraden, die das tatsächlich machten. Einer der Unteroffiziere hatte ihm erzählt, dass er in jedem Monat dreitausend Piaster auf eine französische Bank in Paris überwies. Der Betrag, den er dort inzwischen angespart hatte, betrug mehr als zwei Millionen französische Franc. Fünfundzwanzigtausend D-Mark waren das. Davon wollte er später in Deutschland ein Geschäft eröffnen. Später. Wenn es denn ein Später gab.

»Und was hast du gemacht mit dem vielen Geld?«, fragte Waltraud jetzt.

»Ich habe keine dreitausend Piaster auf die Bank überwiesen. Ich habe überhaupt kein Geld irgendwohin überwiesen. Ich habe es ausgegeben. Für Zigaretten, für Alkohol, für leichte Mädchen. Irgendeinen Ausgleich brauchte man doch dafür, dass man dort in Indochina in der Tropenhitze Tag für Tag sein Leben riskierte.« In Wirklichkeit hatte er Glück gehabt. Die meiste Zeit war er nicht unmittelbar an der Front gewesen, und die meiste Zeit geschah gar nichts. Man stand irgendwo auf Posten und wartete, bis man abgelöst wurde. Nur einmal hatte er einen Fallschirmjägereinsatz mitgemacht. Das Dorf, über dem sie abgesprungen waren, war von den Vietminh besetzt worden …

»Vietminh?« Waltraud wusste nicht, wovon er redete.

»Kommunistische Partisanen«, erläuterte Alexander. »Freiheitskämpfer für die einen, Mörder für die anderen, je nachdem, auf welcher Seite man stand.« Dieser Einsatz hatte ihm von Anfang an nicht gefallen. Es war offensichtlich sinnlos gewesen, dieses unbedeutende Dorf zurückzuerobern, noch dazu kurz vor der Regenzeit. Aber irgendein deutscher Weltreisender, der sich mit dem Fahrrad bis nach Indochina durchgeschlagen hatte, hatte gefragt, ob er einen Einsatz der Expeditionsarmee sehen könne, und so hatte das Oberkommando diese Aktion angeordnet. Sie hofften natürlich auf einen positiven Bericht in der deutschen Presse über das *Corps expéditionnaire français en Extrême-Orient*. »Das Dorf war verlassen, aber schon als wir unter unseren Fallschirmen langsam in Richtung der Reisfelder schwebten, setzte Beschuss ein. Ich bin kein Held. Ich bin in Deckung gegangen, genau wie dieser Weltreisende. Helfgen hieß er. Heinz Helfgen. Als das Schießen aufhörte, sind wir hinter den Kameraden her, die irgendwo im angrenzenden

Dschungel ein Lager von Waffen und Munition vermuteten. Die Vermutung war richtig. Wieder fielen Schüsse, und schließlich winkte einer der vorderen Männer mit den Armen und rief: ›Hierher! Hier ist es!‹ Sie hatten das geheime Lager entdeckt. Der Mann sah schaurig aus. Er hatte einen Streifschuss abbekommen, und das Blut lief ihm über das Gesicht.«

»Bist du auch verwundet worden?«, wollte Waltraud wissen.

»Ja«, sagte Alexander knapp. Da sie die Waffen und die Munition nicht mitnehmen konnten, mussten sie alles, so gut es eben ging, unbrauchbar machen. Die Männer fluchten. Die Beschriftung der Kisten zeigte, dass es Material war, das die Amerikaner geliefert hatten, und das die Vietminh den Franzosen bei irgendeinem Überfall abgenommen hatten. Und es war zu viel Material. Die Zeit lief ihnen davon. Über Nacht hier draußen zu bleiben, das war lebensgefährlich. Geradezu selbstmörderisch. Sie mussten jetzt zurück ins Dorf. Es war verabredet, dass am Nachmittag ein paar Panzer über die *Route Coloniale 4* zu ihnen vordringen und sie abholen würden.

»Ein alter Mann hatte erschrocken gefragt, ob wir bleiben würden. Vielleicht war das derjenige gewesen, der uns die Lage des Waffenlagers verraten hatte. Natürlich waren wir nicht geblieben. Wir waren erleichtert gewesen, als wir bei Einbruch der Dunkelheit endlich am Ziel ankamen. Die Panzerfahrer hatten einige der Reservekanister mit Rotwein gefüllt. So wurde es noch ein sehr netter Abend.«

»Mir scheint, ihr habt viel Spaß gehabt in Indochina«, sagte Waltraud.

»Spaß?« Absolut nicht, dachte Alexander. »Am nächsten Morgen kamen wir endlich aus dem Dschungel heraus und zurück auf die Ebene. Niemand brauchte mehr zu marschieren; wir fuhren auf den Panzern mit. Wir waren in Sicherheit. Jedenfalls glaubten wir das. Plötzlich stieß mich mein Nebenmann an. Er deutete nach vorn. ›Da brennt irgendetwas!‹ Es war ein Außenposten unserer Expeditionsarmee. Die Reste davon. Der Wachturm war vollkommen abgebrannt. In den schwelenden Trümmern des kleinen Lagers fanden wir vier tote Schwarze, französische Soldaten aus dem Senegal, und die halb verkohlte Leiche eines vietnamesischen Mädchens. Dreißig Mann waren hier stationiert gewesen. Wir suchten die Umgebung nach Überlebenden ab. Wir suchten lange. Wir fanden niemanden.«

»Das reicht«, sagte Waltraud. Von solchen Dingen wollte sie nichts hören. Von solchen Dingen wollte überhaupt niemand etwas hören. Fast jeder hatte noch seine eigenen schrecklichen Erinnerungen an den Zweiten Weltkrieg, und der lag ja erst wenige Jahre zurück.

Die Fremdenlegion hatte Alexander Dobrucks Leben ruiniert.

»Als ich nach Deutschland zurückkam, da bin ich zuerst einmal zu meinen Eltern nach Celle gegangen. Aber, um es kurz zu machen, wir haben uns nicht verstanden. Sie waren inzwischen Deutsche geworden, hatten die deutsche Staatsbürgerschaft, und ich, ich war gar nichts. Nicht nur hatte ich diesen lächerlichen Fremdenpass, sondern obendrein war ich in der Fremdenlegion gewesen, und das war hier in der Bundesrepublik Deutschland keine Empfehlung. In der Fremdenlegion, so hieß es, da gäbe es doch nur Verbrecher und Taugenichtse.«

Sonnabend, 11. Dezember 1966, abends

Susanne saß vor dem Radio. Selbstvergessen sang sie mit:

»… as the miller told his tale
That her face, at first just ghostly
Turned a whiter shade of pale …«

Wilhelm Berger warf einen Blick auf die Skala. »AFN?«

Susanne zuckte zusammen. Sie hatte sich auf die Musik konzentriert und ihren Vater nicht kommen hören. »Ja, AFN Bremerhaven. Die deutschen Sender bringen ja keine vernünftige Musik. Und Radio Luxemburg kriegen wir hier nicht rein.«

»Ich wollte dich nicht stören. Dein Bruder hat angerufen, er kommt etwas später.«

»Ja, das habe ich mir schon gedacht. Horst kommt meistens später. Wenn er überhaupt kommt.« Susanne schob die Taube aus Porzellan zur Seite und drehte das Radio leiser.

Wilhelm lächelte. »Manchmal denke ich, es ist noch gar nicht lange her, dass du als ein kleines, wildes Mädchen ausgelassen zu irgendeiner Jazzmusik durchs Haus getanzt bist.«

»Dreißig Jahre.« Susanne lächelte auch, aber es lag etwas Wehmütiges in ihrem Ausdruck. »Negermusik hast du das damals genannt«, sagte sie. »Das fand ich lustig. Aber das Leben ist nicht mehr dasselbe wie damals. Es hat sich so vieles verändert. Die Jahre in Amerika – ich bin nicht mehr dieselbe wie damals, als ich hier bei euch in Hamburg aufgewachsen bin.«

»Jedenfalls warst du in Sicherheit.«

»In Sicherheit, ja.« Sie war kein kleines Kind mehr gewesen, und sie hatte sehr wohl begriffen, dass es richtig war, dass Wilhelm und Dagmar, ihre Mutter, sie nach

Amerika geschickt hatten. Dennoch hatte sie es ihnen lange Zeit nicht verziehen.

»Es war ein Handstreich«, erinnerte sich Wilhelm. »Wir waren uns ja keineswegs sicher, ob dein Vater dich wirklich aufnehmen würde. Wir haben ihm zwei Telegramme geschickt, aber erst, nachdem du längst mit der *Bremen* auf dem Weg nach New York warst, ganz kurz vor deiner Ankunft. Und einen Brief mit ein paar zusätzlichen Erklärungen auch.«

Susanne nickte. Sie hatte bisher sehr wenig über ihre Zeit in Amerika erzählt, und Wilhelm hatte sie nicht gedrängt. Aber jetzt war es Zeit, dass sie ein paar Dinge klarstellte. »Sie haben mich freundlich aufgenommen«, sagte sie. »Das muss ich sagen. Aber echte Liebe war da natürlich nicht. Mein Vater hatte ja neu geheiratet, und da gehörte ich einfach nicht dazu. Und später hatten die beiden dann noch einen eigenen Sohn. George. Er ist 1947 geboren. Ein süßes Kind. Mein neuer Bruder, sechzehn Jahre jünger als ich. Es war ein seltsames Gefühl. Ich war mir sehr deutlich der Tatsache bewusst, dass ich jetzt endgültig draußen war, in der Fremde, im wahrsten Sinne des Wortes.«

»Es musste sein damals«, sagte Wilhelm. »Aber es hat uns unendlich wehgetan.«

»Mir auch. Du kannst dir gar nicht vorstellen, wie das ist, wenn man von den eigenen Eltern weggeschickt wird. Verstoßen. So habe ich mich jedenfalls gefühlt. Und dann, dann komme ich zu jemandem, von dem ich weiß, dass es in Wirklichkeit mein Vater ist, aber das war ein Mann, den ich überhaupt gar nicht kannte, und das Einzige, was ich wirklich von ihm wusste, das war, dass er mich schon einmal verstoßen hatte, ohne mich überhaupt je gesehen zu haben. Und mir war vollkommen klar, dass er mich jetzt auch nicht haben wollte.«

Wilhelm Berger seufzte.

Susanne fuhr fort: »Jenny, die neue Frau meines Vaters, die hatte Mitleid mit mir, mit dem armen Judenmädchen aus Deutschland. Das war noch schwerer zu ertragen. Ich bin ausgezogen, sobald ich mit der Schule fertig war. Meine amerikanischen ›Eltern‹ haben mich finanziell weiter unterstützt, aber es war unübersehbar, dass sie beide froh waren, dass ich endlich weg war. Ich habe nur noch wenig Kontakt zu ihnen. Weihnachten natürlich. Wir haben Weihnachten immer zusammen gefeiert. Das war eine Qual, denn ich habe immer gedacht, dass ich jetzt eigentlich bei euch in Deutschland sein und mit euch Weihnachten feiern sollte.« Sie dachte dabei an das heile Zuhause, bevor sie Deutschland verlassen hatte.

»Du hast studiert«, sagte Wilhelm.

»Ja, das habe ich. Aber ich habe studiert ohne Ziel. Ich wollte nicht Lehrerin werden oder Anwältin, oder was man sonst so werden konnte. Er war klar, dass ich Geld verdienen musste, um unabhängig zu sein und zu bleiben. Das habe ich gemacht. Ich habe in der Universität in der Cafeteria gearbeitet. Es war eine nette Arbeit, aber reich geworden bin ich nicht dabei.«

»Und heiraten wolltest du nicht?«

Susanne lachte. »Das ist typisch, dass Eltern immer denken, man müsste heiraten. Als wäre das das Ziel im Leben. Aber das ist nicht wahr. Das Leben selbst ist das Ziel, und ob man nun heiratet oder nicht, das ist egal.«

Wilhelm Berger schwieg. Für ihn war die Ehe mit Dagmar das Größte gewesen, das Beste, was er je im Leben erreicht hatte. Aber Dagmar war tot.

»Du musst nicht denken, dass ich einsam gewesen bin da drüben. Ich hatte viele Freundinnen und Freunde. Und dann war da noch mein Bruder George. Mein Halbbruder. Wir haben immer Kontakt gehalten. Wir haben viel zusammen unternommen.«

»Was macht George jetzt?«

»Er hat auch studiert«, sagte sie. »Das heißt, er hat angefangen zu studieren. Dann ist er eingezogen worden. Amerika ist ja im Krieg. In Illinois merkt man nicht viel davon, aber die USA sind im Krieg gegen die Kommunisten in Vietnam. Inzwischen ist da schon eine halbe Million amerikanischer Soldaten im Einsatz. Fast so viele wie im Zweiten Weltkrieg in Europa. Studenten können von der Wehrpflicht zurückgestellt werden, aber George hat nicht zielstrebig genug studiert, und so wurde er schließlich eingezogen. Seit einem knappen halben Jahr ist er drüben.«

»Hätte er sich dem nicht entziehen können, indem er zum Beispiel nach Kanada gegangen wäre?«

»Darauf muss ich wohl mit einer Gegenfrage antworten, Wilhelm. Hättest du dich dem Dienst in der Wehrmacht nicht auch entziehen können, indem du das Land verlassen hättest?«

»Du hast recht. Ich habe es nicht getan, aber es wäre die richtige Entscheidung gewesen.«

»Du hast dich damals so entschieden, und George hat sich heute ganz ähnlich entschieden. Weißt du, es ist eine ziemlich harte Sache, wenn du dich dem Wehrdienst entziehst, indem du ins Ausland gehst. Du stellst dich gegen alle, gegen deine Freunde und Verwandten und Bekannten. Du stehst auf einmal ganz allein da. Es ist unendlich viel leichter, genau das zu tun, was alle anderen auch tun, auch wenn man weiß, dass es eigentlich falsch ist. Jedenfalls höre ich AFN nicht nur wegen der Popmusik. Es ist auch der Sender, der die meisten Informationen über den Krieg in Vietnam bringt.«

»Ist das nicht nur Propaganda?«, fragte Wilhelm.

»Einiges ist Propaganda«, bestätigte Susanne. »Aber bessere Informationen gibt es nicht. Eine Zeitlang habe ich zusätzlich Radio Moskau gehört. Sie senden auf Mittelwelle in deutscher Sprache. Aber was die erzählen, das hat überhaupt keinen Bezug zur Realität. Reines Wunschdenken. Ich habe aufgehört, mir das anzuhören.«

»Kriegst du Post von George?«

Susanne nickte.

»Und wie ist es mit der Zensur?«

»Es gibt keine Zensur. Er kann schreiben, was er will.«

»Tatsächlich?« Wilhelm Berger hatte im Krieg andere Erfahrungen gemacht.

»Es gibt keine Zensur«, wiederholte Susanne. »Aber George schreibt trotzdem nicht, was er denkt. Die Zensur findet in seinem eigenen Kopf statt. Er schreibt nichts, von dem er glaubt, dass ich es nicht hören möchte. Was da drüben wirklich passiert, das werde ich erst erfahren, wenn ich mit ihm sprechen kann. Er schreibt, dass er vielleicht demnächst Urlaub bekommt. Dann könnten wir uns in Saigon treffen. Oder in Bangkok. Wo auch immer.«

Montag, 12. Dezember 1966

Am nächsten Tag meldete sich die Bundesbahn. »Neue Informationen sind aufgetaucht«, sagte Rutter am Telefon. »Können Sie mal bitte kurz rüberkommen?«

»Ich komme«, antwortete Horst Berger.

Diesmal waren sie nur zu zweit, und es gab nur eine Kanne Kaffee.

»Es geht noch einmal um die Briefe«, sagte Rutter. »Es ist mir sehr peinlich, aber es sind jetzt zwei weitere, ältere Erpresserbriefe aufgetaucht, die ganz offensichtlich auch zu dieser Serie gehören. Die stammen bereits aus dem Jahre 1959. Der erste Brief ist am 15.4.1959 bei der Bundesbahn-Direktion Frankfurt/Main eingegangen …«

»Vor sieben Jahren!«

Rutter tat, als hätte er den Vorwurf nicht wahrgenommen. »Ja. Es gab damals keine Reaktion, da der Text keine konkrete Forderung enthielt. Der Brief wurde nicht ernst genommen. Wir haben erst jetzt davon erfahren.«

»Haben Sie den Brief?«, fragte Horst.

»Nein, leider nicht. Dieser Brief liegt noch in Frankfurt. Aber der nächste Brief ging dann an uns, und darin schrieb der Mann dann, er habe das Vermächtnis des Helden Roy Clark aus dem Roman in der Bild-Zeitung übernommen und fordere dreihunderttausend D-Mark.«

»Haben Sie den Text? Was hat er genau geschrieben?«

»Hier, sehen Sie selbst.« Rutter legte den Brief auf den Tisch.

ICH BIN ERBE VON ROY CLARK AUS BILD-ZEITUNG: ZAHLT 300.000 DM SONST ZUG ENTGLAIST IN VOLLE TEMPO UND BLEIBT NIX WIE SCROT UND VIELE TOTE UND KRUEPEL.

»Und dann passierte sieben Jahre lang gar nichts?«, fragte Horst.

Rutter nickte. »Bis vor zwei Monaten. Am 15. Oktober haben wir dann erneut einen Brief bekommen. Das ist der Brief, den Sie ja schon kennen.«

»Aber, um das noch einmal ganz klar festzuhalten, es hat im Oktober keinen Anschlag gegeben?«, fragte Horst zur Sicherheit noch einmal.

Rutter schüttelte den Kopf.

»Und vorher auch nicht?«

»Nein.«

»Seltsam.«

»Und dann ist heute das nächste Schreiben gekommen …«

Horst starrte den Mann an. Von einem neuen Erpresserbrief war bisher noch nicht die Rede gewesen. Glatt gekämmte Haare, glatte Stimme, dachte er. »Kann ich das Schreiben mal sehen?« Es klang so scharf, wie Horst beabsichtigt hatte.

Rutter verzog keine Miene. »Bitte.« Er schob eine Umlaufmappe über den Tisch. Darin lag der Brief.

Der Text war ebenso kurz wie klar.

JEZ VERLANG ICH 120.000 MARK. UND WENN DIESE BOMBE AUCH NIX HILFT, DANN KOMMT NOCH EINE GRÖSERE BOMBE. ROY CLARK. DAS FANTOM.

Der Brief war am Vortag in Hamburg abgeschickt worden.

»Herr Rutter, so geht das nicht«, sagte Horst. »Wir können diesen Erpresser nur fassen, wenn wir hundertprozentig zusammenarbeiten. Wenn Sie Informationen zurückhalten, dann behindern Sie die Arbeit der Polizei.«

»Das ist selbstverständlich nicht unsere Absicht. Für die Verzögerungen bei der Übermittlung der Briefe kann ich mich nur entschuldigen …«

Horst schüttelte ärgerlich den Kopf. »Das reicht mir nicht. Nach dem, was ich jetzt hier erfahren habe, habe ich den Eindruck, dass Sie uns überhaupt nicht eingeschaltet hätten, wenn das Abendblatt nicht kurz vor der Explosion mit uns Kontakt aufgenommen hätte!«

»Nein. Nein, dieser Eindruck ist völlig falsch. Warum hätten wir so etwas tun sollen?«

»Um sich mit dem Erpresser zu einigen natürlich. Ohne die Polizei. Ohne großes Aufsehen. Sie hätten bezahlt, und damit wäre Ihrer Ansicht nach alles gut gewesen ...«

»Nein.« Rutter war rot geworden.

»Aber das ist eine Illusion. Damit wäre nicht alles gut gewesen. Die Erpressung wäre weitergegangen. Das ist nämlich immer so. Bis Ihnen irgendwann der Kragen geplatzt wäre ...«

»Nein, nein, nein! Das ist alles falsch! – Was kann ich tun, um Sie zu überzeugen, dass es nicht so gewesen ist?«

»Indem Sie es in Zukunft besser machen!« Horst Berger sammelte die Briefe ein, trank seinen Kaffee aus und ging zurück ins Präsidium.

Der Kriminalrat ließ sich über den Stand der Ermittlungen informieren. Es gab nicht viel, was sie Ewald Petersen berichten konnten.

»Das ›Fantom‹ behauptet, das Vermächtnis des Romanhelden Roy Clark übernommen zu haben«, sagte Horst.

Petersen schüttelte den Kopf. »Roy Clark? Wer soll das sein?«

»Der kommt aus der Zeitung. Ich habe mich inzwischen schlaugemacht«, sagte Horst. »Ich habe mit einem Redakteur der Bild-Zeitung gesprochen, und der hat mir erklärt, Roy Clark sei ein Erpresser und Bombenleger aus dem amerikanischen Roman *Teufel am Telephon*. Der ist im Februar und März 1959 in der Bild abgedruckt worden. Die Geschichte spielt in den USA. Es geht um einen Mann, der ein Kaufhaus erpresst. Der Erpresser heißt Roy Clark. Er kommt am Ende des Romans ums Leben.«

»Haben Sie den Roman?«, fragte der Kriminalrat.

Horst schüttelte den Kopf. »Bis jetzt noch nicht. Es ist gar nicht so einfach, an diese alten Sachen heranzukommen. Die Geschichte liegt ja immerhin schon ungefähr acht Jahre zurück. Ich habe bei Bild Hamburg angerufen; diese alten Zeitungen haben sie nicht mehr. Ich habe in der Staatsbibliothek nachgefragt. Dort gibt es zwar eine Kopie, aber die ist völlig zerlesen und wird nicht mehr herausgegeben. Sie soll mikroverfilmt werden, aber im Augenblick weiß niemand, wann das passieren wird. Die Staatsbibliothek hat kein Geld.«

Ewald Petersen schüttelte den Kopf. »Wir brauchen den Text trotzdem«, sagte er.

Horst nickte. »Wir werden ihn bekommen.«

»Gut.«

»Es gibt aber noch einen zweiten Weg«, sagte Horst. »Bei der Bild-Zeitung habe ich erfahren, dass der Roman *Teufel am Telephon* von zwei amerikanischen Autoren stammt: John und Ward Hawkins.«

»Kenne ich nicht.«

»Das Original ist gar kein Buch, sondern eine Fortsetzungsgeschichte, die unter dem Titel *The Midtown Bomber* in der Saturday Evening Post erschienen ist. Und zwar in fünf Folgen im Dezember 1958. Ich denke, dass wir uns auch dieses Original besorgen sollten.«

»Das halte ich für überzogen.«

»Ich habe bereits in Amerika angerufen und gebeten, dass man uns eine Kopie zuschickt.«

Der Kriminalrat starrte Horst an. »Sie haben in Amerika angerufen? Wissen Sie überhaupt, was das kostet?«

»Ja, das weiß ich«, sagte Horst. Er hatte von seinem Amtstelefon aus angerufen, über die Auslandsvermittlung, und er hatte am Ende erfahren, dass das Telefonat etwas mehr als zweihundert D-Mark gekostet hatte.

»Na schön.« Petersen war nicht begeistert.

»Wir müssen alles tun, was wir können, um diesem Erpresser das Handwerk zu legen«, sagte Horst. »Es geht um Menschenleben. Wir wissen nicht, was als Nächstes geschieht. Fest steht, dass unser Erpresser sich für seine Tat nicht irgendeinen x-beliebigen Namen ausgesucht hat, sondern den Namen eines Bombenlegers aus der Literatur. Dieser ›Roy Clark‹ ist ganz offensichtlich sein großes Vorbild. Wenn dieser Roman einen Hinweis darauf enthält, was der Erpresser als Nächstes unternehmen könnte, dann kann das entscheidend sein.«

»Wir werden sehen«, sagte der Chef. »Was ich aber noch sagen wollte: Wir sollten im Umgang mit unseren Kunden die Höflichkeit nicht außer Acht lassen …«

»Hat die Bundesbahn sich über mich beschwert?«, fragte Berger.

»Nicht direkt. Aber der Herr Rutter hat sein Befremden ausgedrückt über den rüden Ton, den Sie angeschlagen haben.«

Horst war empört. »Die Bundesbahn hat Informationen zurückgehalten …«

»Das bestreitet Herr Rutter. Aber das ist nicht der Punkt. Wir, die Hamburger Polizei, haben einen schlechten Eindruck gemacht. Das können wir uns nicht leisten. Wir müssen unsere Kunden höflich behandeln,

Herr Berger. Da sehe ich bei Ihnen durchaus noch Möglichkeiten der Verbesserung.«

»Roy Clark«, sagte Pagels. »Alberner Name.«

»Warum Roy Clark?«, wunderte sich Horst Berger. »Wenn ich mir schon einen Namen ausdenke, dann nehme ich doch eher ein berühmtes Vorbild. Robin Hood vielleicht. Nein, da fehlt der noble Anspruch. Zorro vielleicht?«

»Fuzzy, der Banditenschreck«, schlug Pagels vor.

Horst tippte sich an die Stirn.

»Was ist dein Gefühl bei der Geschichte, Horst?«, fragte Sigmund Roeder.

»Ich weiß nicht«, gab Horst zu. »Irgendwas stimmt hier nicht. Ich kann nicht glauben, dass wir alle Informationen gekriegt haben, die die Bahn hat.«

Pagels zog die Augenbrauen hoch. »Wie kommst du darauf.«

»Der Brief«, sagte Horst. »Da stimmt doch etwas nicht. Hast du den Text genau gelesen? EIN NEUER KUP steht da. Wenn es einen neuen Coup gegeben hat, dann muss es doch vorher auch einen alten Coup gegeben haben. Und dieser neue Coup, das ist jedenfalls nicht die Bombe im Schließfach, sondern irgendetwas, das sich im Oktober abgespielt hat. Entweder kurz vor oder kurz nach dem Brief. BAHNUNTERFÜHRUNG BEI STELLE – MASCHEN stand da. Was ist da passiert?«

»Wissen wir, wo das ist?«, fragte Roeder.

Horst nickte. Er überlegte. Hatte dieser angedrohte Anschlag im Oktober wirklich niemals stattgefunden? Oder war das Ergebnis so unspektakulär gewesen, dass es niemand bemerkt hatte? »Ich gucke mir die Sache an«, sagte er.

Wilfried Pagels schüttelte nachdenklich den Kopf. »Das ist Niedersachsen, Horst!«

»Und wenn schon. Ich mach das nach Feierabend. Ich unternehme einen kleinen Ausflug zusammen mit meinem Vater. Da kommen wir vielleicht zufällig bei dieser ominösen Bahnunterführung vorbei, und dann gucken wir mal, ob Roy Clark irgendwelche Spuren hinterlassen hat.«

»Da wirst du aber sehr früh Feierabend machen müssen«, gab Pagels zu bedenken. »Sonst stehst du im wahrsten Sinne des Wortes im Dunkeln. Wir haben Dezember, vergiss das nicht.«

»Ich mache jetzt Feierabend«, erwiderte Horst.

»Hier ist es«, sagte Horst. »Hier, diese Brücke. An dieser Stelle geht die neue B 4 über die Bahn. Alle anderen Straßen in der Umgebung haben nach wie vor beschrankte Bahnübergänge.«

Wilhelm Berger nickte. Horsts Vater war sein Vorgänger bei der Hamburger Kriminalpolizei gewesen. Als er 1961 in den Ruhestand ging, hatte sein Sohn sich auf die Stelle beworben, und er hatte sie tatsächlich bekommen.

Der Parkplatz vor der Brücke wirkte verlassen. Sie stellten den Wagen ab und stiegen die Böschung hinunter zu den Bahngleisen.

»Da drüben sind Häuser«, sagte Wilhelm. »Die Leute können uns sehen.«

Während das Gelände zwischen der Lüneburger Straße und der Bahn dicht mit Buschwerk bestanden war, sodass man die Gleise von der Straße aus nicht sehen konnte, standen auf der anderen Seite der Bahn mehrere Wohnhäuser.

Horst überlegte. Wenn er dort wohnen und sehen würde, dass zwei Männer auf den Bahngleisen herumliefen, was würde er dann tun? Die Polizei rufen? Wahrscheinlich nicht. Sie mussten es riskieren. Er stieg hinunter auf die Bahngleise.

Wilhelm folgte ihm. Sie mussten sich beeilen. Es war ohnehin ein relativ dunkler Tag, und es würde rasch noch dunkler werden. Und jetzt? Er sah sich suchend um.

»Vielleicht an der Brücke«, sagte Horst.

Bis zur Brücke waren es nur gut hundert Meter. »Ich sehe nichts«, brummte Wilhelm. Ein Problem war natürlich, dass sie gar nicht wussten, wonach sie suchten. Spuren einer Explosion vielleicht? Oder Steine, die jemand auf die Schienen gelegt hatte, und die von der Lokomotive einfach zur Seite geschoben worden waren?

Horst und Wilhelm hatten starke Taschenlampen dabei. Sie leuchteten die Brücke von unten ab. Aber es gab in der Tat nichts zu sehen. Keine Rußspuren, nicht einmal irgendwelche Schmierereien, nur grauer Beton. Die Brücke war sauber.

»Und jetzt?«

»Wir gehen das Gelände ab«, entschied Horst. »Ich auf der Nordseite, du auf der Südseite. Einen halben Kilometer ungefähr. Wenn wir bis da nichts gefunden haben, wechseln wir die Seite, kehren um und gehen genauso weit in der Gegenrichtung.«

»Machen wir«, sagte Wilhelm. Es klang so, als wäre er sich absolut sicher, dass sie nichts finden würden.

Auch Horst war nicht optimistisch. Plötzlich begann die Schiene neben ihm leicht zu vibrieren. Er blickte auf. Ein Personenzug von hinten. »Vorsicht!«, rief er. »Vorsicht, Wilhelm!«

Sie hatten beide längst die Gleise verlassen, als der Zug heran war. Der Lokführer hupte sie trotzdem an.

Nun wusste wirklich jeder, dass sie hier waren. Horst fluchte leise.

Sie gingen wieder zurück. »Hier ist nichts!«, rief Wilhelm.

»Hier auch nicht.« Horst fand eine leere Bierflasche. Noch hundert Meter, dachte er. Nein, besser zweihundert, zur Sicherheit.

»Horst!« Wilhelm rief, deutete auf den Hang, den sie heruntergestiegen waren. Zwei Polizisten waren auf dem Weg zu ihnen. Horst bückte sich, um etwas aufzuheben.

»He, Sie da!«, rief der erste Polizist. »Können Sie mir bitte mal erklären, was Sie hier machen? Sie befinden sich auf dem Bahngelände. Da haben Sie nichts zu suchen.«

Horst schüttelte den Kopf. »Sie irren sich. Wir haben hier sehr wohl etwas zu suchen, und wir haben es auch gefunden.« Er zeigte den Polizisten seinen Fund. Es waren vier Glieder einer schweren Eisenkette.

»Und was soll das sein?«, fragte der Polizist.

»Der Beweis«, sagte Horst. »Das ist der Beweis, dass das Fantom hier vor mehreren Monaten einen Anschlag auf die Bundesbahn verübt hat.«

»Was für ein Fantom? Meinen Sie Fantômas?«

Der andere Polizist stieß ihn an. »Roy Clark«, sagte er.

Horst Berger nickte.

Montag, 12. Dezember 1966

Das Fantom hatte ganz offensichtlich eine dicke Stahlkette in der Nähe der Überführung ein- oder zweimal um die Schienen gewickelt. Horst Berger hatte mit der Bundesbahn telefoniert; es stellte sich heraus, dass die Kette von einer Baustelle stammte. Materialstärke der Kettenglieder: ein Zentimeter. Das hatte aber nicht ausgereicht, um den Zug zum Entgleisen zu bringen. Das

Triebfahrzeug hatte die Kette zerrissen. Der Lokführer hatte ganz offensichtlich nichts bemerkt. Jedenfalls hatte er keine Meldung gemacht, keine Anzeige erstattet.

Der Chef nickte. »Gut gemacht«, sagte er. »Inzwischen wissen wir auch ein paar zusätzliche Details über die Schäden am Hauptbahnhof. Es war wirklich eine sehr kleine Bombe. Die Bahn beziffert den Sachschaden auf 108,75 D-Mark.«

»Kleine Bombe oder nicht«, sagte Horst, »ich bin nach wie vor der Meinung, dass wir uns mit dem vorliegenden Material an die Öffentlichkeit wenden sollten. Zugegeben, die Briefe dieses Erpressers sind nicht besonders aufschlussreich, und die Druckschrift hat auch keine charakteristischen Merkmale, aber dennoch ist es nicht auszuschließen, dass irgendjemand so eine Art Schrift schon einmal gesehen hat.«

»Das ist eine schwerwiegende Entscheidung«, sagte der Kriminalrat. »Eine sehr schwerwiegende Entscheidung. Wenn wir die Drohbriefe veröffentlichen, dann weiß jeder, dass es sich bei dem Bombenanschlag auf den Hauptbahnhof nicht um den Scherz irgendeines Idioten handelt, sondern eine ernsthafte Erpressung.«

»Ich bin der Meinung, dass wir mit offenen Karten spielen sollten«, sagte Horst. »Das habe ich neulich schon gesagt, und das wiederhole ich gern auch heute. Das erwarten die Bürger von uns, und das können sie auch mit vollem Recht erwarten. Das ist ja gerade der Unterschied unserer Bundesrepublik zu totalitären Regimen, dass wir die Bevölkerung nicht anlügen, sondern dass wir die Wahrheit sagen, selbst wenn sie im Augenblick unangenehm ist.«

»Ein kleines Problem besteht allerdings darin«, warf Pagels ein, »dass wir das nicht gleich getan haben.«

Horst Berger legte seinem Kollegen die Hand auf die Schulter. »Lass das, Wilfried!«, raunte er ihm zu. Und an den Kriminalrat gerichtet, sagte er: »Was bisher geschehen oder nicht geschehen ist, ist letzten Endes belanglos. Selbst wenn es falsch gewesen sein sollte, können wir es jetzt nicht mehr ändern. Die Dinge, die wir im Schließfach im Bahnhof gefunden haben, bringen uns keinen Schritt weiter. Die Aktentasche ist alt, möglicherweise stammt sie noch aus der Zeit vor dem Krieg. Hersteller unbekannt. Der Wecker, der als Zeitzünder benutzt worden ist, ist ein Massenprodukt, das man in jedem Kaufhaus bekommen kann. Und der Sprengstoff setzt sich aus Materialien zusammen, die im Prinzip frei erhältlich sind. Unser einziger Trumpf sind die Briefe, und diesen Trumpf sollten wir jetzt ausspielen. Die markante Handschrift des Täters – vielleicht erkennt sie jemand.«

»Die markante Handschrift des Täters!« Pagels lachte. Die Schrift des Täters war eigentlich keine Handschrift, sondern sie bestand aus ungelenk gezeichneten großen Druckbuchstaben.

»Wir tun es also«, sagte Kriminalrat Petersen. »Ich bin nicht davon überzeugt, dass das eine besonders glückliche Maßnahme ist, und ich bin noch viel weniger davon überzeugt, dass wir damit irgendeinen Erfolg haben werden. Aber mangels anderer Möglichkeiten schlagen wir diesen Weg ein. Wir beschränken uns dabei auf die norddeutsche Presse.«

Roeder stimmte sofort zu. »Genau. Wir müssen ja nicht gleich ganz Deutschland verrückt machen mit unserem Erpresser.«

»Und damit die Leserschaft auch genügend Zeit hat, unseren Artikel zu lesen, sorgen wir dafür, dass er am 24. Dezember erscheint«, sagte der Chef.

Horst war sich nicht sicher, ob das eine gute Idee war. Bei ihm zu Hause war der 24. Dezember immer ein Tag voller Hektik gewesen. Der Tannenbaum war noch nicht geschmückt, die Geschenke noch nicht eingewickelt und der Sohn unausstehlich. Michael. Vor der Scheidung war das gewesen. Inzwischen war sein Sohn längst erwachsen. Er hatte sich vor der drohenden Einberufung nach West-Berlin abgesetzt. Ob Michael es wohl riskieren konnte, über Weihnachten nach Hause zu kommen?

Sonnabend, 24. Dezember 1966

Heiligabend. Michael war in Berlin geblieben. Horst Berger war bei Susanne und Wilhelm in Wandsbek. Horst holte das Abendblatt aus dem Briefkasten und suchte nach dem Hinweis auf den Bundesbahnerpresser. Auf der ersten Seite stand schon mal nichts. Zur Entlastung des deutschen Arbeitsmarktes sollten im nächsten Jahr zweihundertfünfzigtausend Gastarbeiter nicht mehr nach Deutschland zurückkehren. Darüber hinaus verkündete der neue Bundeskanzler Kiesinger in seiner Weihnachtsansprache, dass jeder Deutsche zu Opfern bereit sein müsse. Höhere Steuern meinte er vermutlich.

Was gab es sonst Neues? Die Zeitung schrieb, in der Außenpolitik sei der Wille zum Frieden und zur Verständigung der Völker das Hauptanliegen der neuen Regierung. Das klang ebenso gut wie nichtssagend.

Die zweite Seite war wie immer der Politik vorbehalten. Und auf der dritten Seite, der Hamburg-Seite des Abendblattes, dominierte Weihnachtliches. Auch auf dem *Schiff der Hoffnung* brennen Kerzen, schrieb das Abendblatt. Damit war das ehemalige Seebäderschiff *Helgoland* gemeint, das Deutschland im Herbst als schwimmendes Lazarett nach Saigon geschickt hatte. Das Abendblatt hatte mit dem Leiter telefoniert. Es gab Bilder von kranken Kindern und liebevollen Ärzten und Krankenschwestern, und vom Chefarzt der schwimmenden Klinik hieß es: *Heute Abend will er bei seinen jüngsten Patienten sein, und er ist glücklich, wenn die Kinderaugen in den kleinen Gesichtern zu leuchten beginnen – denn er weiß, dass es nicht nur der Widerschein flackernder Weihnachtskerzen ist.*

Susanne sah ihm über die Schulter.

»Es gibt eine achtundvierzigstündige Waffenruhe«, sagte Horst.

»Ja.« Das hatte sie schon in den Nachrichten gehört.

Neben dem Bericht über das Weihnachtsfest auf dem Lazarettschiff standen auf der Hamburg-Seite etwas ernüchternd zwei Artikel, die sich wirklich mit Vorgängen in Hamburg befassten: *Zwei Einbrecherbanden unschädlich gemacht* und *»Roy Clark« will die Bundesbahn erpressen*. Im Text standen mit knappen Worten die bekannten Tatsachen über den Erpresser. Dazu ein kleiner Ausschnitt des Erpresserbriefes:

ES WIRD GEBETEN
JEDER EINE
DA DIESEN BRIEF BEKOMMT
IN HÄND – ZU ÖFFNEN
UND WEITERLEITEN
MENSCHENLEBEN IN GEFAHR.

Susanne überflog den Artikel. »Ist das ernst gemeint?«, fragte sie.

Horst zuckte mit den Achseln. »Ich weiß es nicht. Die Bombe war natürlich sehr ernst. Aber andererseits wissen wir ja inzwischen, dass sich diese Erpressung schon viele Jahre hinzieht, und die meiste Zeit ist überhaupt nichts passiert. Es hat keine Anschläge gegeben, und es hat keine neuen Erpresserbriefe gegeben. Und jetzt verlangt dieser Roy Clark plötzlich hundertzwanzigtausend D-Mark.«

»Das ist ja gar nicht so viel Geld«, sagte Susanne. »Nicht, dass wir hundertzwanzigtausend Mark hätten, aber wenn man sich ein so großes Unternehmen vorstellt wie die Bundesbahn, dann sollte es doch möglich sein, diesen Betrag aufzubringen.«

»Das ist im Prinzip möglich.«

»Und dann übergibt man dem Erpresser das Geld, und alles ist vorbei? Wäre das eine Lösung?«

Horst schüttelte den Kopf. »Wahrscheinlich nicht. Wenn es einmal geklappt hat, dann versucht der Täter es wieder und immer wieder, bis er am Ende geschnappt wird. Bis jetzt hat der Erpresser übrigens noch niemals gesagt, auf welche Weise wir ihm seine Beute übergeben sollen. Das ist der Schwachpunkt bei jeder derartigen Erpressung: die Geldübergabe. Der Erpresser muss sagen, auf welche Weise die stattfinden soll. Und wenn er das sagt, dann ist er einen Schritt zu weit gegangen, und dann kriegen wir ihn.«

Am Abend war Horst Berger noch immer in Wandsbek. Susanne hatte Tee gemacht. Horst freute sich, dass sie noch immer hier war und nicht etwa nach Amerika zurückgeflogen, wie sie ursprünglich beabsichtigt hatte. Es war gut, dass sie bei Wilhelm war. Er sah deutlich besser aus als noch vor einem Jahr, und auch das Haus wirkte aufgeräumter als noch vor wenigen Monaten. Dass auf den Bücherregalen Staub lag, sah man im Licht der Kerzen nicht.

»Wie habt ihr euch die Arbeit aufgeteilt?«, fragte Wilhelm. »Machst du den Bombenleger und Roeder die Banklady?«

»Im Prinzip ja. Natürlich gibt es noch zahlreiche andere Kriminalfälle, die wir auch bearbeiten müssen, aber das sind die beiden dicksten Brocken. Sigmund Roeder ist federführend für die Bearbeitung der Banküberfälle. Er arbeitet normalerweise mit Haydn zusammen. Und im Alltagsgeschäft habe ich Pagels auf meiner Seite. Dann ist da natürlich noch Trudchen. Die ist viel mehr als einfach nur eine Sekretärin. Wenn sie in Rente geht, werden wir sie wahrscheinlich nicht ersetzen können. Die Schreibdienste sollen zentralisiert werden.«

»Davon ist schon lange die Rede«, bestätigte Wilhelm.

»Bis jetzt haben wir Glück gehabt«, sagte Horst. »Aber irgendwann kommt es.«

Horst berichtete, dass sein Verhältnis zu Roeder erheblich besser geworden sei, und dass sie jetzt wirklich zusammenarbeiteten. »Sigmund hat einige schwere Schläge einstecken müssen«, sagte er. »Da war zunächst einmal die Scheidung. Das war gegen Ende der jahrelangen Jagd auf Spitznase, den Bankräuber. Er hatte sich völlig in die Arbeit vertieft, wollte unbedingt diesen Mann fassen.«

»Damals hat er dich als Konkurrenten gesehen«, sagte Wilhelm.

Horst nickte. »Seine Frau hat geglaubt, all die vielen Überstunden habe er frei erfunden, und er habe in Wirklichkeit eine Beziehung zu einer anderen Frau. Sie hatte einen Detektiv beauftragt, der Sache auf den Grund zu gehen. Ich habe mit dem Mann gesprochen. Es war alles völlig aus der Luft gegriffen. Er hatte zwar heimlich eine Einzimmerwohnung in der Innenstadt gemietet, aber dort hat er sich nicht mit irgendwem getroffen.«

»Wozu brauchte er dann die Wohnung?«, fragte Susanne.

»Für sein Hobby. Er hat Tipp-Kick gespielt.«

»Tipp-Kick?«

»Ja, das kennst du wahrscheinlich nicht. Das ist eine Art Tischfußball. Normalerweise spielt man das zu zweit, aber man kann es auch allein spielen. Und Roeder war ein Fußballnarr. Das ist er auch heute noch. Wenn er es irgendwie einrichten kann, geht er zu den Spielen vom HSV. Zumindest zu den Heimspielen.«

Susanne schüttelte den Kopf. »Ich verstehe das nicht. Warum hat er das nicht in aller Öffentlichkeit gemacht?«

»Das liegt an seiner Frau«, erläuterte Wilhelm Berger. »Ich habe sie damals kennengelernt. Ulrike Roeder war eine Dame. Oder zumindest wollte sie eine Dame sein. Sie ist wohl auch einmal mit ihrem Mann zu einem Fußballspiel gegangen. Das fand sie aber ganz furchtbar. Er ist mit ihr ins Theater und ins Kino gegangen und hat so getan, als ob ihn das Ganze interessierte. Vermutlich hat sie ihn durchschaut. Er ist ja kein begabter Schauspieler. Wenn sie dann noch herausgefunden hätte, dass er obendrein heimlich Tipp-Kick gegen sich selber spielt, dann wäre der Ofen aus gewesen.«

»Er hätte es von Anfang an zugeben sollen«, sagte Susanne. »Jeder hat irgendeine Marotte oder ein Hobby. Der eine geht ins Theater und der andere zum Fußball. Man muss sich einfach offen dazu bekennen.«

»Manchmal hilft das nicht«, sagte Horst. Er dachte an seine eigene gescheiterte Ehe.

»Jedenfalls arbeitet ihr gut zusammen.«

»Freunde sind wir nicht geworden. Aber mir ist klar, dass Sigmund Roeder bei aller Überheblichkeit und Rechthaberei auch nur ein Mensch ist, wie wir alle. Und er hat ganz fest damit gerechnet, dass er der Nachfolger von Pfeiffer werden würde. Ich glaube übrigens, dass Pfeiffer auch davon ausgegangen ist. Aber dann ist es ganz anders gekommen. Sie haben einen Mann von außen geholt, Kriminalrat Ewald Petersen aus Hannover. Und der ist obendrein noch deutlich jünger als Roeder, sodass es ganz unwahrscheinlich ist, dass der Mann den Posten freimacht, bevor Roeder selbst in Pension geht. Er ist ja schließlich auch nicht mehr der Jüngste.«

»Das muss ihn schwer getroffen haben«, sagte Wilhelm.

Horst nickte.

»Ach ja«, sagte Wilhelm plötzlich, »das hätte ich jetzt fast vergessen. Da ist ja noch Weihnachtspost für dich gekommen!«

»Weihnachtspost?« Einen Moment lang fürchtete Horst, das Fantom habe auf irgendeine Weise herausgefunden, wo er Heiligabend sein würde, und ihm einen persönlichen Spottbrief zu Weihnachten geschickt. Aber nein, das war unmöglich. »Von Michael?«

»Falsch.«

»Vom Finanzamt?«, schlug Susanne vor.

»Auch falsch«, sagte Wilhelm. »Es ist übrigens ein rosa Umschlag.«

»Oh!«, lachte Susanne.

Horst lachte nicht. Als er den Umschlag sah, wusste er sofort, um was es ging. »Rehauge«, sagte er. »Das ist von Irmi!« Er fetzte den Umschlag auf. *Lieber Horst,* stand da. *Es tut mir leid, dass ich bei unserem letzten Treffen so gemein gewesen bin. Ich habe die ganze Zeit an dich gedacht …«*

Der Schatten von Indochina

2. Januar 1967 - 24. Mai 1967

Montag, 2. Januar 1967

»Was hast du eigentlich nach der Fremdenlegion gemacht?«, fragte Waltraud.

»Arbeit gesucht«, brummte Alexander. »Ich habe alles Mögliche versucht. Eine ganze Weile habe ich im Süden gearbeitet, in Pforzheim, aber das gefiel mir nicht. Geheiratet habe ich auch gleich nach meiner Rückkehr aus der Fremdenlegion, aber das war auch nicht das Richtige. Ich habe dann sehr schnell gemerkt, dass wir zwei nicht zusammenpassten.«

»Aber das hast du erst gemerkt, als du schon verheiratet warst?«, bohrte Waltraud nach.

Alexander ärgerte sich. Er liebte es nicht, wenn Waltraud bei Dingen nachfragte, über die er am liebsten schwieg. Aber er riss sich zusammen. »Es war ein Fehler«, sagte er. »Ich habe eine ganze Reihe von Fehlern gemacht in meinem Leben, und ein solcher Fehler war meine erste Ehe. Meine Frau sah gut aus. Wir hatten uns beim Tanzen kennengelernt. Wir haben uns auf Anhieb verstanden. Zumindest hatte ich das damals geglaubt. Ich war blind, Waltraud. Ich brauchte einen Ort, irgendeinen Ort auf der Welt, an dem ich mich zu Hause fühlen konnte. Aber ich habe dann doch sehr bald gemerkt, dass diese Ehe jedenfalls nicht der richtige Ort war.«

Es wurde dunkel. Waltraud drehte den Lichtschalter. »Die eine Birne ist defekt«, sagte sie. »Aber die Lampe hat ja zwei Birnen.«

»Ja.« Alexander ging zum Kühlschrank und holte sich die nächste Flasche Bier. Am liebsten hätte er sie mit den Zähnen aufgebissen, wie sie es in der Legion gemacht hatten, aus Angabe, aber ihm war klar, dass das schlecht für die Zähne war, und außerdem glaubte er zu wissen, dass Waltraud von derartigen Mätzchen nichts hielt.

»Und dann hast du Olga kennengelernt«, sagte Waltraud. Sie wollte mehr hören.

»Ja«, sagte Alexander nur. Er trank einen Schluck Bier, schob Waltraud die Flasche hin: »Willst du auch?«

Waltraud schüttelte den Kopf.

Alexander schwieg eine Weile. Schließlich sagte er: »1958 war das, da habe ich die Olga kennengelernt. Diesmal war ich schlauer. Diesmal habe ich die Frau, die ich mochte, nicht sofort geheiratet, sondern erst einmal abgewartet, wie wir zusammen auskamen. Alles schien perfekt. Ich hatte inzwischen den Führerschein für alle Klassen, und jetzt war es plötzlich kein Problem mehr, Arbeit zu finden. Dann wurde Olga schwanger, und im April 1959 haben wir geheiratet. Und dann waren wir plötzlich zu dritt. Die Olga, die hatte vorher in einem Zeuggeschäft an der Kasse gearbeitet, aber das ging nun natürlich nicht mehr mit dem Säugling, und so mussten wir alle von meinem Geld leben, und das war wenig genug.«

Waltraud nickte. Wie wenig Geld es war, was Alexander von der Arbeit nach Hause brachte, das hatte sie selbst inzwischen am eigenen Leib erfahren.

»Die Olga, das war ein ganz anderes Kaliber als meine erste Frau«, sagte Alexander. »Sie war sieben Jahre älter als ich. Sie wusste genau, was sie wollte, und sie hatte klare Vorstellungen vom Leben. Aber sie wollte mehr, als ich ihr bieten konnte. Viel mehr. Immer wieder gab es Streit um das Geld. Schließlich habe ich mich scheiden lassen. Ich musste zahlen. Unterhalt für den Kleinen, neunzig Mark im Monat.«

Waltraud zögerte. »Das ist wohl berechtigt«, sagte sie schließlich. War das zu viel? Nein.

»Das hätte ich ja auch gern bezahlt. Aber die Olga, die verlangte auch Geld für sich selber. Das Amtsgericht Neuhaus/Oste hat mich dann zu einer Unterhaltszahlung von hundertzwanzig Mark im Monat verurteilt. Auch das wäre noch möglich gewesen. Aber der Olga hat das noch immer nicht ausgereicht. Sie hat das Urteil angefochten. Und in zweiter Instanz bin ich dann vom Landgericht Stade zu einer monatlichen Zahlung von zweihundert D-Mark an Olga verurteilt worden, zuzüglich der neunzig an Rainer. Hinzu kam eine Nachzahlung von siebentausendsechshundert Mark.«

»Einige Leute können einfach den Hals nicht vollkriegen«, sagte Waltraud. »So viel Geld hast du doch gar nicht.«

»Nein.«

»Und was jetzt?«

Alexander seufzte. »Irgendwie kommen wir schon klar.« Dass Olga mit Lohnpfändung gedroht hatte, sagte er lieber nicht.

Waltraud war besorgt. Seine Erfindung, dachte sie. Er hofft auf seine Erfindung. Die soll das große Geld bringen. Einen großen Teil seiner Wochenenden brachte er in seinem Schuppen zu, hämmerte und sägte. Waltraud wusste nicht, was es war, woran er bastelte. Aber er wollte es zum Patent anmelden, das war sein Ziel.

Waltraud und Alexander hatten 1964 geheiratet. Auch Waltraud hatte Schulden mit in die Ehe gebracht. Ratenzahlungen für Kredite, die ihr geschiedener Mann aufgenommen hatte. Mit Alexander hatte sie inzwischen zwei Söhne, drei und vier Jahre alt. Das Haus in Altenbruch hatten sie im September 1966 gekauft, für achtundzwanzigtausend D-Mark. Einiges Geld hatte er von Arbeitskollegen geliehen. Die erwarteten natürlich, dass sie es irgendwann zurückbekamen. Dobruck hätte es ihnen auch gern zurückgezahlt, am liebsten alles auf einmal, aber notfalls auch in kleinen Raten, wenn er sich das hätte leisten können. Aber das Geld war schlicht und ergreifend nicht da.

»Ich brauche Geld zum Einkaufen«, sagte Waltraud.

Alexander nickte. Er griff in die Hosentasche. Er fühlte ein paar Münzen und einen Schlüssel. Den hätte er längst wegwerfen sollen. Er gab Waltraud das Geld.

Dienstag, 3. Januar 1967

Horst hatte sich getraut. Er hatte in der Kreissparkasse in Bad Segeberg angerufen und gesagt, er wolle Irmi gern zum Essen einladen. Und Irmi hatte zugestimmt.

»Heute Abend?«

»Ja. Ich frage, ob ich früher Schluss machen kann.«

Jetzt stand Horst draußen vor der Sparkasse und rauchte. Eigentlich hatte er sich das Rauchen abgewöhnen wollen, und fast hätte es auch geklappt, aber als sich dann Irmi von ihm getrennt hatte, da hatte er alle guten Vorsätze über Bord geworfen. Da kam sie schon.

»Hallo!«, sagte sie.

Horst drückte die Kippe aus, sammelte sie vom nassen Pflaster auf und warf sie in den Papierkorb. Und jetzt? Was sollte er sagen?

Irmi räusperte sich. »Es tut mir leid«, sagte sie.

»Was tut dir leid?«

»Alles. Es tut mir leid, was ich zu dir gesagt habe. Es tut mir leid, was ich dir alles an den Kopf geschmissen habe. Nach allem, was die Zeitungen damals geschrieben haben, da war ich so unglaublich böse auf die Presse und auf die Polizei und auf die ganzen sogenannten braven Bürger, die keine Ahnung davon haben, wie es sich anfühlt, wenn alle über einen herfallen, und dabei ist man vielleicht einfach nur die Frau eines Kriminellen, die gar nicht gewusst hat, was ihr Mann treibt, oder die einfach nicht nachgefragt hat. Oder man ist vielleicht ein kleines Kind, ein Mädchen von neun Jahren, das plötzlich in der Schule ausgegrenzt und verspottet wird. Die Tochter des Bankräubers!«

»Ich wollte niemandem wehtun«, sagte Horst. »Aber manchmal geht es nicht anders. Die Banküberfälle mussten aufhören, und das haben wir immerhin erreicht. Was solch eine Verhaftung für Schäden anrichtet in der Umgebung des Täters, das erfahren wir meistens gar nicht. Und wenn wir es doch erfahren, dann sind unsere Möglichkeiten begrenzt, helfend einzugreifen. Da sind so viele, die Betreuung nötig hätten, aber …«

»Du hast mehr getan als die meisten«, widersprach Irmi.

»Warum glaubst du das?«

»Du hast dafür gesorgt, dass das kleine Mädchen aus der Schusslinie genommen worden ist. Du hast mit diesem Journalisten gesprochen, der die Sache in die Zeitung gebracht hat, und das Mädchen ist nach Schweden gekommen – jedenfalls für die Zeit, bis der Prozess vorbei war und bis sich alle wieder beruhigt hatten.«

Horst sah Irmi verblüfft an. »Woher weißt du das?«

»Jemand hat es mir geflüstert«, sagte sie.

»Jemand?« Wer konnte das gewesen sein?

»Ein kleiner Mann hat es mir anvertraut«, sagte Irmi.

»Ein kleiner Mann? Pagels?«

Irmi nickte.

»Wilfried ist ein großartiger Kerl. Er ist jemand, auf den ich mich hundertprozentig verlassen kann. Jemand, der einem nicht nach dem Munde redet. Er ist jemand, der mich zur Rede stellt, wenn er glaubt, dass ich etwas falsch gemacht habe. Meistens hat er recht. – Aber wie hat er das gemacht? Er kennt dich doch gar nicht.«

Irmi widersprach. »Er kennt mich sehr wohl. Weißt du nicht mehr, dass er dich damals aus dem Kino geholt hat, als wir zum ersten Mal gemeinsam einen Film sehen wollten? Wegen irgendeines dämlichen Banküberfalls? Ich war ihm sehr böse damals. Aber natürlich konnte er gar nicht anders handeln. Und er wusste selbstverständlich, in welcher Sparkasse ich arbeite.«

»Er hat dich hier in Segeberg gefunden?«

»Ja, das hat er. Er ist Polizist, Horst. Er weiß, wie man so etwas macht. Nicht ganz vorschriftsgemäß vielleicht, aber er hat mich gefunden. Und dann hat er mir gesagt, was für ein fabelhafter Kerl du bist.«

»In der Sparkasse? Vor all den Leuten? Wie furchtbar!«

Irmi lachte. »Natürlich nicht vor all den Leuten. Er hat gesagt, dass er etwas Privates mit mir besprechen möchte. Und ich wusste ja, wer er ist. Also sind wir in das Zimmer gegangen, in dem wir normalerweise wichtige Kunden beraten, und da hat er mir alles erzählt.«

Horst schüttelte den Kopf. »Ich bin kein so fabelhafter Kerl, wie du jetzt vielleicht denkst. Ich habe viele Fehler gemacht im Leben. Aber ich versuche jedenfalls, alles richtig zu machen. Ich versuche, den Menschen zu helfen, wenn ich es irgendwie kann. Und ich versuche, niemandem zu schaden.«

»Das ist sehr schön.«

Horst schwieg. Er dachte an all die Dinge, die schiefgegangen waren. Seine gescheiterte Ehe zum Beispiel. Und das schwierige Verhältnis zu Michael, seinem Sohn.

»Was hältst du vom Kurhaus?«, fragte Irmi.

»Vom Kurhaus? – Ich glaube, das passt nicht zu uns.«
Das Segeberger Kurhaus stand inmitten eines formalen Gartens am Ufer des Sees. Es war ein riesiges Märchenschloss aus dem 19. Jahrhundert. Horst war einmal mit seinem Vater dort gewesen zu irgendeiner Feier. Er erinnerte sich an den großen Festsaal mit Säulen aus falschem Marmor, einer riesigen Empore und Stuck an der Decke. Das Lokal war imposant, aber nicht einladend. Der Festsaal zu dunkel, die Stühle zu unbequem.

Irmi zögerte. »Wir könnten natürlich auch zu mir gehen«, schlug sie vor. »Aber ich muss dich warnen. Ich hab nicht aufgeräumt. Ich konnte ja nicht ahnen, dass du mich abholen würdest.«

In Irmis Wohnung herrschte immer eine gemütliche Unordnung. Die störte Horst nicht. »Das macht nichts«, sagte er. »Ich freue mich auf einen Abend ohne Bombenleger, Erpresser und Bankräuber. Einen Abend mit dir. Komm.«

Freitag, 10. Februar 1967

Die Kreissparkasse, in der Irmi arbeitete, war nicht das einzige Geldinstitut in Bad Segeberg. Es gab auch noch die Volksbank in der Kirchstraße 1. Es war ein normaler Freitagnachmittag. Reger Betrieb. Um 17:25 Uhr betrat eine elegant gekleidete Frau den Schalterraum. Sie trug einen dunkelbraunen Wollmantel und einen schwarzen Topfhut mit auffälligem Schleier. Als sie an der Reihe war, stellte sie ihre Aktentasche auf den Tresen und öffnete sie. Der Kassierer nahm an, dass sie einen Scheck einlösen wollte, aber was sie aus der Tasche zog, war kein Scheck, sondern eine Pistole. »Keine Bewegung«, rief sie, »sonst gibt es hier ein Blutbad.«

Ehe irgendjemand reagieren konnte, wurde die Tür aufgerissen und ein kleiner, dicker Mann stürmte in die Bank. Drohend schwenkte er eine Maschinenpistole. Dem Kassierer blieb nichts anders übrig, als die Kasse leerzuräumen. Die Bankräuberin stopfte achtunddreißigtausend DM in ihre Tasche.

»Die Banklady!«, raunte eine der Angestellten.

Ja, kein Zweifel, es war die gefürchtete Banklady. Sie ging jetzt in aller Ruhe hinüber zur zweiten Kasse und zwang auch hier den Kassierer, ihr das Geld herauszugeben. Weitere vierzehntausend DM wanderten in ihre Tasche.

»Und jetzt den Tresor!«, verlangte sie.

Niemand rührte sich.

Die Bankräuberin ging hin und versuchte, den Tresor selbst zu öffnen, aber dazu hätte sie die Kombination kennen müssen. Der Tresor blieb verschlossen.

»Los, aufmachen!«, forderte der Dicke. Er schwenkte seine Maschinenpistole, richtete sie der Reihe nach auf die Bankangestellten. Niemand rührte sich.

Gleich schießt er, dachte der Kassierer, gleich erschießt er mich. Die Sekunden verstrichen. Nichts geschah.

Da wurde der Mann mit der Maschinenpistole nervös. »Los, raus hier!«, rief er.

Kaum waren die beiden Bankräuber aus der Tür, löste einer der Angestellten den Alarm aus. Minuten später stoppte der erste Polizeiwagen vor der Bank. Zu spät. Die Täter kannten die Örtlichkeit, sie waren durch den Hinterausgang geflüchtet.

Über den Polizeifunk wurden alle Posten im Umkreis von hundert Kilometern alarmiert: »Banküberfall in Bad Segeberg. Gesucht wird eine etwa dreißigjährige Frau, 1,75 Meter, hoch toupiertes, blondes Perückenhaar, schicker, schwarzer Topfhut mit dichtem Schleier, brauner Wollmantel, Sonnenbrille. Gesucht wird außerdem ein etwa fünfzigjähriger, 1,65 Meter großer Mann, dick, rundes Gesicht, Hornbrille mit hellen Gläsern und Pudelmütze. Vorsicht! Schusswaffen!«

Wenig später wurde die Meldung ergänzt: »Die Täterin ist vermutlich identisch mit der ›Banklady‹, die zusammen mit einem Komplizen seit 1965 Geldinstitute im Raum Hamburg überfallen hat.«

Mittwoch, 15. März 1967

Alexander liebte die friedlichen Abende zu Hause. Wenn die Kinder schliefen, saß er zusammen mit seiner Frau am Küchentisch. Die Probleme des Alltags waren für einen Moment vergessen. Sie beide tranken Bier und Rotwein, und er erzählte von den Dingen, die er am meisten schätzte, von seinen Träumen und von seinen Abenteuern. Dass er gerade arbeitslos geworden war, das spielte jetzt keine Rolle.

»Habe ich dir eigentlich schon mal erzählt, wie ich den Kaiser getroffen habe? Bao Dai, den Kaiser von Vietnam?«

Waltraud schüttelte den Kopf. Ihr Mann hatte schon alle möglichen Geschichten erzählt, aber von diesem Bao Dai war bisher noch nicht die Rede gewesen. Sie war skeptisch. »Kaiser von Vietnam?« Waltraud hatte nicht gedacht, dass Vietnam ein Kaiserreich gewesen war.

Alexander nahm noch einen Schluck Bier. »Ja, natürlich. Als ich in Indochina gewesen bin, da gab es den Kaiser noch. Er hatte 1945 abdanken müssen, aber für die meisten seiner Untertanen war er immer noch der

Kaiser. Die meisten von ihnen haben ihn allerdings nie zu sehen bekommen.«

»Aber du?« Das klang jetzt so, als hielte Waltraud das für unmöglich.

»Ja, ich«, bestätigte Alexander. »Natürlich war es für normale Sterbliche sehr schwierig, bis zu dem Kaiser vorzudringen. Und von uns Fremdenlegionären hat er sich ferngehalten. Von allen französischen Truppen übrigens. Er hat sich als Kaiser der Vietnamesen verstanden, nicht als irgendeine Marionette der Kolonialmacht Frankreich.«

Es war Waltraud egal, für wen sich dieser Bao Dai gehalten hatte. Aber das sagte sie nicht. Sie hatte registriert, dass ihr Mann schon die vierte Flasche Bier geleert hatte, und jetzt ging er zum Kühlschrank und holte sich die nächste. Im Suff war er unberechenbar.

»Ich glaube, ich habe dir schon mal erzählt, dass ich damals in Indochina mit diesem Deutschen zusammengetroffen bin, diesem Heinz Helfgen, der mit dem Fahrrad um die Welt fahren wollte. Verrückte Idee! Aber alle, die davon gehört hatten, die waren begeistert, und so kam es, dass dieser Helfgen auch in Vietnam Kontakt zu allen möglichen Leuten bekommen hat, die mit den meisten normalen Menschen überhaupt niemals reden würden. Dabei war dieser Helfgen ein Nichts! Ein arbeitsloser Abenteurer, der nichts besaß als sein Fahrrad. Und eine große Klappe.«

»Er hat Erfolg gehabt damit«, sagte Waltraud. Sie hatte damals einige seiner Berichte im Rundfunk gehört.

»Sag ich doch!«, entgegnete Alexander. »Er hat Erfolg gehabt. Viel, viel Erfolg. Habe ich jemals etwas anderes behauptet?«

Waltraud schüttelte den Kopf.

»Jedenfalls hatte es dieser Helfgen geschafft, um verschiedene Ecken eine Einladung zu Bao Dai zu kriegen. Eine Einladung zur Tigerjagd.«

Waltraud sagte nichts.

»Das Problem war jetzt aber, dass der Kaiser natürlich nicht in Hanoi saß, wie wir damals, sondern entweder in seinem Kaiserpalast in Da Lat oder aber in seinem Jagdhaus im Dschungel. Und die einzige Möglichkeit, dort überhaupt hinzukommen, bestand darin, dass man ein Flugzeug nahm. Das war natürlich in gewisser Weise auch so etwas wie eine Eintrittskarte. Wer kein Flugzeug hatte, konnte nicht kommen. Wer kein Flugzeug hatte, der war zu unbedeutend, um mit dem Kaiser in Kontakt zu treten.«

»Aber du hattest doch auch kein Flugzeug«, stellte Waltraud fest.

Alexander warf ihr einen ärgerlichen Blick zu. Er liebte es nicht, wenn sie seine Erzählungen unterbrach. Und er schätzte es erst recht nicht, wenn sie irgendwelche kritischen Bemerkungen machte. »Nein«, sagte er. »Ich hatte natürlich kein Flugzeug. Und der Helfgen auch nicht. Aber der kannte die richtigen Leute, und die haben dann dafür gesorgt, dass er dorthin fliegen konnte. Und da die Franzosen nicht wollten, dass dieser Mann allein irgendwohin in den Dschungel geflogen wurde, haben sie mich als Leibwächter mitgeschickt.«

»Als Leibwächter?« Wenn Waltraud sich jemals einen Leibwächter aussuchen sollte, dann würde ihre Wahl nicht auf Alexander fallen.

»Ja, als Leibwächter. Der Helfgen, der war einfach zu prominent. Er hatte ja hervorragende Verbindungen zur Presse, und es durfte auf keinen Fall riskiert werden, dass dieser Mann plötzlich irgendwo im Dschungel verschwand und nie wieder auftauchte. Und so bin ich dann mitgeflogen. In Zivil natürlich. Etwas anderes hätte der Kaiser nicht geduldet. Aber ich hatte meine Pistole dabei.« So könnte es gewesen sein, dachte Alexander. Nein, so war es gewesen. Oder spielte ihm sein Gedächtnis wieder einmal einen Streich? Unsinn. So war es gewesen. Alexander rülpste laut. Er nahm noch einen Schluck Bier. »Wir haben mit dem Kaiser zu Abend gegessen, und als ich am nächsten Morgen aufwachte, da standen schon die Elefanten bereit, die uns zur Tigerjagd bringen sollten ...«

Donnerstag, 16. März 1967

Waltraud hatte geschwiegen und sich die ganze Geschichte angehört. Aber je länger sie darüber nachdachte, desto sicherer war sie sich, dass sie all diese Dinge schon einmal gehört hatte. Nicht von ihrem Mann, sondern im Rundfunk, im NWDR, auf der Mittelwelle. Da waren die Reiseberichte von Heinz Helfgen gesendet worden, und sie erinnerte sich sehr gut an den Fluss mit den Krokodilen, den er durchqueren musste. War das in Burma gewesen? Vielleicht. Und dann eben die Geschichte mit der Tigerjagd. Tigerjagd mit Elefanten. Was Alexander erzählt hatte, das klang ziemlich genau wie das, was dieser Helfgen damals auch berichtet hatte. Nur dass er einen Leibwächter dabeigehabt hatte, davon hatte er nichts erzählt.

Vielleicht wollte er es nicht erzählen? Das war möglich. Und die Sendung im Radio war natürlich viel zu kurz, als dass er hätte alle Einzelheiten berichten können. Er hatte ja auch ein Buch geschrieben über seine Reiseerlebnisse. Aber das half ihr jetzt nichts. Sie hatte das Buch nicht, und die nächste Leihbibliothek war in Cuxhaven, da wollte sie nicht extra hinfahren, um diese Geschichte nachzuschlagen.

Waltraud überlegte. Sie hatte das Buch vor Kurzem gesehen. Nein, nicht in irgendeiner Buchhandlung. Sie hatte das Buch gesehen, wie es in einer Wohnung im Wohnzimmer im Bücherregal stand. Bei Heike? Das war eine Möglichkeit. Heike würde überrascht sein, wenn sie morgen früh so plötzlich ohne Vorankündigung bei ihr ankam. Aber das ging. Sie würde Heike ganz einfach erzählen, warum sie sich für das Buch interessierte, und dann würden sie gemeinsam nachlesen, was damals in Indochina wirklich passiert war.

Dienstag, 11. April 1967

»Kommt doch mal nach Berlin«, hatte Michael in seinem letzten Anruf vorgeschlagen. Horst Bergers Sohn hatte vor einigen Monaten seinen ersten Wohnsitz nach West-Berlin verlagert, um der Wehrpflicht zu entgehen. Jetzt studierte er an der TU.

»Wir kommen«, hatte Susanne erklärt.

»Nach Berlin?« Horst war nur mäßig begeistert. Er dachte an die lange Fahrt quer durch die DDR, unfreundliche Vopos, die endlosen Grenzkontrollen.

»Ja, natürlich, das machen wir. Und Irmi kommt selbstverständlich mit.«

»Das wäre nett.«

»Darfst du überhaupt mit dem Auto fahren?«, fragte Susanne plötzlich. »Für Bundeswehr-Soldaten ist das verboten. Ob das für Polizei auch gilt?«

Horst war sich sicher, dass die Bestimmung nicht für Polizisten galt.

»Und was ist mit mir? Ich bin amerikanische Staatsbürgerin. Sicher brauche ich ein Visum für die DDR.«

Das entschied alles. »Wir fliegen«, sagte Horst. Er rief gleich bei Irmi an, aber die konnte nicht mit. Zu viele Kollegen hatten sich krankgemeldet. Schade.

Horst hatte noch nie in einem Flugzeug gesessen. Susanne amüsierte sich über seine Nervosität. Sie war in den USA viele Male geflogen, und am Ende schließlich mit einer Boeing 707 über den Atlantik. Jetzt war sie neugierig darauf, zu sehen, wie der Sohn ihres Bruders in Berlin lebte. »Eine Wohngemeinschaft«, hatte Michael am Telefon erklärt. »Wir wohnen in einer Wohngemeinschaft.« Daher also die überraschend niedrigen Mietkosten, die Horst gar nicht aufgefallen waren. Er überwies das Geld per Dauerauftrag.

Wie würde Michael jetzt aussehen? Vielleicht hatte er inzwischen lange Haare und einen wilden Bart? Er war immer etwas aufsässig gewesen. Als Schüler hatte er einmal eine Beziehung zur Tochter eines Bankräubers angefangen. Davon durfte sein Vater natürlich nichts wissen. Susanne hatte Stillschweigen gelobt. Horst wusste bis heute nichts davon.

Und jetzt? Hatte er eine Freundin? War die Wohngemeinschaft womöglich eine Kommune, wo angeblich jeder Sex mit jedem trieb? Wie würde Horst damit fertigwerden? Sie warf ihm einen forschenden Blick zu. Wahrscheinlich dachte er überhaupt nicht über solche Dinge nach. Was er wohl sagen würde, wenn Michael ihn mit den Worten empfing: Darf ich dir meinen Freund Fritz Teufel vorstellen?

Am Abend waren sie schlauer. Michael, der aussah wie immer, also mit kurzen Haaren und ohne Bart, hatte sie mehrere Stunden lang durch West-Berlin geführt. Natürlich hatten sie die Mauer gesehen und das Brandenburger Tor – aus der Ferne. Susanne war enttäuscht. West-Berlin war zwar nicht gerade klein, aber Susanne fühlte sich trotzdem eingeengt. Sie war aus den USA grenzenlose Freiheit gewohnt, konnte überall hinfahren, überall hinfliegen. Theoretisch ging das hier auch, aber in der Praxis stieß man zu schnell an seine Grenzen. Das Pergamon-Museum? Das hätte Susanne gern gesehen, aber das lag in Ost-Berlin.

Die Wohngemeinschaft erwies sich als eine Gruppe von acht Studenten und Studentinnen, die gemeinsam eine Altbauwohnung gemietet hatten. Das einzige exotische Element war ein zahmer Hase, der einem der Mädchen gehörte. »Es ist schon der zweite«, erläuterte Michael. »Der erste Hase ist gestorben. Er war zu neugierig.«

»Zu neugierig?«, fragte Susanne nach.

»Hasen knabbern gern. Er hat das Stromkabel angefressen. Natürlich ist die Sicherung rausgeflogen, aber da war der Hase schon tot.«

Allmählich kamen weitere Gäste.

»Habt ihr eine Party?«, fragte Horst. »Stören wir?«

»Nein«, versicherte Michael. »Dies ist ein ganz normaler Abend. Unsere Wohnung ist so schön groß, da können viele Leute zu Besuch kommen. Und laute Musik können wir auch hören. Der alte Herr, der unter uns wohnt, den stört das nicht. Der ist schwerhörig.

Horst war nicht schwerhörig. Susanne konnte unschwer an seinem Gesicht ablesen, dass er gern den Plattenspieler leiser gestellt hätte, aber er traute sich nicht. Susanne kannte die meisten Songs. Sie summte leise mit.

Horst fühlte sich etwas isoliert. Immerhin war er doppelt so alt wie die Studenten. Ein junger Mann versuchte, ihn in ein Gespräch über Karl Marx zu verwickeln, gab aber rasch auf. Horst wusste einfach zu wenig über Marx. Michael bemühte sich um ihn. Er fragte einen seiner Kommilitonen, er hieß Benno, ob er nicht eines seiner Gedichte vortragen möchte. Benno wollte nicht.

Horst hatte eines der Bücher aus dem Regal genommen. Karl Jaspers, *Wohin treibt die Bundesrepublik?*. Das hatte er auch längst lesen wollen. Er war nicht dazu gekommen.

Michael deutete auf das Buch. »Dumme Frage«, sagte er. »Wohin treibt die Bundesrepublik? Sie treibt überhaupt nirgendwo hin, sie steckt noch immer fest im braunen Sumpf.«

Susanne diskutierte derweil mit einem Pärchen über den Vietnamkrieg. Jutta und Wolfgang waren aktiv in der Friedensbewegung.

»Das finde ich toll«, sagte Susanne. Sie ging zum Plattenspieler. In dem Stapel der Schallplatten fand sie, was sie gesucht hatte. »Donovan«, sagte sie, für den Fall, dass Horst nicht wusste, was sie da auflegte. Aber Horst kannte das Lied. Er war völlig unmusikalisch, aber bei dem Lärm ringsum störte das nicht. Er sang leise mit:

»*He's the one who must decide*
Who's to live and who's to die
And he never sees the writing on the wall …«

Susanne dachte an George, der vielleicht gerade jetzt entschied, wer leben und wer sterben würde. Sie holte sich ein neues Glas Amselfelder Rotwein. Jutta und Wolfgang hatten sich anderen Gesprächspartnern zugewandt. Sie nahm einen Schluck. Er schmeckte wie billiger Rotwein. Den Geschmack kannte sie aus ihrer eigenen Studentenzeit.

Die Bücher – ein Traum. Susanne studierte die Titel. Sie hatte nie viele Bücher besessen. Ein einziges Buch hatte sie mit nach Amerika gerettet, *Nesthäkchen* von Else Ury. Das Buch hätte verbrannt werden sollen; die Ury war nicht arisch. Susanne hatte es versteckt und heimlich darin gelesen. Sie war entkommen; Else Ury war in Auschwitz gestorben. Nun lag *Nesthäkchen* irgendwo in Illinois und wartete auf ihre Rückkehr. Sie würde lange warten müssen. Vielleicht für immer.

Horst suchte bei den Getränken nach einem passenden Bier.

Einer der Studenten sagte: »Astra haben wir hier nicht.«

»Kommst du auch aus Hamburg?«, fragte Horst.

»Ja. Ich bin übrigens Kai.«

»Hallo Kai«, sagte Horst. »Woher weißt du, dass ich aus Hamburg komme?«

Kai lachte. »Du s-tolperst zwar nicht mehr übern s-pitzen S-tein, aber weit davon ab bist du auch nicht. Barmbek würde ich schätzen.«

»Wandsbek«, korrigierte Horst. »Kannst du alle örtlichen Dialekte unterscheiden?«

»Nee.«

Schade, dachte Horst. Ihm war plötzlich bewusst geworden, dass die Stimme von Roy Clark ein ganz eindeutiges Unterscheidungsmerkmal sein musste. Er hatte den Mann noch nie gehört, aber alle, die mit ihm am Telefon gesprochen hatten, hatten ausgesagt, dass es eine »markante« Stimme sei, was immer das heißen mochte. Sie mussten unbedingt endlich eine Aufzeichnung eines solchen Anrufs auf Band mitschneiden. Aber der Mann war zu vorsichtig. Er rief bisher nie denselben Apparat zweimal an.

Susanne stieß ihn an. »Ziemlich heiß hier drinnen, findest du nicht?«

Horst fragte: »Wollen wir eine rauchen?«

Susanne nickte. Sie ging voran, öffnete die Tür zum Balkon und trat nach draußen. Frische Nachtluft. Susanne atmete tief durch. Horst zündete sich eine Zigarette an. Susanne beobachtete ihn. Sie hatte geglaubt, dass er nicht viel rauchte, aber seine routinierten Bewegungen waren die eines erfahrenen Rauchers. Sie selbst rauchte *Reyno*.

Horst schnupperte, zog die Nase kraus. »Was ist denn das für ein Teufelszeug?«

»Mentholzigaretten.«

»Oh.«

Sie schwiegen eine Weile. Horst betrachtete misstrauisch die Rostspuren des eisernen Balkongitters. Ob das wirklich halten würde, wenn man sich dagegen lehnte?

Susanne fragte plötzlich: »Sag mal, Horst, wie war das eigentlich damals mit Mamas Selbstmord.«

Horst seufzte. »Ich weiß es nicht.«

»Du bist doch der Einzige von uns, der damals wirklich zu Hause gewesen ist …«

»Ich weiß es trotzdem nicht. An dem Tag, als es passiert ist, da war ich in der Schule. Und als ich am Nachmittag zurückgekommen bin, da war Polizei bei uns im Haus, und einer der Polizisten hat mir erzählt, dass es ein Unglück gegeben habe, und dass Mama tot sei. Ich habe geheult und geschrien. Ich wollte unbedingt zu ihr, aber sie haben mich nicht gelassen. Sie haben mich zu den Nachbarn gebracht, zu Protzes, und die Frau Protze, die hat sich ganz lieb um mich gekümmert.«

»Und dann? Sie müssen doch irgendetwas gesagt haben ...«

»Am Anfang haben sie nur behauptet, es sei ein Unglück passiert. Und als ich dann später immer wieder nachgefragt habe, da haben sie gesagt, es sei beim Waffenreinigen geschehen. Mama habe die Pistole neu ölen wollen und auch das Magazin herausgenommen, wie man das halt macht, aber sie habe nicht gewusst, dass noch eine Kugel im Lauf war.«

»Was für eine Pistole?«, fragte Susanne.

»Das habe ich natürlich auch gefragt. Es war angeblich Wilhelms Dienstwaffe. Aber die hat er niemals mit nach Hause gebracht.«

Susanne sah Horst nachdenklich an.

»Natürlich ist es kein Unfall gewesen«, sagte der. »Ich bin ja später noch einmal in der Wohnung gewesen, um meine Spielsachen und meine Bücher abzuholen, und da habe ich mich ein bisschen umgesehen. Eines der Bilder hing anders als vorher. Als ich es von der Wand genommen habe, war dahinter der Einschlag von einer Kugel.«

Susanne überlegte. »Diese Radierung meinst du?«

»Ja. Der Rhein mit der Loreley.«

»Und es kann kein Unfall beim Waffenreinigen gewesen sein? Ich meine, wir haben alle geglaubt, dass unser Vater die Waffe nicht mit nach Hause bringt, aber wenn er das nun doch getan hat? Als er aus Polen zurückgekommen ist? Wenig später ist er ja dann nach Kiel gefahren, auf seinen Hilfskreuzer. Vielleicht hat er keine Gelegenheit mehr gehabt, die Waffe irgendwo abzugeben?«

Horst schüttelte den Kopf. »Es gab noch einen zweiten Einschlag«, sagte er. »Direkt neben der Tür. Damit ist klar, dass die Geschichte nicht beim Waffenreinigen passiert ist.«

Susanne sah ihn an. »Damit ist auch klar, dass sie sich nicht erschossen hat. Zwei Schüsse in entgegengesetzte Richtung – das passt einfach nicht.«

Horst zuckte mit den Achseln. »Was wirklich passiert ist, werden wir wahrscheinlich nie erfahren. Als ich in Hamburg bei der Polizei angefangen habe, da habe ich im Archiv nachgefragt. Aber sie haben keine Unterlagen darüber. Das ist alles im Krieg verbrannt, sagen sie.«

»Sehr merkwürdig.«

Horst zögerte. Schließlich sagte er: »Weißt du eigentlich, dass Mama für die Engländer spioniert hat?«

Susanne schüttelte den Kopf. »Wie kommst du darauf?«

»Ich habe es gesehen. Einmal als ich früher aus der Schule gekommen bin, da kam Mama mit einem großen Briefumschlag nach Hause, und sie wollte nicht sagen, was da drin war. Später, als sie mit irgendjemand telefoniert hat, habe ich nachgesehen. Da waren Fotos drin. Große Fotos, die ganz offensichtlich auf einer Werft gemacht worden waren. Und nach allem, was ich heute weiß, muss das die Werft Blohm & Voss gewesen sein. Da war 1939 das Schlachtschiff H im Bau. Größer und stärker als die Bismarck und die Tirpitz. Aber der Bau ist dann nach wenigen Monaten abgebrochen worden. Sie haben geglaubt, das Schiff würde nicht mehr rechtzeitig fertig werden, bevor der Krieg vorbei war.«

»Was ist mit diesen Fotos passiert?«

»Am nächsten Tag waren sie verschwunden. Ich denke, dass Mama sie noch am selben Abend an ihre Auftraggeber übergeben hat.«

Die Balkontür öffnete sich, und Kai trat nach draußen, eine Zigarette in der Hand. Er sah Susanne und Horst, zögerte einen Moment, dann sagte er. »Oh. Ich wollte nicht stören.«

»Du störst nicht«, behauptete Horst, aber Kai ging wieder nach drinnen zurück.

Susanne deutete mit dem Daumen auf Kai. »Er ist an der Uni Hamburg. Im AStA. Heißt das so? Irgendein Studentenausschuss.«

»Aha«, sagte Horst. Er kannte sich an der Universität nicht aus.

»Spionage.« Susanne schüttelte den Kopf. »Das kann ich mir überhaupt nicht vorstellen«, sagte sie. »Mama war doch solch ein sanfter, friedlicher Mensch. Warum sollte ausgerechnet sie sich in Lebensgefahr begeben und irgendetwas ausspionieren?«

»Das habe ich mir damals auch nicht erklären können«, gab Horst zu. »Aber inzwischen habe ich eine ziemlich genaue Vorstellung davon, wie das gelaufen ist. Ich habe Wilhelm mal darauf angesprochen. Er hat mir gesagt, dass Mama mit dem englischen Konsul befreundet war und dass der sie zunächst ohne ihr Wissen als Spionin eingesetzt hat. Sie sollte unserem Freund Rogge eine ganz harmlose Frage stellen, wo derzeit ein bestimmtes Unterseeboot zu finden sei. Sie hat ihn gefragt, und Rogge hat darauf geradezu panisch reagiert und sich sofort mit Papa in Verbindung gesetzt. Der hat Mama zur Rede gestellt und, wie er sagt, jeden weiteren Kontakt zu dem Konsul unterbunden. Damit war der Zweck dieser Aktion erfüllt. Das U-Boot lag nämlich damals nicht in Kiel oder sonst in irgendeinem deutschen Hafen, sondern es war verbotenerweise im spanischen Bürgerkrieg eingesetzt. Wilhelm hat geglaubt, durch sein Eingreifen jeden weiteren Kontakt zu dem englischen Konsul unterbunden zu haben. Aber du kennst ja Mama. Sie hat sich nichts verbieten lassen.«

»Aber warum das Ganze?«

»Es ging um die Ausreise. Du warst in Sicherheit, und jetzt musste der Rest der Familie auch noch gerettet werden. Sie hat geglaubt, dass sie das auf diese Weise erreichen könnte. Wahrscheinlich hat der englische Konsul ihr alles Mögliche versprochen. Ob er jemals vorgehabt hat, ihr die Ausreise nach England zu ermöglichen, weiß ich natürlich nicht. Fest steht lediglich, dass er uns die nötigen Papiere für eine Passage nach Indien besorgt hat, auf der Rauenfels. Mama und ich sind tatsächlich losgefahren. Bei Kriegsausbruch waren wir schon in Antwerpen. Mama wollte aussteigen, aber der Kapitän hat uns nicht von Bord gelassen. Und die Rauenfels ist nicht nach Indien gefahren, sondern nach Hamburg zurückgekehrt.«

Das hatte Susanne nicht gewusst. »Das hat mir niemand erzählt«, sagte sie. »Arme Mama.«

Sonnabend, 22. April 1967

Alexander Dobruck hatte die Schnauze gründlich voll. Nichts funktionierte. Da hatte er nun seine Anschläge auf die Bundesbahn durchgeführt, aber es war nichts dabei herausgekommen. Die Bombe im Schließfach war nicht so explodiert, wie er sich das vorgestellt hatte. Bei der Explosion hatte er selbst nur wenige Dutzend Meter von jenem Schließfach entfernt gestanden. Der Qualm war eindrucksvoll gewesen, aber der Schaden eher unbedeutend. Immerhin war der Schlüssel jetzt weg. Hatte er ihn wirklich weggeworfen? Er konnte sich nicht erinnern.

Gut war, dass die Bundesbahn, die Polizei und auch die Öffentlichkeit inzwischen von ihm Notiz genommen hatten. Die Presse hatte über den Bombenanschlag berichtet, und als er die Texte gelesen hatte, da hatte er einen Moment lang das Gefühl, dass jetzt der Augenblick gekommen sei, um das geforderte Geld einzustreichen. Aber er wusste nicht wie. Der Überbringer des Geldes könnte zum Beispiel im Zug sitzen, in einem Schnellzug nach Hannover vielleicht, und dann die Tasche mit dem Geld an einem vorher verabredeten Ort aus dem Fenster werfen. Theoretisch. In Wirklichkeit würde die Polizei ihn festnehmen, wenn er versuchte, an das Geld zu kommen.

Nein, es musste ganz anders gemacht werden. Niemand durfte im Voraus wissen, wo die Übergabe des Geldes stattfinden sollte. Nicht einmal er selbst durfte das im Voraus wissen. Er würde den Überbringer des Geldes in einer Art Schnitzeljagd quer durch Norddeutschland schicken, und wenn er sich am Ende ganz sicher war, dass dieser Mensch allein war, und dass ihm niemand folgte, dann würde er den genauen Ort festlegen, wo der Mann die Tasche abwerfen sollte.

Dass der Mann allein war, ließ sich relativ einfach sicherstellen. Roy Clark würde verlangen, dass er mit einem Motorrad kam. Aber um die gewünschte Schnitzeljagd tatsächlich durchführen zu können, fehlte ihm etwas ganz Entscheidendes. Er brauchte ein Auto, und zwar sofort. Das war ärgerlich, denn das kostete viel Geld. Aber was waren schon fünfhundert Mark im Vergleich zu den dreihunderttausend oder gar fünfhunderttausend, die er von der Bahn bekommen würde?

Sonnabend, 29. April 1967

Eine Woche später. Das Auto hatte er jetzt. Das größte Hindernis bei der Jagd nach dem Geld war damit aus dem Weg geräumt. Und das Auto bot weitere Vorteile. Bis jetzt hatte er sich bei der Planung seiner Anschläge immer danach richten müssen, wo er mit der Bahn gut hinkommen konnte. Das Eisenbahnnetz in Norddeutschland war erfreulich engmaschig, ganz anders als damals in Indochina, und die Züge fuhren auch tatsächlich zu den angegebenen Zeiten. Aber im Grunde war es zu auffällig, wenn er sich jedes Mal an den Bahnhöfen orientierte. Da war der Hamburger Hauptbahnhof, da war der Bahnhof Stelle an der Strecke Hamburg-Lüneburg, und selbst den Erpresserbrief, den er in Buxtehude in den Briefkasten geworfen hatte, hatte er natürlich mit der Bahn dorthin gebracht.

Seit sie das neue Haus in Altenbruch gekauft hatten, war der Weg zur Bahn nicht gerade einfacher geworden. Das Haus lag zwar mitten in Altenbruch, aber der Bahnhof nicht. Die Planer der Unterelbeschen Eisenbahngesellschaft hatten bei der Festlegung der Strecke von Hamburg-Harburg nach Cuxhaven vor hundert Jahren viel Wert auf eine besonders kurze Streckenführung gelegt, und daher führte der Schienenstrang hart am Rande der Elbe an Altenbruch vorbei. Hinzu kam, dass die Strecke bis heute nicht durchgehend zweigleisig ausgebaut war, wodurch es immer wieder zu Verspätungen kam. Alexander Dobruck hatte mehr als einmal deswegen wichtige Anschlüsse in Harburg oder Hamburg verpasst.

Das war jetzt alles vorbei. Er hatte ein Goggomobil Coupé erworben, hellblau mit weißem Dach. Waltraud bemängelte zwar, dass der Wagen nur zwei Sitzplätze hatte, aber die Kinder waren ja noch klein, drei und vier

Jahre alt, die passten ohne Schwierigkeiten auf die Notsitze in der zweiten Reihe. Um seine Familie für diese neue Anschaffung zu begeistern, hatte er einen gemeinsamen Ausflug an die See vorgeschlagen.

Am Sonntag war es so weit. Die Familie Dobruck stieg in das neue Auto, und Alexander steuerte den Wagen über die B 73 in Richtung Westen, nach Cuxhaven. Er hatte bewusst ein Ausflugsziel gewählt, bei dem er nicht auf die Autobahn fahren musste. Das Goggomobil war zwar für die Autobahn zugelassen, aber mit seiner Höchstgeschwindigkeit von 85 Stundenkilometern war es auch ein echtes Verkehrshindernis. Jeder VW konnte schneller fahren, und jeder VW fuhr schneller. Wie hätte er denn da ausgesehen?

Er parkte den Wagen beim Bahnhof und ging dann mit seiner Frau und den Kindern am Ufer entlang. Er zeigte den Kindern die Kugelbake, und dann schlenderten sie weiter bis nach Duhnen, wo es jedenfalls einen schönen Sandstrand gab. Es war Niedrigwasser. Die Nordsee war weit weg, die Kinder spielten im Sand, und draußen am Horizont fuhren große Schiffe in Richtung Hamburg. Sie nutzten das auflaufende Wasser.

»Guck mal, was ich gefunden habe!«, rief Waltraud. »Ein Engelsflügel!«

Dobruck nickte. Es war die Klappe einer amerikanischen Bohrmuschel, und diese sah tatsächlich aus wie der Flügel eines Engels.

»Vielleicht sind hier noch mehr!«

Ja, vielleicht. Aber die Engelsflügel waren selten am Strand in Duhnen, und wenn es wirklich welche gab, dann waren meist irgendwelche dämlichen Touristen zur Stelle, die sie einsammelten, mit nach Hause nahmen und dann schließlich doch wegwarfen.

Die Rückfahrt von Cuxhaven verlief nicht ganz so harmonisch wie die Hinfahrt. Waltraud beklagte sich, dass die Sitze so eng seien. Und so hart. Und dann fragte sie zum ersten Mal, was das Auto denn nun eigentlich gekostet und mit welchem Geld Alexander es bezahlt habe. Er antwortete ausweichend. Die Kinder fingen an zu quengeln, und Alexander rief, dass sie sofort damit aufhören sollten, sonst könne er sich nicht auf das Fahren konzentrieren. Kaum waren die Kinder ruhig, erwischte Alexander mit dem rechten Vorderreifen irgendeine Glasscherbe oder einen krummen Nagel, sodass die Luft aus dem Reifen langsam entwich.

»Keine Sorge«, sagte Alexander. »Wir haben ja ein Reserverad.« Aber es war unüberhörbar, dass er verärgert war. Hinzu kam, dass sie zwar das Reserverad dabeihatten, aber kein Werkzeug. So mussten sie die letzten zwei Kilometer mit einem platten Reifen zurücklegen.

»Das ist schlecht für die Felge!«, wusste Waltraud.

Ja, das war es, aber irgendwie mussten sie ja schließlich nach Hause kommen.

Zuhause machte Alexander sich gleich an die Arbeit, den Schaden zu beheben. Mit dem Wagenheber ließ sich das Goggomobil mühelos anheben. Und während Alexander das Auto nach oben hebelte, kam ihm plötzlich der Gedanke, dass man mit dieser Technik auch ganz andere Dinge anheben konnte. Zum Beispiel ein Eisenbahngleis.

Was würde passieren, wenn man die eine der beiden Schienen auf diese Weise vielleicht fünfzig Zentimeter in die Höhe wuchtete und sie dort mit einem Kantholz fixierte? Es lag auf der Hand, dass das einen Zug erheblich aus der Bahn werfen würde. Vielleicht nicht eine schwere Schnellzuglokomotive, aber sicher doch einen dieser leichten Triebwagen, wie sie im Nahverkehr eingesetzt wurden. Im Grunde waren das ja nur zwei aneinandergehängte Busse, die man auf die Schienen gesetzt hatte.

Bei seiner Bombe im Hamburger Hauptbahnhof war er auf das Vorhandensein von Schließfächern angewiesen gewesen. In einem Bahnhof gab es immer Zeugen. Aber eine Schiene anheben, das konnte er überall tun.

Freitag, 5. Mai 1967

Die Gelegenheit war günstig. Der nächste Tag war Sonnabend, der 6. Mai. Ein ganz normaler Sonnabend. Alexander Dobruck hatte frei. Seiner Frau hatte er erzählt, dass er über Nacht wegbleiben werde. Es gebe da noch einen Transportauftrag. Möbel, die von Cuxhaven nach Recklinghausen transportiert werden sollten. Antike Möbel, und der Käufer wolle sie unbedingt rechtzeitig in Recklinghausen haben, um seine Familie damit zu Pfingsten zu überraschen.

Alexander hatte sich eine komplizierte Legende ausgedacht, und er hätte erklären können, wie jedes einzelne Möbelstück aussah, aber das erwies sich als unnötig. Waltraud fragte nicht nach.

Alexander fuhr mit dem Goggomobil nicht etwa nach Cuxhaven, um den Lastwagen abzuholen, sondern in Richtung Bederkesa. Er hatte sich entschlossen, den Anschlag auf die Bahn an der Strecke Bremerhaven-Bederkesa auszuführen. Das erschien ihm am einfachsten. Dort würde er nicht dauernd gestört werden wie an den belebteren Bahnlinien Hamburg-Hannover oder Hamburg-Bremen, wo er mit seinen bisherigen Anschlägen gescheitert war.

Zunächst einmal musste er aber einen geeigneten Ort für seine Aktion finden. Es verstand sich von selbst, dass dafür nur Streckenabschnitte infrage kamen, in denen das Gleis irgendwo in der freien Natur lag, und wo es keine Zuschauer gab. Alexander war am frühen Freitagnachmittag losgefahren, und so hatte er genug Zeit für die Suche.

Er begann in Bremerhaven und folgte dann der Bahnlinie in Richtung Osten. Die Strecke war eingleisig. Es gab zahlreiche unbeschrankte Bahnübergänge, sodass er mit dem Auto gut an das Gleis herankommen konnte. Der erste Ort, der ihm geeignet erschien, lag im Waldgebiet zwischen Wehden und Drangstedt. Es wäre kein Problem, hier in unmittelbarer Nähe der Schienen zu parken. Und es war unwahrscheinlich, dass ihn hier irgendjemand bei seiner Sabotagetätigkeit entdecken würde. Aber dieser Ort gefiel ihm trotzdem nicht. Wenn überraschend jemand kam, dann würde er ihn auch nicht sehen, bevor er unmittelbar vor ihm stand.

Weiter. Der nächste Wald, dasselbe Problem. Allmählich wurde es Zeit, dass er einen passenden Ort fand. Die gesamte Bahnstrecke von Bremerhaven nach Bederkesa war ja keine zwanzig Kilometer lang. Und da hinten, der bewaldete Hügel und all die Häuser, kein Zweifel, das war schon Bederkesa. Aber jetzt! Ein weiterer unbeschrankter Bahnübergang an der Straße Bederkesa-Fickmühlen. Links und rechts Ackerland, und sowohl entlang der Straße als auch entlang der Bahnlinie immer wieder Buschwerk und einzelne Bäume. Und er konnte den Wagen problemlos auf dem Feldweg am Rande des Gleises parken.

Alexander Dobruck erkundete den Feldweg. Alles sah gut aus. Der Weg führte nur zwei Felder weiter und endete dort. Es gab keine Möglichkeit, hier in Richtung Bederkesa weiterzufahren. Dieser Weg wurde wirklich nur von irgendwelchen Landwirten benutzt, vielleicht sogar nur von einem einzigen Bauern, und der würde sich nicht nach Feierabend hier auf dem Acker herumtreiben. Sehr gut. Jetzt musste Dobruck nur noch warten.

Das Warten fiel ihm schwer. Kurz entschlossen fuhr er mit dem Auto nach Bederkesa hinein. Er stellte den Wagen auf dem Parkplatz vor dem Museum ab und ging hinunter zum See. In der flachen Landschaft wirkte der See riesig, dabei war er kaum mehr als einen Kilometer lang. Es gab einen Rundwanderweg, und Alexander wanderte um den See. Außer ihm war so spät am Nachmittag niemand mehr unterwegs. Außerdem war es wahrscheinlich die falsche Jahreszeit. Es wehte ein kühler Wind.

So eine Wanderung war eine gute Gelegenheit, noch einmal über alles nachzudenken. Ja, es stimmte schon, er hatte sich entschieden, diesen Anschlag durchzuführen. Es behagte ihm nicht, dass dabei vielleicht Menschen zu Schaden kamen. Irgendwie stellte er sich vor, dass der Lokführer das Hindernis rechtzeitig sehen würde und mit einer Notbremsung gerade noch vor der verbogenen Schiene zum Halten kam. Das war nicht unmöglich. Immerhin war es eine gerade Strecke, und wenn der Zug aus Bederkesa kam, dann würde der Mann das Hindernis auf eine Entfernung von mehr als zweihundert Metern sehen können. Natürlich würde er bremsen. Wenn er aufmerksam genug war.

Und wenn nicht?

An dieser Stelle wollte Alexander nicht weiterdenken. Entscheidend war doch, dass er das Geld bekam. Entscheidend war, dass die Bundesbahn endlich auf seine Forderung einging. Und das wiederum war ganz offensichtlich nur möglich, wenn er die Bahn unter Druck setzte. Und die einzige Möglichkeit, die Bahn unter Druck zu setzen, bestand darin, diesen Sabotageakt auszuführen.

Dobruck glaubte, dass er mit sich im Reinen sei. Der Weg um den See war länger, als er gedacht hatte. Er freute sich, als er endlich seinen Wagen erreicht hatte. Es war noch immer nicht dunkel, aber das war ihm jetzt egal. Er fuhr das kurze Stück bis zu dem unbeschrankten Bahnübergang, bog nach rechts ab und parkte das Auto auf dem Feldweg, so wie geplant. Dann sah er sich um. Niemand zu sehen. Auf der Landstraße fuhr ein Auto vorbei.

Dobruck wartete, bis der Wagen verschwunden war. Dann fing er an, sein Werkzeug auszuladen. Und nun begannen die Schwierigkeiten. Im Gegensatz zu seinem Goggomobil bot die Eisenbahnschiene keinen guten Ansatz für den Wagenheber. Und als es ihm endlich gelungen war, das Gerät zwischen der Schiene und dem Schotter des Gleisbetts fest aufzustellen, da musste er feststellen, dass sein Plan undurchführbar war. Der Wagenheber war zu klein, und das Gleis war zu schwer. Eine Weile arbeitete er verbissen, aber als er es nach einer guten halben Stunde nicht geschafft hatte, die Schiene auch nur einen Zentimeter anzuheben, sondern stattdessen den Wagenheber ein kleines Stück weit im Gleisbett versenkt hatte, gab er es auf. Er brauchte ein deutlich größeres Gerät. Eine Tellerwinde. Die schaffte Lasten bis zu fünf Tonnen. Und er wusste auch schon, wo er die bekommen würde. Er machte sich auf den Weg nach Hause.

»Du bist schon zurück?«, rief seine Frau überrascht aus. »Ich denke, du bist in Recklinghausen.«

»Ja«, brummte Alexander. »Das habe ich auch gedacht. Aber der Kunde hat es sich anders überlegt. Er ist nicht gekommen, und ich habe endlos lange in der Spedition gewartet, und dann hat er schließlich angerufen und alles abgesagt. Und bezahlt hat er natürlich auch nicht.«

»Wie ärgerlich!« Waltraud hatte im Wohnzimmer gesessen und gelesen.

»Ach, so schlimm ist es nun auch wieder nicht«, sagte Alexander.

Waltraud legte das Buch zur Seite. Alexander sagte nichts, aber er begriff, dass es das Buch von diesem Heinz Helfgen war. Das gab es in ihrem Haus nicht. Waltraud musste es sich ausgeliehen haben. Kein Zweifel, seine Frau hatte nachprüfen wollen, ob das alles stimmte, was er ihr erzählt hatte. Es stimmte fast alles, bis auf eine Kleinigkeit. Der Name Alexander Dobruck kam in dem Buch nicht vor.

Freitag, 12. Mai 1967

Das nächste Mal hatte Alexander Dobruck sich besser vorbereitet. Er hatte aus Cuxhaven kräftige Kanthölzer besorgt, mit denen er verhindern konnte, dass die Winde beim Hochwuchten der Schiene in das Gleisbett einsank. Er war auch nicht abends losgefahren, sondern erst kurz vor Mitternacht, als seine Frau schon schlief. Er hatte sich leise angezogen und unbemerkt das Haus verlassen. Wenn diesmal wieder etwas schiefgehen sollte, wäre er früh genug zurück und brauchte sich keine Erklärungen für seine Frau auszudenken. Waltraud schlief am Wochenende mindestens bis acht Uhr.

Es gab keine Schwierigkeiten. Dobruck wusste ja, was er wollte. Er fuhr direkt zu dem unbeschrankten Bahnübergang, und dann machte er sich an die Arbeit. Die Schiene war schwer. Dobruck hatte vorgesorgt. Er hatte ein Metallrohr als Verlängerung auf den Hebel gesteckt, und so gelang es ihm, die Schiene Stück für Stück anzuheben. Als er bis zu einer Höhe von ungefähr dreißig Zentimetern gekommen war, bemerkte er, dass sich jetzt das gesamte Gleis zu bewegen begann. Weiter wollte er nicht gehen. Er fixierte die angehobene Schwelle mit einer Bohle und einem weiteren Kantholz. Dann ging er zurück zum Bahnübergang und betrachtete sein Werk. Alles sah gut aus.

Am liebsten hätte er jetzt gewartet, bis der fahrplanmäßige Zug am Samstagvormittag kam und entgleiste. Aber das wäre töricht gewesen. Womöglich hätte seine Frau Verdacht geschöpft. Viel besser war es, wenn er jetzt nach Hause zurückfuhr und leise zu ihr ins Bett schlüpfte. Falls sie jemals von der Polizei befragt werden würde, könnte sie beschwören, dass er das Haus nicht verlassen hätte.

Pfingstsonnabend, 13. Mai 1967

Dobruck hatte damit gerechnet, dass der fahrplanmäßige Triebwagen am Samstagvormittag hier entgleisen würde. Er konnte nicht ahnen, dass vorher noch ein anderer Zug kommen würde Um 9:12 Uhr passierte der Güterzug Nummer 9683 auf der Fahrt von Bremerhaven nach Bederkesa die Stelle. Der Lokomotivführer Fritz Pahlke achtete nicht auf das Gleis. Der kritische Punkt war hier der unbeschrankte Bahnübergang. Die Kontrolllampe für die Blinklichtanlage leuchtete ordnungsgemäß. Zwei Autos näherten sich dem Bahnübergang. Bremsten die Fahrer? Ja, sie bremsten. Im selben Augenblick neigte sich die Diesellok V 100 extrem nach rechts. Mein Gott, dachte Pahlke, jetzt kippt die Lok um! Er wurde auf die andere Seite der Führerkabine geschleudert, stieß mit der Schulter heftig gegen die gegenüberliegende Wand, rappelte sich wieder auf und bremste den Zug.

Alles war gutgegangen, keiner der Wagen entgleist. Pahlke atmete auf. Der Zug konnte die Fahrt fortsetzen. Vom Bahnhof Bederkesa aus alarmierte er die Polizei.

Einer der Wagen, die der Lokführer gesehen hatte, gehörte dem Bauingenieur Rudolf Marquardt. Er wollte mit seinem PKW den Bahnübergang in Richtung Fickmühlen überqueren. Als er vor dem Blinklicht anhielt, sah er plötzlich, dass ein ganzes Stück weiter rechts eine der Schienen stark nach oben aufgebogen war. Seltsam, dachte er. Waren das Bauarbeiten der Bundesbahn? In dem Augenblick kam der Zug. Als er die Stelle passierte, schlugen alle Wagen nach rechts aus. Das war nicht normal! Der Zug bremste, hielt und fuhr dann in Richtung Bederkesa weiter. Marquardt stieg aus und sah sich die Geschichte aus der Nähe an. Kein Zweifel, die Schiene war mit Gewalt angehoben worden, und eine der Schwellen war durchgebrochen. Ein Anschlag auf die Bundesbahn! War das am Ende wieder dieser Roy Clark, von dem die Zeitungen schrieben?

Es war Roy Clark. Direkt neben dem Gleis lag ein Briefumschlag im Gras. Marquardt bückte sich und hob den Umschlag auf. Er war nicht verschlossen. Im Umschlag steckte nur ein Zettel, auf dem geschrieben stand:

200.000 DM, SONST KRACHT ES WIEDER.
ROY CLARK.

Dienstag, 16. Mai 1967

»Wir haben Glück gehabt«, sagte Hauptkommissar Petersen. »Wir haben riesiges Glück gehabt. Wenn nicht zufällig an diesem Tag der Güterzug mit der schweren V 100 gekommen wäre, dann wäre der fahrplanmäßige Triebwagen von Bederkesa nach Bremerhaven in diese Falle gefahren. Ich habe mit den Experten von der Bundesbahn gesprochen. Der Triebwagen wäre wie eine Rakete abgehoben, sagen sie. Es hätte auf jeden Fall zahlreiche Verletzte gegeben, wahrscheinlich auch Tote.«

»Wir können den Mann nicht fassen«, sagte Horst Berger. »Solange er einfach nur irgendwo irgendwelche Bomben deponiert oder Sabotage an irgendeinem Gleis verübt, kriegen wir ihn nicht. Wir müssen mit ihm in Kontakt treten, um jeden Preis. Und der einfachste Weg, mit dem Mann Verbindung aufzunehmen, der besteht darin, dass wir in allen Zeitungen veröffentlichen: ›Die Bundesbahn will zahlen.‹«

»Das wäre eine Möglichkeit«, gab Hauptkommissar Petersen zu, »aber es ist sozusagen das letzte Mittel. Wenn wir öffentlich bekanntgeben, dass die Bahn sich erpressen lässt, dann bekommen wir in kürzester Zeit Dutzende von Nachahmungstätern, die wir auch alle unschädlich machen müssen. Außerdem weiß natürlich niemand, ob der Erpresser sich mit einer Zahlung zufriedengibt, oder ob er mehr Geld verlangt, wenn er einmal mit seiner Forderung durchgekommen ist.«

»Es geht nicht darum, dass der Mann sein Geld kriegt«, sagte Horst. »Es geht darum, ihn aus der Reserve zu locken. Er soll sagen, wo wir uns mit ihm treffen sollen. Dann haben wir eine Chance, ihn zu verhaften.«

»Wenn er sich darauf einlässt.«

»Warum sollte er sich nicht darauf einlassen? Ich halte das nach wie vor für den schnellsten und saubersten Weg«, beharrte Horst.

»Ich bin anderer Ansicht. Ich gehe davon aus, dass wir ohne Geld auskommen. Dieses Fantom ist meiner Meinung nach ein ausgesprochen dummer Mensch. Dafür sprechen seine Briefe, und dafür sprechen auch seine wechselnden Geldforderungen. Er weiß offensichtlich gar nicht, was er eigentlich will.«

»Er will Aufmerksamkeit«, vermutete Horst.

Der Hauptkommissar nickte. »Er will Aufmerksamkeit, deshalb hat er sich ja immer wieder an die Presse gewandt. Und diese Aufmerksamkeit, die soll er bekommen. Ich habe mit der Bild-Zeitung gesprochen. Bild wird einen großen Artikel bringen, dessen Überschrift lautet: *Fünf Fragen an Roy Clark.* Auf diese Weise bieten wir dem Fantom die Gelegenheit zu einer ausführlichen Selbstdarstellung. Die meisten der Fragen, die wir an Roy Clark richten, sind relativ harmlos. Einige aber nicht. Ich denke, dass wir auf diese Weise eine gute Chance haben, den Mann zu überlisten.«

Horst schüttelte den Kopf.

Pagels stieß ihn an: »Warum sollen wir es nicht versuchen, Horst? Das ist doch völlig unschädlich.«

»Es ist nicht geradlinig«, sagte er. »Das ist es, was mich an der Geschichte stört. Die Polizei macht irgendwelche Mätzchen, verärgert den Erpresser, und dessen Antwort besteht dann aus einem noch größeren Anschlag. Bis jetzt haben wir Glück gehabt. Bis jetzt ist niemand ernsthaft verletzt worden. Aber irgendwann ist auch die beste Glückssträhne einmal zu Ende.«

»Wir werden sehen«, sagte Petersen.

Donnerstag, 18. Mai 1967

Am nächsten Tag erschien, wie angekündigt, ein Artikel in der Bild-Zeitung: *Fünf Fragen an Roy Clark.* Eine der Fragen lautete: *Wo ist die Winde vom letzten Attentat?* Und eine andere Frage: *Woraus bestehen Ihre Bomben?*

Die Antwort ließ nicht lange auf sich warten. Roy Clark schrieb: VERSUCHT NICHT, MICH AUFS KREUZ ZU LEGN. IHR HÄTTET NOCH EINE SECHSTE FRAGE STELLEN KÖNEN: WO WOHNEN SIE? WORAUS MEINE BOMBEN BESTEHN, WERDET IHR MERKEN, WENN IHR MICH DAZU BRINGT, MEINEN TRUMPF HOCHGEHEN ZU LASSEN.«

Der Trick mit den fünf Fragen war gescheitert.

Am selben Tag schrieb Bild: *Schon wieder Bombenalarm am Hamburger Hauptbahnhof: Jetzt will die Bundesbahn verhandeln. 200.000 DM für den Erpresser. Attentäter ›Roy Clark‹ soll sich melden.*

Aber der Hinweis auf die angebliche Bombe im Hauptbahnhof war ein falscher Alarm. Es gab keinen neuen Anschlag, keine neue Drohung. Und Roy Clark meldete sich nicht.

Freitag, 19. Mai 1967

Susanne war in Saigon. Das Geld für den Flug hatte Wilhelm ihr geliehen. Sie wollte unbedingt mit George reden. Die Nachrichten aus Vietnam waren besorgniserregend. AFN berichtete von verlustreichen Kämpfen im Hochland. Sie wollte ihren Bruder da rausholen. Übernachtet hatte sie im Nobelhotel. Im Continental hatte einst Graham Greene logiert und *Der stille Amerikaner* geschrieben. Heute waren die Amerikaner alles andere als still.

Das Radio dröhnte los, mit voller Lautstärke. »Good Morning, Vietnam. Wir haben jetzt 6:19 Uhr morgens, und wir begleiten euch durch den Tag mit guter Musik für jeden Geschmack. Dazu eine Mischung aus Information und Unterhaltung.«

Susanne rieb sich den Schlaf aus den Augen. Es war keine gute Idee gewesen, sich vom Radio wecken zu lassen.

Die erste Platte, die der Discjockey auflegte, war *Way down south, in the land of cotton …* Susanne schaltete das Radio aus. Eine sentimentale Version von *Dixie* war das letzte, was sie jetzt hören wollte.

Susanne hatte sich mit George vor dem South Vietnamese Marine Corps Monument verabredet. Das Denkmal an der Le Loi Street war an Hässlichkeit schwer zu überbieten. Es zeigte zwei riesige, vorwärts stürmende Soldaten. Als Susanne dort ankam, war sie in Schweiß gebadet. Schon am Vormittag herrschten hier fast dreißig Grad, und es war unerträglich schwül.

Als die Franzosen Saigon gebaut hatten, hatte ihnen angeblich vorgeschwebt, ein Paris des Fernen Ostens zu errichten. Von dem Traum war nicht viel übriggeblieben. Alles, was man hier sah, war auf die heutigen Herren des Landes zugeschnitten, die amerikanischen Soldaten. Die renommierten Hotels aus der Kolonialzeit dienten jetzt als Unterkünfte für Offiziere. Die Bars und Restaurants warben um amerikanische Kunden, nicht um Vietnamesen. Das ganze Land war zu einer schlechten Kopie von Nordamerika verkommen.

»*R&R* ist alles«, sagte George. »*Rest and Recreation.* Fünf Tage Urlaub von der Hölle. Bangkok, Taipeh, Malaysia, wenn du Glück hast, oder eben Saigon.« Auch er sah in seiner Uniform aus wie eine schlechte Kopie des ehemaligen Studenten.

»Wie kannst du es hier aushalten?«, fragte Susanne.

Ihr Bruder lächelte. »Es gibt schöne Mädchen«, sagte er. »Und so viele.« Aber seine Augen lächelten nicht mit. »Saigon ist die Stadt mit der größten Bevölkerungsdichte auf der Welt, mehr Menschen pro Quadratmeter als in Tokio. Jeder fünfte Vietnamese lebt in Saigon.«

»Viele davon leben in Slums«, stellte Susanne fest.

»Die meisten«, sagte ihr Bruder. »Die Hütten unten am Wasser hast du wahrscheinlich vom Flugzeug aus gesehen. Das ist ehemaliges Sumpfland. Behausungen aus Pappe und Wellblech. Keine sanitären Einrichtungen, kein fließendes Wasser. Und wer krank wird, stirbt. Die Lebenserwartung in Saigon ist vierzig Jahre. Insgesamt haben wir hier eine halbe Million Flüchtlinge. Einige sind vor den Kommunisten geflohen, andere vor unseren Soldaten. Sie alle wollen einfach nur in Frieden leben.«

Susanne sah ihren Bruder an. Es waren die richtigen Worte, die er gebrauchte, aber er sagte sie völlig gleichgültig daher. »Dieses Elend kann man doch nicht einfach so hinnehmen!«

»Was sollen wir tun, Susanne? Dies ist nicht unser Land. Dies ist Vietnam. Und die örtlichen Behörden?« George zuckte mit den Achseln. »Die kümmern sich nicht darum. Jeder will so schnell wie möglich reich werden und so lange wie möglich an der Macht bleiben. Der jetzige Premierminister ist General Nguyen Cao Ky, siebenunddreißig Jahre alt. Ein Drogenhändler. Sein Vorbild ist Hitler. Das hat er ganz offen gesagt und mehrfach bestätigt. Für diese Leute führen wir hier Krieg.«

Mittwoch, 24. Mai 1967

Nach fünf Tagen Saigon konnte Susanne es nicht mehr aushalten. »Du bist nicht mehr derselbe«, stellte sie fest. »Wir haben jetzt zusammen Ausflüge gemacht, und wir haben zusammen getrunken und gelacht, aber du bist nicht mehr derselbe, der du früher gewesen bist, damals in Illinois.«

George sah sie an. »Ja«, sagte er.

Susanne wartete, aber mehr kam nicht. »Was ist los?«, fragte sie schließlich.

»Willst du es wirklich wissen?«

»Ich bin deine Schwester«, sagte Susanne. »Du kannst mir alles erzählen.«

Ihr Bruder lachte. »Das ist komisch, dass du das sagst. In Wirklichkeit bist du gar nicht meine Schwester. Wir sind zwar zusammen aufgewachsen, aber wir haben verschiedene Mütter. Du bist meine Halbschwester. Und doch glaube ich, dass ich dir Dinge erzählen kann, die ich meinem Vater niemals erzählen könnte. Oder meiner Mutter.«

»Du kannst mir alles erzählen«, wiederholte Susanne.

»Also gut«, sagte ihr Bruder. Dann schwieg er, sah sie lange an. Wahrscheinlich überlegte er, was er ihr erzählen könnte. Schließlich schüttelte er den Kopf.

»Los!«, sagte Susanne sanft.

»Also gut«, setzte ihr Bruder zum zweiten Mal an. »Nur diese eine Geschichte. Das war zwischen den Einsätzen. Ich saß in einem kleinen Tea Shop zwischen zwei Dörfern in der Gegend von Dien Ban. Das ist südlich von Da Nang. Da Nang kennst du vielleicht, oder?«

Susanne nickte. Sie hatte keine Vorstellung davon, wo Da Nang lag, aber das war gleichgültig.

»Ich saß also in diesem Tea Shop, zusammen mit einem unserer vietnamesischen Kameraden. Ich habe ein

Spiegelei gegessen, und ich habe Tee getrunken, genau wie er. Wir waren nicht die einzigen Gäste, aber die anderen waren alle Vietnamesen. Sie haben sich unterhalten, und im Hintergrund spielte ein Radio. Wir haben geredet und gelacht. Ich hatte gar nicht auf die anderen geachtet, aber plötzlich begriff ich, dass sich etwas verändert hatte. Es war still geworden. Alle starrten in Richtung des Ausgangs. Da habe ich mich umgedreht, und da habe ich es auch gesehen.« Er zögerte. »Da habe ich's auch gesehen«, setzte er wieder an. »Vor ein paar Stunden hatte die U.S. Air Force einen Luftangriff geflogen. Unsere vietnamesischen Freunde waren südlich von uns in einen Hinterhalt des Vietcong geraten. Sie hatten Luftunterstützung angefordert. Und jetzt schleppten sich die Opfer des Luftangriffes durch das Dorf. Sie wollten zum Krankenhaus in Hôi An. Frauen, Kinder und alte Männer. Insgesamt vielleicht fünfzig Menschen. Ich weiß nicht, ob du jemals jemanden gesehen hast, der Napalm abbekommen hat. Ich wünsche dir, dass du es niemals sehen musst. Das gibt grauenvolle Verbrennungen. Die Fliegen schwärmten um die Verletzten herum. Überall waren die Fliegen. Niemand sagte ein Wort. Das einzige Geräusch war das Weinen und Wimmern der Kinder. Es gab nichts, was ich tun konnte. Es gab nichts, was ich hätte sagen können. Mein vietnamesischer Begleiter hatte sich inzwischen aus dem Staub gemacht. Ich habe Geld auf den Tisch gelegt und bin gegangen.«

Susanne war erschüttert. »Was sonst hättest du tun können?«, murmelte sie.

»Ich habe es versucht«, erwiderte ihr Bruder. »Ich habe versucht, etwas zu tun. Draußen stand ja mein Jeep. Ich hatte die Gruppe der Verletzten im Nu eingeholt. Ein alter Mann und ein Junge schleppten eine Trage, auf der lag eine junge Frau mit schweren Verbrennungen. Ich habe gesagt, sie sollten die Trage vorsichtig auf den Jeep legen und ich würde die Frau ins Krankenhaus bringen. Mein Vietnamesisch reichte nicht aus. Der Alte übersetzte, was ich gesagt hatte, und er übersetzte auch ihre Antwort: ›Ihr habt mich getötet‹, sagte sie. ›Ihr Amerikaner‹. Sie hat mich gehasst. Sie wollte nichts mit mir zu tun haben. Ich habe sie trotzdem mit ins Auto genommen, und den Jungen und den Alten, und ich bin losgefahren. Es war gar nicht weit. Wenige Kilometer nur. Aber es waren ein paar Kilometer zu viel. Als wir ankamen, war die Frau tot.«

George weinte.

Susanne legte ihm die Hand auf die Schulter. »Ich hole dich hier raus«, versprach sie. »Ich weiß, es ist schwierig, aber es ist nicht unmöglich. Mit Geld ist alles möglich. Ich hole dich hier raus, und ich bringe dich nach Kanada …«

Ihr Bruder schüttelte den Kopf. »Das ist lieb gemeint, aber ich kann das nicht machen. Ich stehe hier doch für die USA …«

»Das ist ein Phantom, George!«

»Nein. Die USA sind mein Land, Susanne. Ein anderes hab ich nicht.«

Es kracht

24. Mai 1967 - 2. Oktober 1967

Mittwoch, 24. Mai 1967

Dienstbesprechung, noch dazu unter der Leitung des Polizeipräsidenten. Horst Berger hatte ein ungutes Gefühl. Mit der Fahndung nach dem Bundesbahn-Attentäter waren sie keinen Schritt weitergekommen. Zwar hatte sich Horst mit den Kollegen in Bremervörde kurzgeschlossen, und sie hatten sich spontan zu einem Gedankenaustausch getroffen, aber das war alles inoffiziell passiert. Selbstverständlich war inzwischen auch eine offizielle Kontaktaufnahme in Richtung Niedersachsen gelaufen, aber konkrete Ergebnisse hatte die bisher noch nicht gebracht.

Horst überlegte, was er sagen sollte, wenn der Präsident ihn auf die nicht genehmigte Besprechung in Bremervörde ansprach, aber dazu kam es nicht.

»Sie wundern sich vielleicht«, sagte ihr oberster Vorgesetzter, »dass ich Sie heute zusammengerufen habe. Ich weiß, dass Sie alle stark beschäftigt sind, und ich weiß, dass unsere Kriminalpolizei im Augenblick mit der Jagd auf unser ›Fantom‹ Roy Clark und auf die sogenannte Banklady voll ausgelastet ist. Dennoch gibt es ein weiteres Thema von größter Wichtigkeit, mit dem wir uns in den nächsten Tagen befassen müssen, und hinter dem die üblichen kriminalpolizeilichen Ermittlungen in den Hintergrund treten. Vom 27. Mai bis zum 4. Juni weilt der Schah von Persien zu einem Staatsbesuch in der Bundesrepublik. Am Ende dieses Besuches, am 3. und 4. Juni, kommt er auch zu uns in die Hansestadt. Das ist natürlich ein freundschaftlicher Besuch, und viele von uns werden sich sicher darauf freuen, nicht nur den Schah, sondern auch die Kaiserin Farah Diba aus nächster Nähe sehen zu können …«

Pagels verzog das Gesicht.

»Aber der Schah hat auch Feinde, und es ist deshalb nicht ausgeschlossen, dass diese versuchen werden, den Staatsbesuch für ein Attentat zu nutzen. Es wird deshalb sofort ein spezieller ›Arbeitsstab Schah‹ gebildet, dem Angehörige der Schutzpolizei, der Kriminalpolizei, der Wasserschutzpolizei und anderer Stellen angehören. Dieser Arbeitsstab hält enge Verbindung mit der Sicherheitsgruppe der Bundesregierung.«

»Gibt es denn konkrete Attentatsdrohungen?«, fragte Roeder.

»Nein, uns ist nichts bekannt. Wir haben uns natürlich mit den örtlichen Vertretern des SAVAK in Verbindung gesetzt ...«

Horst wusste durch seinen Sohn, dass der berüchtigte iranische Geheimdienst in Hamburg mehrere Mitarbeiter stationiert hatte. Eine Tarnadresse war das persische Reisebüro. Unter persischen Studenten war bekannt, dass man dort nicht hingehen sollte.

»Alle Perser in der Bundesrepublik werden während des Staatsbesuches scharf überwacht. Außerdem werden die Grenzkontrollen für Einreisende aus dem Nahen Osten verschärft. Das gilt nicht erst ab jetzt, sondern wurde aufgrund der zunehmenden Kriegsgefahr schon letzte Woche angeordnet.«

»Welche Kriegsgefahr?«, fragte jemand aus dem Hintergrund.

»Israel. Vor drei Tagen sind die ägyptischen Truppen in volle Alarmbereitschaft versetzt worden und in Angriffspositionen vorgerückt. Das muss nicht bedeuten, dass tatsächlich ein Angriff bevorsteht, aber diese Maßnahme trägt zweifellos zur Steigerung der Spannungen bei.«

Horst hatte die entsprechende Notiz im Abendblatt gelesen, ihr aber keine Bedeutung beigemessen.

»Wie ist denn die Haltung des Iran zu Israel?«, wollte Roeder wissen.

»Der Schah steht, wie allgemein bekannt, fest auf der Seite der Amerikaner. Die Beziehungen zu Israel sind gut.«

Horst wunderte sich, dass Roeder diese Dinge offensichtlich nicht wusste.

»Der Schah wird am Sonnabend, dem 3. Juni, mit dem Flugzeug in Fuhlsbüttel eintreffen. Er wohnt im Hotel Atlantic. Nach einem Frühstücksempfang im Rathaus spielt das Musikkorps der Schutzpolizei auf dem Rathausmarkt die persische und die deutsche Nationalhymne. Ich hoffe, dass es den Herrschaften inzwischen gelungen ist, die Noten für die persische Hymne irgendwo aufzutreiben. Der problematischste Punkt des Besuchsprogramms kommt allerdings erst später. Vorgesehen ist ein Abend in der Staatsoper. Zusätzlich zur Schutzpolizei werden hundert Polizisten in Zivil dort die Sicherheit des Schahs und seiner Frau gewährleisten.«

»Das klingt nach einer Art Großalarm«, stellte Pagels fest.

Der Polizeipräsident winkte ab. »Davon kann keine Rede sein. In Düsseldorf und München ist mit erheblichen Protesten zu rechnen, dort sind auch schon Bombendrohungen eingegangen. Hier bei uns in Hamburg ist das nicht der Fall. Ich gehe deshalb davon aus, dass wir den Schutz unserer Besucher mit eigenen Kräften bewerkstelligen können und nicht auf Polizei aus den Nachbarländern zurückgreifen müssen. Aber damit das funktioniert, erwarte ich von Ihnen allen, dass Sie mit ganzem Herzen an dieser Aufgabe mitarbeiten – ganz gleich, wie Sie persönlich vielleicht zum Schah stehen. Es geht hier nicht um den Schah, sondern es geht um den Eindruck, den die Weltstadt Hamburg in der Öffentlichkeit hinterlässt, und der soll makellos sein. Das war's, was ich Ihnen sagen wollte. Ich danke Ihnen.«

Die Versammlung löste sich auf. Sigmund Roeder schaffte es, wie zufällig am Ausgang neben dem Polizeipräsidenten zu landen. »Das waren großartige Worte«, sagte er.

Der Polizeipräsident erwiderte: »Mein lieber Roeder, mir wird ein Stein vom Herzen fallen, wenn dieser ganze Zirkus erst vorbei ist.«

Sonnabend, 20. Mai 1967

»Jetzt wird die Geschichte endlich konkret«, sagte Horst Berger.

Ein Brief aus Bremen war bei der Deutschen Bundesbahn in Hamburg eingetroffen, in dem das Fantom zweihunderttausend D-Mark forderte. Zum ersten Mal gab der Erpresser jetzt auch konkrete Vorstellungen bezüglich der Geldübergabe bekannt. In der Stunde X sollte ein Motorradfahrer mit dem Geldpaket bereitstehen, der würde abgerufen und zu einem bestimmten Ort dirigiert. Dort würde er eine schriftliche Mitteilung mit weiteren Anweisungen finden. Auf ein bestimmtes Zeichen hin sollte er dann das Paket abwerfen und an einer Leine weiter hinter sich herziehen. Auf ein zweites Zeichen hin sollte er dann schließlich die Leine loslassen und wegfahren.

EIN MOTORRADFAHRER (ZIEHT IHN WARM AN) WIRD DER KURIER SEIN. EIN MOTORRAD NICHT ÜBER 250 CCM. HALTET DIE MASCHINE AN EINEM VON BEIDEN HAUPTAUSGÄNG AN HAMBURGER HAUPTBAHNHOF STARTBEREIT DAMIT ICH SIE NOCH INSPIZIEREN KANN. IN DER STUNDE X KOMMEN GENAUE ANWEISUNGEN. FÜR HEUTE NUR SO VIEL: ER WIRD VIELLEICHT PAR 100 KILOMETER DURCH DIE LANDE FAHREN. DAS LIEGT GANZ BEI EUCH. AN BESTIMMTE STELLEN KRIEGT ER SCHRIFTLICH IMMER NEUE ANWEISUNGEN. AUF EIN BESTIMMTS ZEICHEN WIRFT ER DAS PAKET ÜBER BORD.

»Was halten Sie davon?«, fragte der Kriminalrat. Er hatte Horst Berger persönlich vom Inhalt des neuen Schreibens informiert.

»Ich denke, wir haben gar keine Wahl«, erwiderte Horst. »Wir müssen auf die Forderung eingehen. Das Wichtigste ist, dass wir mit dem Mann in Kontakt kommen. Bei einer Erpressung ist immer die Übergabe des Geldes der kritische Punkt. Und dieses Schreiben deutet darauf hin, dass das Fantom sich in dieser Hinsicht allerlei Gedanken gemacht hat. Aber ganz gleich, wie raffiniert er alles ausgetüftelt hat, die Wahrscheinlichkeit ist groß, dass dabei irgendetwas schiefgeht, und dass wir ihn auf diese Weise schnappen.«

Der Kriminalrat nickte. »Geld oder nicht Geld?«

»Ich bin für Geld«, erwiderte Horst. »Die Übergabe muss echt sein. Wenn irgendetwas schiefgeht, und der Mann tatsächlich mit der Tasche mit dem Geld abhaut, dann muss für ihn überprüfbar sein, dass wir mit offenen Karten gespielt haben. Es muss echtes Geld sein, und – auch wenn er das bisher nicht gefordert hat – es müssen gebrauchte Scheine sein.«

»Mit einem versteckten Sender dazwischen?«

Horst schüttelte den Kopf. »Davon halte ich nichts. Wir müssen den Eindruck erwecken, dass wir zu hundert Prozent ehrlich sind. Aber das sind wir natürlich nicht. Wir verwenden echtes Geld, aber wir geben ihm nicht so viel, wie er haben will. Die Hälfte reicht aus. Dann sieht er, dass er von uns Geld kriegt, aber dass er weiter verhandeln muss. Und wenn wir ihn beim ersten Mal nicht erwischt haben, dann kriegen wir ihn beim zweiten Mal.«

»Das klingt vernünftig. Aber dennoch gefällt es mir nicht, dass wir diesem Verbrecher einfach hunderttausend D-Mark geben.«

Horst schüttelte den Kopf. »Das ist nur zur Sicherheit«, sagte er. »Nur, wenn wirklich alles schiefgeht. Aber ich gehe davon aus, dass auf unserer Seite nichts schiefgeht. Ich gehe davon aus, dass wir den Erpresser beim ersten Versuch der Geldübergabe festnehmen.«

Der Kriminalrat sah Horst Berger in die Augen. »Ich verlasse mich auf Sie!«

Am 27., 28. und 29. Mai 1967 gab es mehrfache Anrufe bei der DB-Direktion Hamburg, wo der Motorradfahrer bleibe. Er solle zum Bahnhof Bremerhaven kommen, dort bereitstehen. Sonst gäbe es eine Bombe mit Zeitzünder.

»Das geht nicht«, sagte der Chef.

»Warum geht das nicht?« Horst war verärgert. Ihm war klar, dass es aufgrund der polizeilichen Spielregeln eigentlich nicht möglich war, dass ein Hamburger Polizist im Einsatz mit einem Motorrad zum Bahnhof Bremerhaven fuhr und dort Kontakt zu einem Erpresser aufnahm. Aber er hatte geglaubt, dass dies eine Notsituation sei, bei der diese Spielregeln außer Kraft gesetzt wären.

»Anderes Bundesland«, sagte der Chef.

»Das darf doch nicht wahr sein!«, ereiferte sich Horst. »Da haben wir einen Erpresser, der mit Mord und Totschlag droht, und wir dürfen ihn nicht verfolgen, weil er jenseits der Landesgrenze sitzt?«

»Regen Sie sich ab, Herr Berger«, sagte Ewald Petersen. »Es gefällt mir ja auch nicht, aber so sind nun einmal die Spielregeln. Jedes Land ist für sich selbst zuständig. Ich habe bereits vor zwei Wochen mit den Kollegen in Hannover Kontakt aufgenommen, und die haben mir zugesichert, dass sie keinen Einspruch erheben, wenn wir den Erpresser über die Landesgrenze hinweg nach Niedersachsen verfolgen. Dass er jetzt von Bremerhaven aus angerufen hat, ist ärgerlich.«

»Und wie geht es jetzt weiter?«

»Die Bremer Kollegen haben angeboten, einen Motorradfahrer zum Bahnhof Bremerhaven zu schicken. Aber das dauert ein paar Tage, bis sie einsatzbereit sind. Und dann ist natürlich das nächste Problem, dass dieser Roy Clark wahrscheinlich verlangt, dass sie irgendeinen anderen Punkt ansteuern, und es liegt auf der Hand, dass dieser Punkt nicht innerhalb des Landes Bremen liegen wird.«

»Ich nehme an, Sie haben bei Ihren Gesprächen mit dem Bremer Kollegen auf diese Schwierigkeit hingewiesen?«, fragte Horst vorsichtshalber nach.

Ja, sein Chef hatte diesen Punkt angesprochen. »Ich habe angedeutet, dass wir mit den niedersächsischen

Kollegen so eine mündliche Übereinkunft haben, dass wir notfalls auch jenseits der Landesgrenze agieren können. Aber darauf wollten sich die Bremer Kollegen nicht einlassen. Wenn Behörden aus zwei verschiedenen Bundesländern ein gemeinsames Projekt durchziehen wollen, dann muss dazu vorher ein Staatsvertrag abgeschlossen werden …«

»Was?«

»Gucken Sie nicht so überrascht, Berger, das müssen Sie doch auch gewusst haben. Wenn wir das nicht wollen, müssen wir eine Sonderkommission bilden, unter Beteiligung des Bundes natürlich. Das hat gewisse Vorteile, und das hat gewisse Nachteile. Der Vorteil besteht darin, dass bei den Ermittlungen zunächst mal die Ländergrenzen wegfallen. Theoretisch jedenfalls. Der Nachteil ist aber, dass wir nicht mehr Herr des Verfahrens sind. In diesem Fall wird dann das Bundeskriminalamt durch die zuständige Staatsanwaltschaft mit den Ermittlungen beauftragt. Wahrscheinlich nimmt der Generalbundesanwalt die Sache in die Hand. Das ist theoretisch alles wunderbar, aber es erschwert unsere Arbeit.«

»Aber es kann doch nicht sein, dass wir einfach den Vorschlag des Erpressers ignorieren? Es sind schließlich Menschenleben in Gefahr!«

»Wir ignorieren den Vorschlag nicht. Wir spielen auf Zeit. Wir sagen, dass der Motorradfahrer aus organisatorischen Gründen frühestens nächste Woche bereitsteht. Und dann werden die Bremer Kollegen – nicht wir – einen entsprechenden Mann dorthin schicken und abwarten, was passiert.«

Horst Berger schüttelte den Kopf.

Montag, 29. Mai 1967

Susanne war völlig entmutigt aus Saigon zurückgekehrt. Sie hatte nichts erreicht. Beim Abschied auf dem Flughafen hatte George ihr versichert, dass er gut auf sich aufpassen würde, aber sie war sich nicht sicher, ob das stimmte. Sie hatte den Eindruck, dass er in Wirklichkeit den Tod suchte. Aber das würde er niemals zugeben.

»Du bist so still«, sagte Wilhelm Berger.

»Ich denke nach.« Schließlich fragte Susanne: »Wie ist das eigentlich gewesen damals mit Mama?«

Wilhelm seufzte. »Ich habe gewusst, dass du das irgendwann fragen würdest«, sagte er. »Es ist eine furchtbare Geschichte. Wir waren froh, dass du in Sicherheit warst. 1939 hatten wir beschlossen, dass auch Dagmar mit Horst zusammen das Land verlassen sollte. Als ich dann unmittelbar vor Kriegsausbruch wegen eines Mordfalls nach Polen gefahren bin, da hatte ich geglaubt, Dagmar und Horst seien in Sicherheit. Auf dem Weg nach Indien. Aber es war schon zu spät. Die Rauenfels ist nicht mehr nach Indien gefahren, sondern nach Hamburg zurückgekehrt. Und als ich aus Polen zurückkam, da waren die beiden wieder da. Und ich – ich habe die Lage völlig falsch eingeschätzt.«

»Du hast nicht wissen können, was danach alles passieren würde«, sagte Susanne.

Wilhelm schüttelte den Kopf. »Ich hatte geglaubt, Dagmar sei in Sicherheit. Sie war ja nur eine Halbjüdin, und der Gauleiter hatte mir versichert, da bestehe überhaupt keine Gefahr. Außerdem hatte ich geglaubt, nach der raschen Niederlage Polens sei der Krieg sowieso schon so gut wie beendet. Insofern hatte ich mir keine großen Sorgen gemacht. Ich bin unter unserem Freund Bernhard Rogge mit dem Hilfskreuzer Atlantis losgefahren, um einen Krieg gegen die feindliche Handelsschifffahrt zu führen, einen Krieg, von dem ich damals geglaubt hatte, dass er gar nicht erst stattfinden würde.«

»Du konntest nicht wissen, was passieren würde«, wiederholte Susanne.

Ihr Vater widersprach. »Wir hatten Deutschland noch nicht verlassen. Wir waren im Kaiser-Wilhelm-Kanal, es herrschte eisiges Winterwetter. Rogge war unter Deck. Ich traf ihn in seiner Kabine an. Er war dabei, sich zu betrinken. Da hat er mir alles erzählt. Seine Frau, die war Halbjüdin, genau wie Dagmar. Sie hatte Selbstmord begangen, ihre Mutter auch. Und in dem Augenblick hätte mir absolut klar sein müssen, dass ich auf keinen Fall mit irgendeinem Schiff in die Welt hinausfahren durfte, aber ich habe es einfach gemacht. Ich hätte von Bord gehen können. Es wäre so leicht gewesen. Wir mussten ja durch die Schleuse in Brunsbüttel. Ich hätte sagen können, dass ich ganz plötzlich fürchterliche Schmerzen hätte. Aber das habe ich nicht getan. Und du hast recht, natürlich habe ich nicht wissen können, was geschehen würde. Aber so viel war mir doch klar, dass ich Mama jetzt allein gelassen hatte in einem Augenblick, wo sie mich am dringendsten brauchte. Ich habe mich angelogen. Ich habe mir eingeredet, dass alles gar nicht so schlimm werden würde. Ich war feige, Susanne, ich war einfach nur feige.«

»Und dann hast du nie wieder etwas von Mama gehört oder gesehen«, sagte Susanne traurig.

Wilhelm musste sich zusammennehmen, um nicht laut loszuheulen. »Auch das habe ich verpatzt«, sagte er. »Ich hätte sie sehen können. Ich hätte Dagmar und Horst ein letztes Mal sehen können. Sie waren mit der Bahn nach Rendsburg gefahren und standen am Kanalufer und haben zugeguckt, wie die grauen Schiffe vorbeigefahren sind. Aber ich war unter Deck und habe nichts davon mitbekommen. Und dann, viel, viel später, als ich in Kriegsgefangenschaft geraten bin, da habe ich zunächst geglaubt, dass ich unendlich viel Glück gehabt hätte. Rogge hatte mich zum Dienst auf einem der gekaperten Schiffe eingeteilt. Die Ketty Brøvig war das, ein alter Tanker. Als dann ein australischer Kreuzer in Sicht kam, da haben wir unseren Tanker versenkt. Nordöstlich von Madagaskar ist das gewesen. Die Australier haben uns aufgefischt und schließlich in ein Gefangenenlager nach Mauritius gebracht. Und da kam dann schließlich über das Rote Kreuz die Nachricht, dass Mama tot war. Es war der fürchterlichste Augenblick meines Lebens.«

Susanne schwieg. Sie selbst hatte erst sehr viel später vom Tod ihrer Mutter erfahren. Aber vorher hatte sie noch ein letztes Lebenszeichen von ihr erhalten. »Es ist damals etwas Merkwürdiges passiert«, sagte sie. »Ich habe eine Postkarte aus Holland bekommen. Die Karte war nicht unterschrieben, aber natürlich kannte ich Mamas Handschrift. Und außerdem hatte sie mich ja auch direkt angesprochen: *Liebe Susanne,* hatte sie geschrieben. *Ich bin in Amsterdam. Hier gibt es keinen Krieg, die Menschen sind fröhlich und außerdem scheint die Sonne. Ich glaube jetzt, dass am Ende noch alles gut wird.*«

Wilhelm schüttelte den Kopf. »Das verstehe ich nicht«, sagte er. »Eine Postkarte aus Holland? Aber Dagmar ist doch nie in Holland gewesen!«

»Sie muss in Holland gewesen sein«, widersprach Susanne. »Sonst hätte sie mir ja nicht diese Postkarte schicken können.«

»Hast du die Postkarte noch?«

»Ja, natürlich. Aber ich habe sie nicht mitgebracht. Sie ist noch bei meinen Sachen drüben in Amerika. Ich habe nur das Allernötigste an Gepäck mitgebracht. Ich hatte ja nicht geglaubt, dass ich so lange hier in Hamburg bleiben würde.«

»Und weißt du noch, wann du die Karte bekommen hast?«

»Nur so ungefähr. Im April muss das gewesen sein. Mitte April 1940.«

Wilhelm überlegte. Sie waren irgendwann im März ausgelaufen, das genaue Datum wusste er nicht mehr. Und natürlich wusste er auch nicht, wie lange die Post von Holland nach Amerika damals lief. Hatte Dagmar die Karte per Luftpost geschickt? Hatte es da überhaupt schon Luftpost nach Amerika gegeben?

»Per Luftpost? Das weiß ich nicht mehr, Wilhelm. Nur an die Briefmarke kann ich mich noch erinnern. *Voor het Kind* stand darauf, und ich dachte, dass Mama sie extra für mich ausgesucht hatte. Ach ja, da war noch etwas Merkwürdiges. Die Ansichtskarte zeigte ein Foto von Amsterdam, aber abgestempelt war sie woanders. An einem ganz merkwürdigen Ort, dessen Namen ich noch nie gehört hatte. 's-Gravenhage stand da. Ist das nicht merkwürdig?«

Ja, das war in der Tat merkwürdig. 's-Gravenhage war der amtliche Name von Den Haag, dem Regierungssitz der Niederlande.

Sonnabend, 3. Juni 1967

Am Sonnabend dann kamen der Schah und seine Frau nach Hamburg. Die Einsatzleitung der Polizei traf sich früh im großen Kommandoraum des Polizeihochhauses am Berliner Tor. Die Atmosphäre war angespannt. Alle wussten natürlich, was sich in Berlin abgespielt hatte.

Die Meisten wussten mehr als das, was die Presse berichten konnte. Die ganze Führungselite war anwesend. Der Innensenator, der Polizeipräsident, der Kommandeur der Schutzpolizei und der Chef der Kriminalpolizei. Auf einem riesigen Stadtplan war die Fahrtroute des Kaiserpaares markiert, außerdem die Rot-Kreuz-Stationen, die Standorte des Hubschraubers und der Sicherungsposten. Es gab viele Sicherungsposten.

»Ich gehe davon aus, dass sich die Ereignisse von Berlin hier in Hamburg nicht wiederholen«, sagte der Einsatzleiter, offenbar in Richtung des Innensenators.

Der erwiderte: »Ich verlasse mich auf meine Hamburger.« Ob er dabei an die Hamburger Bürger oder an die Polizisten dachte, blieb unausgesprochen.

Horst Berger sah den Mann an. Er wirkte vollkommen ruhig.

»Jetzt müssen sie gleich kommen«, sagte der Polizeipräsident.

Ja, jetzt gleich mussten sie kommen. Eine Eilmeldung wurde hereingereicht. Der Einsatzleiter überflog den Text, trat ans Mikrofon: »Ich erfahre soeben, dass aus Schwarzenbek ein Mann in einem schwarzen VW unterwegs nach Hamburg ist. Er ist bewaffnet und plant angeblich ein Attentat.«

Woher stammte diese Information? Wer war der Mann? Hatten sie seinen Namen? Das Kfz-Kennzeichen? Erregtes Getuschel auf den vorderen Plätzen. Offenbar eine Nachfrage des Innensenators.

»Wir sind auf alles vorbereitet«, erwiderte der Einsatzleiter. »Keine Sorge, wir sind auf alles vorbereitet.«

Im nächsten Moment meldete sich der Polizeirat, der am Flughafen postiert war. »Sie sind jetzt gelandet«, rief er. »Die Maschine aus Berlin ist jetzt gelandet.«

Horst sah auf die Uhr. Es war 11:20 Uhr.

Der Einsatzleiter ließ sich mit den Polizeikräften vor dem Rathaus verbinden. »Wie sieht es aus in der Innenstadt?«, fragte er. »Ist alles vorbereitet?«

Die Stimme des Polizisten, der sich vom Rathausmarkt meldete, klang verzerrt. »Alles vorbereitet«, sagte der Mann. »Hier ist alles vorbereitet.« Es war ganz offensichtlich, dass er aufgeregt war. »Zahlreiche Schaulustige. Demonstranten sind auch hier. Schwarze Fahnen werden geschwenkt. Der Protokollchef hat darüber sein Missfallen ausgedrückt. Das soll unterbunden werden. Der erste Bürgermeister erwartet, dass es nicht zu Zwischenfällen wie in Berlin kommt.«

Der Einsatzleiter erwiderte: »Ich enthalte mich eines Kommentars. Ich sage dazu nichts.«

Der Polizeipräsident sprang auf und griff sich das Mikrofon. »Aber ich sage etwas dazu. Dies ist ein freies Land. Das Schwenken von Fahnen ist nicht verboten. Die Ordnung wird aufrechterhalten, das ist selbstverständlich. Dazu brauchen wir keine Anweisungen vom Protokollchef. Aber wer Fahnen schwenken will, der soll das tun.«

»Bravo!«, rief jemand im Hintergrund. Pagels? Horst sah sich um. Er hatte nicht gewusst, dass Wilfried auch hier war.

Auf den Monitoren erschienen jetzt Bilder vom Rathausmarkt. Demonstrierende Studenten, Rufe: »Nieder mit dem Schah!« Jemand verteilte Flugblätter. Ein anderer, vielleicht ein Polizist in Zivil, versuchte ihm die Blätter zu entreißen. Es kam zu einem Handgemenge.

Plötzlich eine Durchsage: »Hier ist die Sicherungsgruppe Bonn. In der Nähe der Staatsoper sind drei Busse mit Schahgegnern eingetroffen.«

Große Aufregung. Der Opernbesuch in Hamburg sollte nicht in solch einem Fiasko enden wie der Opernbesuch in Berlin. Aber die angeblichen Busse mit Schahgegnern waren spurlos verschwunden. Der schwarze VW aus Schwarzenbek auch. Die Polizisten in der Einsatzleitung atmeten auf. Der Besuch im Rathaus ging ohne nennenswerte Störungen über die Bühne, und die anschließende Fahrt mit der Senatsbarkasse auf der Elbe auch. Der Schah fuhr weiter zur Hamburger Flugzeugbau GmbH in Finkenwerder, die Kaiserin besichtigte indessen das Barlach-Haus im Jenischpark. Niemand demonstrierte, niemand machte Krawall. Horst Berger ging in die Kantine, um einen Happen zu essen.

Schließlich kam der Opernbesuch. Horst hatte nicht geglaubt, dass dieses Ereignis nach dem Vorspiel in Berlin glatt über die Bühne gehen könnte, und das tat es auch nicht. Zwar hatte die Polizei rechtzeitig die Dammtorstraße zwischen dem Gänsemarkt und dem Dammtorwall hermetisch abgesperrt, aber hinter der Absperrung standen ein paar hundert Jugendliche, schwenkten schwarze Fahnen und schrien im Chor abwechselnd »HSV!« und »Nieder mit dem Schah!«

Zehn Polizisten der Reiterstaffel standen bereit. Aus dem Polizeilautsprecher wurden die Demonstranten aufgefordert: »Bitte gehen Sie weiter! Es hat keinen Zweck, was Sie hier machen! Weitergehen!«

Und die Demonstranten antworteten: »Mörder! Mörder! Mörder!«

Um 19:07 Uhr kam der Wagen mit dem Schah. Er wurde mit einem gellenden Pfeifkonzert begrüßt. »Mörder! Mörder!« Ein Ei zerplatzte an der Seitenscheibe des Mercedes, in dem der Kaiser kam. Die Reiterstaffel drängte die Demonstranten zurück. Jemand warf einen Feuerwerkskörper, aber so leicht ließen sich die Polizeipferde nicht beeindrucken. Die Demonstranten begannen einen Sitzstreik auf der Dammtorstraße. Die Polizei haute mit dem Gummiknüppel dazwischen, räumte die Straße frei. Das Kaiserpaar ging mit unbewegten Gesichtern in die Oper.

»Das war's«, sagte Pagels. »Das war's.« Er hatte recht. Zwar gab es noch ein länger anhaltendes Katz-und-Maus-Spiel zwischen der Reiterstaffel und den Demonstranten, aber allmählich gewann die Polizei doch die Oberhand.

»Achtundzwanzig Festnahmen«, verkündete der Einsatzleiter. »Bis jetzt haben wir achtundzwanzig Festnahmen.« Aber da hörte schon niemand mehr zu. Auf einem der Bildschirme im großen Kommandoraum der Polizeizentrale erschienen *Hucky und seine Freunde.* Ein paar Polizisten klatschten Beifall.

Montag, 5. Juni 1967

Der Schah-Besuch und alles, was damit zusammenhing, trat am nächsten Montag schon hinter einer anderen Nachricht völlig in den Hintergrund. *Krieg in Nahost* lautete die Schlagzeile des Hamburger Abendblatts. Dieser Konflikt hatte sich seit Langem abgezeichnet. Die Vereinigte Arabische Republik aus Ägypten und Syrien hatte den Abzug der UN-Friedenstruppe von der israelisch-arabischen Grenze gefordert, und die Vereinten Nationen hatten sich gefügt. Im Mai waren die Blauhelme abgezogen, und Ägypten hatte die Durchfahrt vom Roten Meer in den Golf von Akaba für israelische Schiffe gesperrt.

Jetzt hieß es, ägyptische Streitkräfte hätten in den frühen Morgenstunden die Grenze nach Israel überschritten. Es sei zu einer Panzerschlacht und zu Luftkämpfen gekommen, und die ägyptische Luftabwehr habe bereits zweiundvierzig israelische Flugzeuge abgeschossen. Die israelische Seite widersprach. Und nach allem, was bis zum Abend bekannt geworden war, hatten die israelischen Streitkräfte in der Tat die Grenze nach Ägypten überschritten.

Auch am folgenden Tag sah es zunächst so aus, als wäre der Krieg in Nahost das alles beherrschende Thema. Aber die entscheidende Nachricht für Horst und Susanne fand sich im Hamburger Abendblatt auf der Seite zwei. Der Student, der bei der Demonstration gegen den Schah-Besuch in Berlin am vergangenen Sonnabend ums Leben gekommen war, war nicht etwa nur unglücklich gestürzt, sondern er war aus nächster Nähe von einem Polizisten erschossen worden. Und jetzt wurde auch der Name des Studenten genannt.

»Benno«, sagte Susanne.

»Was?«

»Benno Ohnesorg, mit dem wir doch noch vor ein paar Wochen zusammen mit Michael gefeiert und Bier und Wein getrunken haben – er ist der Student, den die Berliner Polizei erschossen hat.«

»Zeig mal!« Ja, es gab keinen Zweifel. Die Identität des jungen Mannes war eindeutig geklärt. Und sowohl Susanne als auch Horst waren sich ganz sicher, dass Benno kein Mitglied irgendeiner radikalen Studentenvereinigung war. Er hatte mit Sicherheit keine Gewalt ausgeübt. Nach allem, was inzwischen bekannt war, und was Horst bei seinen Kollegen im Präsidium erfahren hatte, war Benno Ohnesorg ohne erkennbaren Grund von Polizisten zusammengeschlagen und erschossen worden.

»Scheiße.«

»Die Beerdigung ist am Freitag in Hannover«, sagte Susanne.

»Ich fahre hin«, erklärte Horst.

»Wenn sie herausfinden, dass du ein Polizist bist, dann schlagen sie dich tot«, sagte Susanne.

Horst schüttelte den Kopf. »Das ist Unsinn«, behauptete er. Aber ganz sicher war er sich nicht.

»Ich fahre mit!«, erklärte Susanne.

Freitag, 9. Juni 1967

Tausende von Studenten aus ganz Deutschland waren in einer Sternfahrt zur Beisetzung Benno Ohnesorgs nach Hannover gekommen. Es gab weder bei der Beerdigung noch beim anschließenden Marsch durch die Innenstadt unangemessene Reaktionen. Susanne weinte. Horst war fest entschlossen, sich widerstandslos zusammenschlagen zu lassen, falls man ihn als Polizisten erkannte, aber niemand beachtete ihn. Michael hatte Horsts Angebot abgelehnt, ihn im Auto mitzunehmen. Er war allein mit der Bahn nach Hannover gekommen und hielt sich bei der Beerdigung fern von seinem Vater und seiner Tante. Er war einer derjenigen, die eine schwarze Fahne trugen.

Im Nahen Osten herrschte bereits seit vierundzwanzig Stunden wieder Frieden. Israel hatte gesiegt.

Susanne bemühte sich darum, den Kontakt zu Michael wiederherzustellen, aber selbst als sie am Ende der Trauerfeier direkt auf ihn zutrat, sah er ihr nicht ins Gesicht. »Michael«, sagte sie, »es tut Horst genauso leid wie mir und dir …«

»Polizisten sind Schweine«, murmelte Michael.

»Das ist nicht wahr. Das kannst du so nicht sagen.«

»Doch, das kann ich. Und das sage ich auch. Alle Polizisten sind Schweine. Ich will mit Horst nichts mehr zu tun haben. Und mit Wilhelm auch nicht.« Er wandte sich ab und ging davon.

Susanne ging ihm nach. »Michael, bitte!«

Michael blieb stehen. »Ach, Susanne«, sagte er. »Es ist so viel passiert, was du noch gar nicht weißt. Ich bin ja nach Berlin gezogen, um nicht eingezogen zu werden. Aber die Behörden verfolgen mich, und ich wette, da hat auch die Polizei ihre Finger im Spiel. Sie haben ausspioniert, wo ich wohne. Das Kreiswehrersatzamt hat mir Briefe geschickt, anonym natürlich, weil sie das anders nicht dürfen, in neutralem Umschlag, ohne Absender. Drohbriefe. Jedenfalls habe ich das so empfunden. Ich habe sie weggeschmissen. Aber wenn die Schweine herausfinden, dass ich jetzt hier in Hannover bin, dann nehmen sie mich fest und ziehen mich gleich ein.«

Susanne legte ihm die Hand auf die Schulter »Wir sind auch noch da.«

»Danke, Susanne.« Michael hatte Tränen in den Augen.

»Weißt du, Michael, damals unter den Nazis, als ich nach Amerika sollte, da habe ich Wilhelm gefragt, warum wir nicht alle nach Amerika gehen. Er hat sinngemäß gesagt: Wenn die Guten alle weggehen, dann dürfen sie sich nicht wundern, wenn nur noch die Bösen übrigbleiben. Ich habe das damals nicht akzeptiert, und unter den damaligen Bedingungen war es sicher falsch. Aber heute in der Bundesrepublik, da lohnt es sich schon, dazubleiben und zu kämpfen. Trotz aller Fehler und Schwächen, dies ist ein Rechtsstaat.«

»Ist es das wirklich? Ich bezweifle es. Wenn ich mein Examen habe, dann gehe ich ins Ausland. Nach Schweden vielleicht.«

Susanne sagte nicht, was sie davon hielt. Stattdessen sagte sie: »Das ist deine Entscheidung, Michael. Und ganz gleich, wie du dich entscheidest, wir stehen auf deiner Seite. Wir sind für dich da. Immer.«

Dienstag, 20. Juni 1967

Alexander Dobruck war nicht mehr arbeitslos. Seit dem 1. Juni arbeitete er bei der Firma Dahmes. Und diese Firma war für ihn der ideale Arbeitgeber. Auf dem Flugplatz Nordholz sollten alte Bunker gesprengt werden. Nordholz war schon im Ersten Weltkrieg ein bedeutender Stützpunkt der Marineflieger gewesen. Die Zeppelinhallen mussten nach dem Versailler Friedensvertrag abgebaut werden, aber schon 1938 hatte die Luftwaffe hier einen neuen Fliegerhorst eingerichtet. Nach dem Krieg hatten die Amerikaner und die Engländer den Flugplatz abwechselnd genutzt, bis er schließlich an die Bundeswehr übergeben wurde. Und die nicht mehr benötigten Bunker aus dem Krieg wurden jetzt gesprengt.

Dass Dobruck ausgerechnet für diese Arbeiten eingesetzt wurde, betrachtete er als einen Wink des Schicksals. Die Stelle war ihm durch das Arbeitsamt vermittelt worden; sie war befristet bis zum Ende der Arbeiten, wahrscheinlich Mitte oder Ende August. Er hatte trockenen, nicht verbrannten Sprengstoff gefunden und eingesammelt. Im Laufe der Zeit waren auf diese Weise etwa dreißig bis fünfunddreißig Kilogramm TNT zusammengekommen. Wenn sein Vertrag auslief, würde er den

Sprengstoff sinnvoll einsetzen. Allerdings war das nicht so einfach. Versuche in seiner Werkstatt mit winzigen Mengen hatten gezeigt, dass das TNT, wenn man es anzündete, nur verbrannte und nicht explodierte.

Aber natürlich war seine Werkstatt kein ideales Testgelände, um einen Sprengstoff auszuprobieren. Waltraud hatte gefragt, warum es aus seinem Schuppen so qualme. Er hatte gesagt, dass er an einer neuen Erfindung arbeite, und dass sie nicht stören solle. Aber wenn er eine nennenswerte Menge TNT wirklich zur Explosion bringen wollte, dann musste er nach draußen gehen, in die Natur. Die Wingst bot sich an, ein hügeliges Waldgebiet ganz in der Nähe. Ein Problem waren die Touristen, aber die hielten sich meist an die ausgeschilderten Wege. Fast alle wollten zum sogenannten Olymp, wo es einen Aussichtsturm gab.

Wenn man dagegen in Richtung der feuchten Wiesen weiterging, die den Balksee umgaben, war man völlig allein. Lediglich die Vögel protestierten, wenn man in ihr Wohngebiet eindrang. Wenn man den Einheimischen Glauben schenkte, dann war der Balksee ein schlechter Ort. Hier hatte angeblich früher eine reiche Stadt gestanden, die schließlich im See untergegangen war. Aber das war dummes Geschwätz. Der Balksee war ein ganz normaler See wie viele andere auch.

Mittwoch, 12. Juli 1967

Wilhelm Berger und Susanne waren zur Hamburger Hallig an die Westküste Schleswig-Holsteins gefahren. Sie hatten ihr Auto geparkt und saßen jetzt auf den Steinen der Ufersicherung in der Sonne und sahen hinaus auf das Watt.

»Dies hier«, sagte Wilhelm, »das wollte ich dir zeigen. Ich weiß nicht, wann du zurückfährst nach Amerika, aber dieses Stück Erde sollst du gesehen haben.«

Susanne lächelte. Sie war sich nicht sicher, ob sie überhaupt jemals nach Amerika zurückfahren würde. Aber im Augenblick war das alles unwichtig.

Ihr Vater hatte ihr auf der Fahrt zur Küste alles Mögliche erzählt von Sturmfluten und von den Versuchen der Menschen, sich davor zu schützen. Das einzige Haus der Hamburger Hallig stand auf einer Warft, einem Wohnhügel, damit das Meer es nicht zerstörte. Und selbst die großen Steine, auf denen sie jetzt saßen, waren notwendig, denn sonst würde das Meer das flache Marschland der Hamburger Hallig im Laufe weniger Jahre aufzehren, wie so viele andere Halligen auch.

Die Hamburger Hallig war schon lange keine Insel mehr. Früher war sie ein Teil der großen Insel Strand gewesen, die in der Sturmflut von 1634 endgültig zerstört worden war. Sie war heute durch einen Damm mit dem Festland verbunden, und man konnte sogar mit dem Auto bis hier draußen fahren.

Susanne hatte gespürt, wie nervös Wilhelm gewesen war. Wahrscheinlich fühlte er sich wie eine Art Fremdenführer, und er wollte kein Fremdenführer sein. Nicht für seine Tochter. Und sie war seine Tochter und würde es immer bleiben, auch wenn sie eigentlich nicht verwandt waren. Dagmar hatte sie mit in die Ehe gebracht. Dagmar war tot, aber daran wollte Susanne jetzt nicht denken. Sie hatte ihre Mutter zuletzt 1938 gesehen, und das war inzwischen fast dreißig Jahre her. Ein halbes Leben.

Sie hatte lange gezögert, nach Deutschland zurückzukommen. Wilhelm war damals bei ihrer Flucht in der Blüte seiner Jahre gewesen, heute war er ein alter Mann. Siebzig Jahre alt. Jetzt saßen sie schweigend nebeneinander, und Susanne hoffte, dass es lange so bleiben möge. Es war einer der seltenen Momente des Lebens, in denen sie vollkommen glücklich war. Die Stille und die Weite des Wattenmeeres strahlten einen Frieden aus, der nicht gestört werden durfte. So saßen sie lange.

Schließlich räusperte sich Wilhelm. »Hörst du es?«

Susanne schüttelte den Kopf. In der Ferne schrie eine Möwe, aber es war klar, dass ihr Vater das nicht meinte.

»Das Wattengeräusch«, sagte er.

Susanne strengte ihre Ohren an, und dann spürte sie es mehr, als dass sie es vernahm. Ein ganz zartes, leises Geräusch. Ein hoher, etwas sirrender Ton, verursacht von den zahlreichen kleinen Lebewesen dort draußen im Schlick und im Sand.

»Die meisten Menschen werden es niemals hören«, sagte Wilhelm.

Susanne schwieg. Sie rechnete damit, dass ihr Vater noch irgendeine Bemerkung hinzufügen würde. Dass das schade sei vielleicht. Aber das tat er nicht. Sie saßen nebeneinander am Rande des unendlich scheinenden Wattenmeeres und schwiegen.

Freitag, 18. August 1967

»Was macht eigentlich die Sonderkommission?«, fragte Irmi.

Horst Berger zuckte mit den Achseln. »Es gibt keine Sonderkommission. Bis jetzt jedenfalls nicht. Die Bremer Kollegen haben ihren Motorradfahrer zum Bahnhof nach Bremerhaven geschickt, und dort hat er ein paar unbequeme Stunden in der Wärme zugebracht, aber der Kontakt mit dem Erpresser ist nicht zu Stande gekommen.« Natürlich war es nicht vorgesehen, dass Horst sich als Kriminalkommissar mit seiner Freundin über Details seiner beruflichen Arbeit unterhielt. Er tat es trotzdem. Es war für ihn eine Selbstverständlichkeit.

»Hat das Fantom sich nicht gemeldet?«

»Das wissen wir nicht genau. In dieser Hinsicht war ja überhaupt nichts abgesprochen. Wir sind davon ausgegangen, dass der Erpresser so wie bisher entweder bei der Bild-Zeitung oder beim Hamburger Abendblatt oder bei der Bundesbahndirektion oder bei der Polizei in Hamburg anrufen würde. Das hat er jedenfalls nicht gemacht. Die Bremer Kollegen haben im Bahnhof Bremerhaven nachgefragt, und da hat es angeblich einen Anruf von einem Unbekannten gegeben, der nach einem Motorradfahrer gefragt hat. Aber da die Bahn nicht eingeweiht war, wusste sie nichts von einem Motorradfahrer, und so ist die Sache im Sande verlaufen.«

»Und seitdem ist nichts passiert?«

»Seitdem ist nichts passiert«, bestätigte Horst. »Das macht mich nervös.«

»Warum? Du solltest es einfach positiv sehen. Nachdem die Sache mit der Geldübergabe nicht geklappt hat, hat der Erpresser sich sicher geärgert. Vielleicht hat er vorgehabt, irgendetwas in die Luft zu sprengen. Aber dann kam dieser wunderschöne Sommer, und da kommt selbst der hartgesottenste Erpresser auf ganz andere Gedanken. Wahrscheinlich macht er jetzt Urlaub. Irgendwo an der Nordsee, vielleicht in Cuxhaven. Oder aber in der Südsee.«

Horst schüttelte den Kopf.

Sonnabend, 19. August 1967

Alexander Dobruck hätte gern Urlaub in der Südsee gemacht, und er war sich sicher, dass das auch für seine Familie galt. Aber ein solcher Urlaub war nicht drin. Ihre finanzielle Situation war zu prekär. Ein paar Tage Büsum, das war das Äußerste, was sie sich leisten konnten. Natürlich nicht im Hotel, sondern Übernachtung mit Frühstück in einer preiswerten Privatpension.

Kaum waren sie in Büsum angekommen, gab es schon den ersten Streit. Waltraud wies auf ein Plakat, das sie entdeckt hatte. Es war möglich, von Büsum aus nach Helgoland zu fahren. »Ein Traum«, behauptete Waltraud. Sie war noch nie auf Helgoland gewesen, und sie stellte sich die Insel großartig vor.

Alexander schüttelte nur den Kopf, aber als er sich auf Drängen seiner Frau in der Kurverwaltung näher erkundigt hatte, schien ihm das Angebot plötzlich doch verlockend. »Zollfreier Einkauf!« Der Mann hinter dem Tresen hatte von billigen japanischen Kameras geschwärmt. Alexander Dobruck dachte dagegen eher an Alkohol und Zigaretten. Auf diese Weise sollte es möglich sein, die Kosten für die Fahrt zu senken, wenn nicht gar völlig auszugleichen.

So kam es, dass sie jetzt zu viert auf der Seuten Deern gelandet waren, dem Seebäderschiff der Reederei Cassen Eils. Die Sonne schien, und die Stimmung war großartig. Nur Alexander war unruhig. »Pass bloß auf, dass die Kinder keinen Unsinn machen!«, sagte er. Das fehlte noch, dass einer der Kleinen über Bord fiel und Alexander hinterherspringen musste. Er konnte immerhin schwimmen, seine Frau nicht. Aber die Kinder saßen artig neben den Eltern auf der Bank und warteten darauf, dass es endlich losgehen sollte.

Waltraud stieß ihren Mann an. »Guck mal, die Frau!«

»Was denn für eine Frau?«

Waltraud deutete auf eine schlanke Blondine, die gerade in Richtung Kajüte ging. Ihre Beine waren das einzig Bemerkenswerte an ihr.

»Die Haare!«, sagte Waltraud. »Das ist doch völlig absurd, dass man sich die Haare so kurz schneiden lässt!«

Alexander zuckte mit den Achseln. Ja, die Frau hatte kurze Haare, aber so auffällig fand er das nicht. »Vielleicht trägt sie sonst eine Perücke«, mutmaßte er.

Seine Frau widersprach. »Die trägt doch keine Perücke! So eine junge Frau. Und guck dir die Haare an. Wunderbare, dichte Haare …«

Im Gegensatz zu dir, dachte Alexander, aber das sagte er lieber nicht.

Wenig später schickte seine Familie ihn los, um Eis zu holen, und da sah er die Frau wieder. Sie stand vor ihm in der Schlange. Sie kaufte zwei kleine Pappbecher mit Eis. Also war sie nicht allein auf dem Schiff. Als sie ihr Portemonnaie aus der Handtasche nahm, riss Alexander Dobruck die Augen auf. In der Tasche lag allerlei Krimskrams, aber darunter ganz eindeutig eine Schusswaffe. Ein Revolver. Was wollte sie mit dem Revolver? Hatte sie Angst vor irgendjemandem?

Nein, die Frau schien keine Angst zu haben. Sie wirkte sehr selbstbewusst. Alexander beobachtete sie aus den Augenwinkeln. Er sah, dass sie zu einem Mann hinüberging, zu einem ziemlich dicken Mann. Sie gab ihm einen der beiden Eisbecher. Sie setzten sich auf eine der freien Bänke im Inneren des Salons. Draußen an Deck wäre bei dem schönen Wetter kein Platz mehr gewesen. Beide rissen ihre Eisbecher auf und begannen, mit diesen absurd kleinen Plastiklöffeln, die dazu gehörten, das Vanilleeis zu verzehren. Und den viel zu dünnen Ring aus Marmelade, der sich am Rand befand.

Alexander überlegte. Eine Frau mit schönen Beinen und mit einer Pistole in der Tasche. Dazu ein dicker, deutlich älterer Mann mit einer Hornbrille, der offenbar zu ihr gehörte. Sie waren aber ganz sicher nicht Vater und Tochter. Eher ein Liebespaar. Ein Liebespaar mit Pistole. Seltsam, dachte Alexander.

Und dann fiel bei ihm der Groschen. Die Banklady, dachte er. Kein Zweifel, das war die Banklady! Hatte sie nicht gerade erst wieder einen erfolgreichen Überfall durchgeführt? Sie hatte eine Perücke getragen, darin waren sich die Bankangestellten einig. Und ihr Begleiter war ungefähr fünfzig Jahre alt und eher unsportlich. Aber er hatte eine Maschinenpistole.

»Wo bleibst du denn?«, fragte Waltraud. »Das Eis schmilzt ja, wenn du so lange herumtrödelst!«

»Ich bin nicht in Eile«, behauptete Alexander. »Ich bin im Urlaub.«

Seine Frau nahm ihm das Eis ab und eilte wieder nach draußen. Alexander setzte sich auf eine der freien Bänke und überlegte. Wenn der Dicke jetzt auch noch seine Maschinenpistole dabeihatte, dann könnten sie ohne allzu große Schwierigkeiten diesen Dampfer entführen. Aber wozu? Der einzige moderne Pirat, der ihm einfiel, war dieser Portugiese gewesen. Wie hieß er doch noch gleich? Richtig, Henrique Galvão. Der hatte mitten auf dem Atlantik ein großes Passagierschiff gekapert. »Der letzte Pirat«, so hatte die Presse ihn genannt. Wie die Geschichte ausgegangen war, wusste Alexander nicht mehr. Unblutig vermutlich, sonst würde er sich daran erinnern.

Alexander Dobruck sah immer wieder verstohlen zu den beiden Mitreisenden hinüber. Beide waren sommerlich gekleidet. Die Frau hatte diese Handtasche dabei, in der die Pistole steckte. Der Mann hatte kein Gepäck. Nein, ganz offensichtlich hatte er seine Maschinenpistole nicht mitgenommen. Alexander überlegte weiter. Er selbst besaß keine Schusswaffe. Das war ein ernstes Problem. Wenn jemand ihn festnehmen wollte, wie sollte er sich dann wehren? Und die Gefahr einer Festnahme bestand immer. Jedes Mal, wenn er einen Anschlag durchführte, könnte plötzlich jemand auftauchen und ihn verhaften. Das wäre gesetzlich zulässig, nach dem Jedermann-Paragrafen. Dazu müsste sich natürlich erst einmal jemand trauen. Aber er war kein Herkules. Und wenn seine Gegner nun zu zweit waren, dann hatte er vermutlich keine Chance.

Wenn er zu lange zögerte, ging die Gelegenheit vorüber. Er musste handeln, jetzt sofort. Kurz entschlossen trat er an den Nachbartisch und sagte mit leiser Stimme: »Entschuldigen Sie bitte die Störung. Ich habe eine Frage. Ich fühle mich persönlich bedroht, und ich brauche eine Schusswaffe. Können Sie mir sagen, wo ich die bekommen kann?«

Der Dicke starrte ihn an. »In einem Waffengeschäft natürlich«, sagte er. Es klang unfreundlich.

Alexander gab nicht auf. »Ja, natürlich. Das wäre eine gute Möglichkeit, aber leider kann ich es mir nicht leisten, auf diese Weise eine Pistole zu erwerben ...«

Der Dicke schüttelte den Kopf, setzte zu einer Erwiderung an, aber seine Begleiterin legte ihm die Hand auf den Arm und sagte: »Auf St. Pauli. Das ist ganz einfach.«

»Was machst du denn für Sachen?« Der Dicke war verärgert.

»Tut mir leid, Hermann, aber das kann ich doch nicht ahnen, dass der Kerl mir über die Schulter guckt.«

»Nee, das kannst du nicht ahnen. Natürlich nicht. Aber wozu schleppst du deinen Revolver mit nach Helgoland? Da können wir doch nun wirklich keine Bank ausrauben!«

Gisela antwortete nicht. In manchen Situationen war es einfach besser, wenn man überhaupt nichts sagte. Sie wartete ab, bis der Dicke sich wieder beruhigt hatte.

Auf Helgoland hatten die beiden sich große Mühe gegeben, die Nähe der Familie mit den kleinen Kindern zu meiden. Aber jetzt, als sie wieder in Büsum waren, lief die Gruppe ihnen prompt über den Weg. Hermann zog Gisela schnell zur Seite. Sie gaben vor, in das Schaufenster zu gucken, in dem irgendwelcher Häkel-Schnickschnack ausgestellt war. Während die Frau tatsächlich die Auslage ansah, verfolgte der Dicke in der Spiegelung, was auf der Straße geschah. Die Familie ging vorbei. Der Mann schien völlig in Gedanken versunken. Die Frau redete auf ihn ein, und die Kinder tobten um die beiden herum.

Der Große fiel hin. Hermann hatte erwartet, dass er schreien würde, aber das tat er nicht. Er rappelte sich schnell wieder auf, zog ein Taschentuch aus der Tasche und wischte sich damit den Sand von den Knien. Die Mutter tat, als hätte sie den Vorfall nicht bemerkt, und der Mann hatte wohl wirklich nichts davon mitbekommen, jedenfalls ging er ungerührt weiter.

»Sie sind weg«, sagte Hermann.

Weg waren sie nicht, aber sie waren vorbeigegangen und jetzt ein ganzes Stück vor ihnen, so dass es nicht besonders riskant war, ihnen zu folgen. Gisela bückte sich und hob etwas von der Straße auf. »Ein Schlüssel«, sagte sie nachdenklich. »Den muss der Junge eben verloren haben. Soll ich schnell hinlaufen …«

»Bist du verrückt?«, unterbrach sie der Dicke. »Das habe ich vorhin doch ganz klar gesagt: keinen Kontakt zu diesen Leuten.«

Gisela betrachtete den Schlüssel. »Aber den werden sie doch brauchen«, sagte sie. »Wenn ich nun einfach …«

Hermann schüttelte energisch den Kopf.

»Oder wenn du einfach …«

»Nein.«

»Was ist das überhaupt für ein merkwürdiger Schlüssel?«, wunderte sich Gisela. »Guck mal, wie der aussieht. Das ist kein normaler Haustürschlüssel. Und er hat eine Nummer. 134 steht da drauf.«

»Zeig mal.« Der Dicke betrachtete den Schlüssel aus der Nähe. »Nein, das ist kein normaler Haustürschlüssel«, bestätigte er. »Das ist der Schlüssel zu einem Schließfach.«

»Wo gibt es denn hier in Büsum Schließfächer?«

Das wusste Hermann auch nicht, aber er wusste etwas anderes. »Der Schlüssel kommt aus Hamburg«, sagte er. »Der gehört zu einem Schließfach am Hamburger Hauptbahnhof.«

»Sollen wir ihn denn in Hamburg abgeben?«

Hermann schüttelte den Kopf. »Der wird nicht mehr gebraucht«, sagte er. Es gab Hunderte von Schließfächern am Hamburger Hauptbahnhof, aber dieses eine Schließfach gab es jetzt nicht mehr. Das Schließfach mit der Nummer 134 hatte Roy Clark vor ein paar Monaten in die Luft gesprengt.

Sonntag, 20. August 1967

Der Dicke und die Banklady saßen am Rande eines kleinen Teiches. Die Frau fütterte die Enten mit Brotkrümeln. Der Dicke sah ihr dabei zu und überlegte. Wenn dies der

Schlüssel zu dem Schließfach 134 im Hamburger Hauptbahnhof war, dann war der Mann, der nach der Pistole gefragt hatte, der Bundesbahn-Erpresser Roy Clark. Das bedeutete zwei Dinge. Das eine war, dass dieser Roy Clark kein Einzelgänger war, sondern ein Mann mit Familie. Das machte ihn verwundbar. Das zweite war, dass Roy Clark ganz offensichtlich unbewaffnet war. Vielleicht würde er versuchen, sich tatsächlich auf St. Pauli eine Waffe zu besorgen, vielleicht auch nicht. Wenn er schlau war, würde er das nicht tun. Es war zu riskant. Auf dem Kiez liefen zu viele Polizeispitzel herum. Und als Erpresser brauchte er nicht zwingend eine Pistole.

Hermann dachte an die Beute. Bis jetzt hatte die Bundesbahn offensichtlich noch nicht gezahlt. Wie hoch waren die Beträge, die die Presse genannt hatte? Dreihunderttausend D-Mark? Oder inzwischen sogar fünfhunderttausend? Er wusste es nicht. Es war auf jeden Fall viel, viel mehr Geld, als man mit einer ganzen Serie von Banküberfällen verdienen konnte. Dieses Geld per Erpressung zu beschaffen, war sicher nicht einfacher, als es sich durch Banküberfälle zu besorgen. Aber wenn die Bundesbahn tatsächlich zahlte, dann war diese ungeheure Summe plötzlich so gut wie ungesichert. Man musste nur bei Roy Clark an der Haustür klingeln und das Geld einsammeln.

Er würde sich widersetzen. Vielleicht. Fest stand, dass dieser Roy Clark nicht dumm war, sonst hätte die Polizei ihn längst erwischt. Er würde auch genug Verstand besitzen, um einzusehen, dass Widerstand gegen zwei bewaffnete Bankräuber sinnlos war. Und sie waren gut bewaffnet. Eine Maschinenpistole war ein überzeugendes Argument. Roy Clark würde das Geld herausrücken. Wenn es wirklich fünfhunderttausend waren, könnten sie großzügig sein und ihm einen Teil überlassen. Fünfzigtausend vielleicht, das wäre angemessen.

Wenn sie das Geld bekamen, dann waren sie am Ziel. Hermann hatte immer gesagt, dass er eine halbe Million Mark haben wolle. Er hatte geglaubt, dass er sich dieses Geld mühsam Stück für Stück holen müsste. Jetzt sah es so aus, als könnte er es auf einen Streich bekommen. Was für ein großartiges Vorhaben! Wie gut, dass sie nach Büsum gefahren waren! Ursprünglich hatte er gar nicht viel von dieser Idee gehalten. Das war wieder eine unnötige Ausgabe, die ihn ein kleines Stück weiter von seiner halben Million entfernte. Aber jetzt, nach diesen neuen Informationen, jetzt sah die Geschichte anders aus, jetzt war er ganz nahe am Ziel.

Noch einmal zog er den Schlüssel aus der Tasche. Ja, es war der richtige Schlüssel. Zur Sicherheit würde er noch einmal am Hauptbahnhof nachsehen, ob er sich nicht geirrt hatte, aber in solchen Dingen irrte er sich nicht. Er hatte ein hervorragendes Gedächtnis.

Jetzt fehlte nur noch eine Kleinigkeit: die Anschrift von Roy Clark. Vielleicht hätte er der Familie doch direkt folgen sollen, als sie den Schlüssel gefunden hatten. Vielleicht wäre es sogar am schlausten gewesen, den Schlüssel einfach zurückzugeben. »Entschuldigung, Sie haben gerade etwas verloren!« Und dann wäre ein längeres Gespräch fällig gewesen, eine freundliche Einladung zum Abendessen hier in einem Lokal in Büsum vielleicht, und bei der Gelegenheit hätte man Roy Clark oder seiner Frau die Anschrift entlocken können. Mindestens aber ihren wahren Namen.

Nein, so gut war das nicht. Besser war es, wenn sie nicht in engeren Kontakt mit dem Bundesbahn-Erpresser traten. Die Familie war auch hier im Urlaub, genau wie sie beide. Oder wohnten sie hier? Nein, sicher nicht. Der Ausflug nach Helgoland sprach dagegen. Wer hier wohnte, der fuhr da nicht mehr hin, der war sicher schon oft genug auf Helgoland gewesen.

Es blieb nur eine Möglichkeit. Gisela und er würden beide unabhängig voneinander am nächsten Tag kreuz und quer durch Büsum gehen, bis sie die Familie gefunden hatten. Sie würden Roy Clark und seiner Frau und seinen Kindern mit sicherem Abstand folgen und feststellen, wo sie hier in Büsum wohnten. Wenn ein Auto mit auswärtigem Kennzeichen vor dem Haus stand, dann war das wahrscheinlich ihr Auto. Und dann würden sie in der Pension oder in dem Hotel nach den Leuten aus Garmisch-Partenkirchen oder von wo sie gekommen sein mochten fragen, und sie würden Namen und Anschrift bekommen.

Montag, 21. August 1967

Es funktionierte nicht. Der Dicke hatte sich ausgerechnet, dass sie mindestens bis Sonnabend, bis zum Quartierwechsel, Zeit haben würden, die Familie wiederzufinden, aber Roy Clark und seine Angehörigen schienen sich in Luft aufgelöst zu haben. Sie waren weder am Strand noch in der Einkaufsstraße zu finden.

Büsum war ein sehr kleiner Ort, fast noch ein Dorf, und es war durchaus möglich, im Laufe eines halben Tages alle Straßen und Wege abzulaufen, aber die Gesuchten fanden sie nicht. Und schließlich, als sie schon aufgeben wollten, da fuhren sie plötzlich im Auto an ihnen vorbei. Hermann hätte sie fast gar nicht erkannt, aber die Kinder auf der Rückbank hatten sie wiedererkannt und winkten ihnen fröhlich zu, und dann begriff auch er, wer das war.

Gisela begriff es auch. »Da fährt dein Roy Clark davon auf Nimmerwiedersehen!«, rief sie.

»Gib mal schnell Zettel und Bleistift«, verlangte der Dicke.

Gisela öffnete ihre Handtasche und gab ihm das Gewünschte. Das Kfz-Kennzeichen begann mit OTT. »Otterndorf ist das«, sagte der Dicke. »Er kommt aus Otterndorf.«

»Und weiter?«

Hermann sah Gisela an. »Wie ›und weiter‹? Hast du dir den Rest des Kennzeichens etwa nicht gemerkt?«

Nein, hatte sie nicht. »Es war ein hellblaues Goggomobil Coupé mit weißem Dach. Mehr weiß ich nicht.«

Der Dicke seufzte.

Sonnabend, 16. September 1967

Der Sommer war fast vorbei, und Roy Clark meldete sich zurück.

»Hier«, sagte der Streckenläufer. »Genau hier ist das gewesen.«

Horst Berger, Wilfried Pagels und der Mann, der den Fund gemacht hatte, standen einen Kilometer südlich vom Hamburger Hauptbahnhof zwischen den Ferngleisen 2 und 3 in Richtung Hannover, direkt hinter der Brücke über den Zollkanal. Die große Explosion, die das Fantom angedroht hatte, war bisher ausgeblieben. Stattdessen hatte der Erpresser offenbar zu wesentlich bescheideneren Mitteln gegriffen, und auch das wieder einmal ohne nennenswerten Erfolg.

»Hier hat es gelegen. Nein, warten Sie, da war das. Ungefähr einen Meter weiter in Richtung Süden. Ein Drahtseil, zwanzig Meter lang und sechszehn Millimeter dick. Wir haben das nachgemessen. Und der Täter, der hatte das Seil an zwei Fahrleitungsmasten festgebunden. Da drüben, sehen Sie den Mast? Und hier auf dieser Seite dann auch noch mal. In 1,50 Meter Höhe. Aber als ich das gefunden hab, da baumelten da bloß noch zwei kurze Enden von dem Seil. Alles andere war kaputt.«

»Was hat er vorgehabt?«, fragte Pagels.

»Was der Täter vorgehabt hat? Ja, das ist doch ganz klar. Er hat gedacht, dass ein Zug kommt und dann mit diesem Stahlseil die beiden Fahrleitungsmasten umreißt.«

Pagels war bis eben gar nicht bewusst gewesen, dass die Strecke elektrifiziert war. Er fragte nach.

»Schon lange«, erklärte der Eisenbahner. »Hannover-Hamburg seit April 1965. Und wenn da solch ein Zug die beiden Masten umgerissen hätte, dann hätte das ganz schön gekracht hier. Und 'nen Kurzschluss hätte das auch gegeben. Da sind ja immerhin fünfzehntausend Volt drin in diesen Fahrleitungsdrähten.«

»Aber einen Zug hätte er mit dem Seil nicht zum Entgleisen bringen können, oder?«, fragte Horst nach.

»Nee, das geht nicht. Dazu ist so'n Seil ja viel zu schwach. Und wahrscheinlich hätte das auch nicht ausgereicht, um die beiden Masten umzureißen. Aber der Täter, das war ja wohl dieser Roy Clark, der hat es nicht einmal geschafft, das Seil richtig zu spannen. Hier ist ja Tag und Nacht ein ziemlicher Zugverkehr. Und bevor er fertig geworden ist, da muss schon ein Zug gekommen sein, und der ist über das Seil rübergefahren und hat es durchgerissen. Und dann kam der nächste Zug. Und dann noch einer und noch einer. Und am Ende war nur noch das übrig, was ich hier gefunden habe. Lauter

Fetzen. Vier Stücke waren das. Aber das wissen Sie ja wahrscheinlich alles schon.«

Horst nickte.

»Und 'ne alte Windjacke – aber jetzt gehen Sie bitte erst mal zur Seite, nein, ganz nach außen ganz raus aus dem Gleisbereich, denn da kommen jetzt zwei Züge …«

Horst Berger und Wilfried Pagels brachten sich rasch in Sicherheit.

Sie trafen sich mit Roeder und Haydn im Präsidium. »Eine alte Windjacke und vier Stücke Bindfaden«, berichtete Horst. »Mehr haben wir nicht. Außer dem Stahlseil. Nach allem, was wir bis jetzt wissen, ist der Täter sehr früh gestört worden. Er hatte das Seil noch gar nicht gespannt, als der erste Zug kam. Der ist über das Seil weggefahren, hat es aber nicht zerrissen. Daraufhin hat der Täter offenbar seinen Plan aufgegeben und das Stahlseil am Tatort zurückgelassen. Es ist dann noch mehrfach von Zügen überfahren und schließlich zerstört worden.«

»Wissen wir, woher das Seil stammen könnte?«, fragte Roeder.

»Leider nein. Wir haben keine Ahnung.«

»Und diese Windjacke, die da gefunden worden ist? Hat die überhaupt irgendetwas mit dem Anschlag zu tun?«

Horst zuckte mit den Achseln. »Das muss das Bundeskriminalamt entscheiden.«

»Diese Schaumschläger«, sagte Wilfried.

»So pauschal kannst du das nicht sagen«, widersprach Horst.

Roeder sagte: »Im Augenblick wissen wir also noch gar nicht, ob dieser Anschlag mit dem Stahlseil auf das Konto unseres Fantoms geht?«

Horst nickte. »Das ist richtig. Wir haben seit Monaten nichts mehr von ihm gehört. Wir wissen überhaupt nicht, ob der Mann noch aktiv ist. Und dieser Anschlag einfach nur mit einem Stahlseil, der ist ja geradezu lächerlich. Von Roy Clark hätte ich etwas mehr erwartet.«

»Vielleicht kommt es ja noch«, sagte Pagels. »Wenn Roy Clark letzte Nacht dieses Seil gespannt hat, dann war er in Hamburg. Vielleicht ist er noch hier. Hat er nicht gesagt, er wolle den Hauptbahnhof in die Luft sprengen?«

Berger und Pagels machten sich gegen 23:00 Uhr auf, um den Hamburger Hauptbahnhof zu inspizieren. Roeder hielt währenddessen im Präsidium Wache am Telefon.

Der Hauptbahnhof war zu dieser späten Stunde fast menschenleer. Die Geschäfte in der Wandelhalle hatten geschlossen. Ein Betrunkener stolperte laut grölend in Richtung Steindamm.

»Was machen wir jetzt hier?«, fragte Pagels unvermittelt.

Darauf wusste Horst auch keine Antwort. Roy Clark hatte nicht gesagt, wo seine nächste Bombe explodieren sollte. Es war keineswegs sicher, dass der Hamburger Hauptbahnhof das Ziel war. Es konnte ebenso gut der Bremer Hauptbahnhof sein. Oder irgendein kleinerer Bahnhof, vielleicht in Stade oder Buchholz oder Cuxhaven.

Da drüben auf der linken Seite, da waren die Schließfächer. Nach dem Bombenanschlag hatte man kurz erwogen, alle Schließfächer außer Betrieb zu nehmen. Es gab ja schließlich auch noch die Gepäckaufbewahrung, an der man seinen Koffer einem der Bahnangestellten übergeben konnte und dafür als Quittung einen sogenannten Gepäckschein bekam. Gut, dass Roy Clark seinen Sprengsatz in das Schließfach gelegt hatte. Eine Bombe in der Gepäckaufbewahrung hätte möglicherweise mehr Schaden angerichtet.

Jetzt sah alles wieder so aus wie früher. Die beschädigten Schließfächer waren ausgetauscht. Da war das Schließfach mit der Nummer 134. Im Augenblick nicht benutzt. Die Tür war nur angelehnt, der Schlüssel fehlte. Horst öffnete das Schließfach. In der hinteren Ecke lag ein zerknülltes Stück Papier. Er nahm es heraus, strich es glatt. Darauf stand in Druckbuchstaben in einer kindlichen Handschrift: *Wer dies liest, ist doof.*

»Da hast du es, Horst!«, sagte Pagels.

Horst betrachtete den Zettel. War dies möglicherweise eine weitere Botschaft von Roy Clark? Nein, sicher nicht. Derartige Scherze hatte er sich bisher noch nie erlaubt.

Unten auf den Gleisen tat sich etwas. Berger und Pagels traten auf die Brücke und sahen hinunter. Ein TEE lief ein.

»Welch ein schönes Beispiel für das Zusammenwachsen Europas«, spottete Pagels.

Der Trans-Europ-Express, den es inzwischen seit zehn Jahren gab, sah nach wie vor in den verschiedenen Ländern unterschiedlich aus, und der Einsatz dieser Züge war fast ausschließlich auf die Mitgliedsstaaten der Europäischen Wirtschaftsgemeinschaft begrenzt.

»Es dauert seine Zeit, bis all diese Länder wirklich zusammenwachsen«, gab Berger zu. »Aber es tut sich etwas. Immerhin gibt es schon mehr oder weniger einheitliche Briefmarken, Europa-Marken, zumindest einmal im Jahr. Und du wirst sehen, irgendwann erlaubt

Frankreich auch, dass England in die EWG aufgenommen wird.«

»Und die DDR«, sagte Wilfried ganz ernsthaft.

»Das wird wohl noch hundert Jahre dauern«, erwiderte Horst.

Sonntag, 17. September 1967

Um 1:45 Uhr nachts explodierten im Schließfach 236 im Hamburger Hauptbahnhof zwei Sprengkörper. Die Explosion zerfetzte einen Schließfachschrank mit zwölf Schließfächern, zwei weitere Schließfachschränke wurden stark beschädigt. Teile der Schließfächer flogen bis zu vierzig Meter weit durch die Wandelhalle, beschädigten ein Tabakwarengeschäft und zerstörten die Scheiben eines DB-Dienstraumes. Ein Bundeswehrangehöriger wurde durch ein Metallstück am Kopf verletzt.

Bei der Lagebesprechung am Abend erfuhren sie mehr. Der Kriminaltechniker sagte: »Bei dem Sprengkörper handelte es sich um zwei circa vierhundert Millimeter lange, nahtlose Flussstahlrohre mit einem Durchmesser von neunundachtzig und einer Wandstärke von 3,25 Millimetern. An den Enden waren je zwei Schrauben eingeschweißt, die mit einer Eisenlasche befestigt waren. Die Enden der Rohre waren mit Zement ausgegossen.«

Ein Dia zeigte, was davon übriggeblieben war.

»Bei dem Sprengstoff handelt es sich um TNT. Die Zündung erfolgte elektrisch mittels einer Varta-Taschenlampenbatterie. Der Zündkreis lief über einen Reisewecker. Der Sprengsatz war in einem braunen Pappkoffer mit Fischgrätenmuster untergebracht, zusammen mit Kinderkleidung. Die Kleidungsstücke gehören vermutlich einem Mädchen zwischen drei und fünf Jahren. Das TNT war mit Watte vermischt. Das TNT ist nicht explodiert.«

Die Bilder des Weckers und des Koffers waren nicht sehr aufschlussreich. Die Kinderkleidung konnte womöglich weiterhelfen.

»Der Täter wusste offenbar, dass er zur Zündung eine hochbrisante Initialladung brauchte. Die hat er aus Kaliumchlorat, Aluminiumpulver, Kollodium und Puderzucker hergestellt. Die Rohre für die beiden Bomben stammten wahrscheinlich von einem Schrottplatz.«

»Welcher Schrottplatz kommt da infrage?«

Der Mann zuckte mit den Achseln. »Jeder beliebige Schrottplatz.«

»Aber der Sprengsatz ist trotzdem nicht explodiert«, stellte Horst fest.

Der Mann nickte. »Das liegt daran, dass die Initialladung allein nicht ausreicht. Man braucht nicht nur einfach irgendeine Sprengkapsel, sondern obendrein einen Zündverstärker, einen sogenannten Booster. Im Zweiten Weltkrieg wurde dafür häufig Tetryl verwendet. Das ist 2,4,6-Trinitrophenylmethylnitramin. Heute greift man stattdessen meistens auf sogenanntes RDX zurück. Das ist der amerikanische Ausdruck. Sie kennen das Zeug wahrscheinlich noch unter der deutschen Bezeichnung Hexogen. Chemisch handelt es sich um Cyclotrimethylentrinitramin.«

»Aha«, sagte Horst. Das war im Chemieunterricht in der Schule nicht vorgekommen. »Aber das ist, wenn ich Sie richtig verstehe, jedenfalls ein Material, an das man nicht ohne Weiteres herankommt?«

Der Mann nickte wieder. »Das können Sie nicht so einfach kaufen.«

»Und wenn ich es jetzt brauche, weil ich zum Beispiel einen Zug mit TNT in die Luft sprengen will?«

»Dann ist wahrscheinlich immer noch die beste Quelle das Militär. Aber Sprengstoff und Munition werden natürlich sehr gut bewacht. Und es sind in jüngerer Zeit keine Diebstähle gemeldet worden. Im Ausland gibt es wahrscheinlich bessere Möglichkeiten.«

Das war Horst zu vage. »Wo zum Beispiel?«, fragte er nach.

»Vietnam natürlich. Für Geld kriegen Sie dort alles.«

»Danke.« Horst war sich ziemlich sicher, dass Roy Clark das Material für seine Sprengsätze nicht aus Vietnam bezog, sondern dass er auf einheimische Quellen zurückgriff.

»Wir haben bei uns im Labor übrigens inzwischen eine detaillierte Untersuchung der Briefe des Erpressers durchgeführt. Speichelproben haben ergeben, dass der Mann die Blutgruppe B hat.«

Das könnte helfen, den Mann zu identifizieren, wenn man einen oder mehrere Verdächtige hatte.

Der Techniker fuhr fort: »Wir haben inzwischen auch einige Erkenntnisse über das Material, das bei der Brücke am Zollkanal gefunden wurde. Es gibt einen eindeutigen Zusammenhang zwischen der Windjacke und dem Täter. An dem Kleidungsstück haben wir Spuren gefunden, die auf den Transport des Stahlseiles zurückgehen.«

»Was sind das für Spuren?«, fragte Roeder.

»So ein Stahlseil ist ein ziemlich sperriges Ding. Um es transportieren zu können, hat der Täter es offensichtlich mit vier kurzen Bändern zusammengebunden. Dabei handelt es sich nicht etwa um einen beliebigen Bindfaden, sondern um Stücke von einer fünf Millimeter starken Flaggenleine.«

Berger hätte nicht sagen können, dass das Band auf dem Dia eine Flaggenleine gewesen war. »Das deutet also auf irgendeinen Zusammenhang mit der Seefahrt hin?«, fragte er.

»Ja, wahrscheinlich. Hinzu kommt, dass unsere Experten in einer der Taschen der Windjacke Fischschuppen entdeckt haben. Sie sagen, dass es sich um Schuppen einer Seezunge handelt.«

Pagels starrte den Experten ungläubig an. »Und was sagt uns das?«, fragte er.

»Nicht viel«, musste der zugeben. »Jedenfalls im Augenblick nicht. Aber es sind weitere Anhaltspunkte. Wenn diese Jacke wirklich dem Täter gehört, dann bedeutet das, dass dieser Mann sich mit der Angelei einigermaßen auskennt. Seezungen sind nachtaktive Einzelgänger, und die bekommt man nicht zufällig an den Haken.«

»Wie sehen die Schuppen einer Seezunge aus?«, fragte Horst.

Auch dafür hatte der Experte ein passendes Dia. Berger sah einen Fisch, aber keine Schuppen. »Sie sind winzig klein«, sagte der Experte. »Bei der Zubereitung lassen sie sich leicht mit der Haut zusammen abziehen.«

»Danke«, sagte Roeder. »Danke für die interessanten Ausführungen.«

»Sprengstoff«, sagte Horst Berger. »Das ist der entscheidende Punkt. Der Sprengstoff, den der Attentäter verwendet hat. TNT. Und wo gibt es solchen Sprengstoff? Bei der Bundeswehr.«

Roeder wiegte bedenklich den Kopf. »Das ist ein übereilter Schluss, Horst.«

»Übereilt oder nicht – fest steht, dass es im Elbe-Weser-Dreieck, oder wenn wir den Raum etwas weiter fassen, in dem Bereich zwischen Hamburg, Lüneburg, Bremen und der Nordseeküste eine ganze Reihe von Bundeswehrstandorten gibt. Fest steht auch, dass die Bundeswehr TNT verwendet. Das ist allgemein bekannt …«

Pagels widersprach. »Das ist dir bekannt, aber ob es in der Bevölkerung allgemein bekannt ist, wage ich zu bezweifeln. Wenn ich meinen Sohn frage, wo ich hier in Norddeutschland TNT kriegen kann, dann ist eine Gegenfrage: TNT? Was ist das?«

Horst ließ sich nicht beirren. »Das sind Spitzfindigkeiten, Wilfried. Der Mann, den wir suchen …«

»Oder die Frau!«, warf Pagels ein.

Horst warf ihm einen ärgerlichen Blick zu. »Bitte, Wilfried! Roy Clark hat mit verschiedenen Zeitungen und mit der Bundesbahn telefoniert. Wir haben bis jetzt keine Aufzeichnung seiner Stimme, aber alle Leute, mit denen er gesprochen hat, sind sich darin einig, dass es sich um einen Mann handelt und nicht um eine Frau.«

Pagels gab sich geschlagen.

»Ich werde mich mit der Bundeswehr in Verbindung setzen und mir einen Überblick darüber verschaffen, wo der Sprengstoff verwahrt wird, und auf welche Weise diese Depots gesichert sind.«

»Das musst du mit den Kollegen in Niedersachsen abstimmen«, gab Roeder zu bedenken.

Horst schüttelte den Kopf. »Wir brauchen schnelle Erkenntnisse. Es ist Gefahr im Verzug. Ich werde mich selbst um die Sache kümmern. Ich werde bei der Bundeswehr anrufen, und ich werde die entsprechenden Depots in Augenschein nehmen.«

»Viel Spaß dabei«, brummte Pagels. »Der Wetterbericht redet davon, dass es bald Schnee geben soll.«

»Jetzt im September? Du spinnst«, sagte Horst.

Dienstag, 19. September 1967

Horst Berger war nach Stade gefahren. Ein Oberst der Pioniere hatte sich bereiterklärt, ihm zu zeigen, wo ihre Sprengstoffe aufbewahrt wurden.

»Unsere Munition und unsere Sprengmittel sind an zwei verschiedenen Orten gelagert. Zum einen gibt es innerhalb der Kaserne ein gewisses Kontingent an Bereitschaftsmunition, das im Falle eines feindlichen Angriffs sofort von den Panzern übernommen werden kann, sodass wir innerhalb einer knappen Stunde Kampfbereitschaft hergestellt und das Kasernengelände verlassen haben. Der größte Teil unserer Munition und natürlich auch der Sprengmittel werden aber nicht in der Kaserne aufbewahrt. Dafür haben wir unsere Standortmunitionsniederlage. Auch die dient dazu, dass wir im Ernstfall sehr schnell auf die nötigen Mittel zurückgreifen können.«

Der Geländewagen hielt vor dem Schlagbaum an. Der Fahrer hupte. Ein Soldat eilte herzu, öffnete die Schranke, legte die Hand an die Mütze, als er den Oberst sah, und sie konnten passieren.

Sie fuhren bis zu einer kleinen Baracke. Ein Unteroffizier trat aus dem Wachhaus, machte Meldung, und der Oberst erläuterte, weswegen sie hier waren. »Die Wachmannschaft besteht aus sechs Mann, einem Wachhabenden, in diesem Fall Unteroffizier Maikop, und seinem Stellvertreter, meistens einem Unteroffiziersanwärter. Jeweils drei Mann gehen Wache, drei Mann haben frei.«

»Wie muss man sich diese Wache vorstellen?«, fragte Horst.

Der Oberst sah ihn prüfend von der Seite an. »Weißer Jahrgang, was?«

Horst nickte. Er gehörte zu denjenigen, die um den Wehrdienst herumgekommen waren. Seine militärische

Karriere hatte sich darauf beschränkt, in der letzten Phase des Krieges als Flakhelfer eingesetzt zu werden. Die Bundeswehr war erst viel später gekommen. Inzwischen herrschte Wehrpflicht.

Unteroffizier Maikop sagte: »Wie eigentlich alle Standortmunitionsniederlagen liegt auch dieses Depot im Wald. Das ist, damit man die Munitionsbunker aus der Luft nur schwer erkennen kann. Das ganze Gelände ist durch einen mannshohen Zaun gesichert, und auf der Außenseite liegt zusätzlich eine Barriere aus drei Rollen NATO-Draht. Auf der Innenseite des Zaunes gibt es einen befestigten Weg, die sogenannte Ringstraße, von der aus man an die einzelnen Bunker heranfahren kann. Die drei Mann, die die Wache haben, sind so eingeteilt, dass zwei von ihnen in gegenläufiger Richtung auf der Ringstraße patrouillieren, während der dritte Mann im Inneren des Geländes zwischen den Bunkern hin und her marschiert. Alle sind mit dem G3-Gewehr ausgestattet und damit in der Lage, etwaige Eindringlinge abzuwehren.«

»Hat es denn schon einmal Eindringlinge gegeben?«, fragte Horst.

Der Unteroffizier schüttelte den Kopf.

Horst sagte: »Danke für die Auskünfte. Ich möchte jetzt gern einmal eine Runde mit einem der Wachsoldaten gehen, um mir selbst ein Bild zu verschaffen, wie so etwas aussieht.«

Der Oberst hob die Augenbrauen. »Bitte.«

Auch der Unteroffizier schien nicht allzu glücklich zu sein über diesen Vorschlag, aber als der nächste Soldat auf seiner Runde am Wachhaus vorbeikam, hielt Maikop ihn an und erklärte ihm, was der Polizist wollte. Der Mann nickte. Dann ging er gemeinsam mit Horst Berger los.

Als sie die nächstgelegene Ecke des Geländes erreicht hatten und von nun an außer Sicht waren, sagte Horst: »Ihre Vorgesetzten haben mir erläutert, wie solch eine Munitionswache theoretisch aussieht. Ich möchte gern wissen, was hier in Wirklichkeit abläuft. Der Hintergrund ist der, dass möglicherweise aus einem dieser Depots – nicht aus diesem – Sprengstoff verschwunden ist. Wenn die Wache so funktioniert, wie ich es eben erfahren habe, dann kann das im Grunde genommen nicht passieren.«

Der Soldat nickte. »Von außen kommt man hier nicht rein«, sagte er. »Jedenfalls nicht über den Zaun. Da müsste man schon ein Loch in den Stacheldraht schneiden, sonst bleibt man unweigerlich hängen. Dieser NATO-Draht ist ein Teufelszeug. Er sieht so harmlos aus, aber wenn man da mit der Kleidung rankommt, dann hängt man fest.«

»Und es hat auch noch niemand versucht, von außen einzudringen?«

»Nein. Nicht, dass ich wüsste. Sie sehen ja selbst, wie das hier aussieht. Auf der Außenseite, direkt vor dem Zaun, beginnt gleich der Wald. Das Unterholz ist ziemlich dicht. Wenn da einer durchgehen würde, dann würden wir das wahrscheinlich merken.«

Horst war sich nicht so sicher, ob man das wirklich merken würde. Aber hier trafen unterschiedliche Interessen aufeinander. Ein freies Blickfeld war eine Sache, Tarnung gegen mögliche Luftangriffe eine andere.

»Es gibt einen überwucherten Fahrweg«, fuhr der Soldat fort. »Der geht links am Wachhaus vorbei und dann ein kleines Stück parallel zum Zaun. Da kommt man dann nicht mehr weiter. Da hatten wir mal so ein Erlebnis. Da war mal ein Liebespaar reingefahren, mit dem Wagen. Naja, das haben wir natürlich gemerkt und sind da viel öfter vorbeigegangen als sonst und haben den beiden beim Vögeln zugeguckt. Die haben sich nicht stören lassen. Aber schließlich hat der Wachhabende das dann auch mitgekriegt, und der ist rausgekommen und hat die beiden zusammengestaucht. Feldwebel Weyers war das. Aber die beiden haben das ganz gleichmütig über sich ergehen lassen. Sie waren ja auf der anderen Seite vom Zaun, und da konnte er nicht hin. Sie haben sich in aller Ruhe wieder angezogen und sind dann weggefahren.«

Horst überlegte. Im Grunde war das ein perfektes Ablenkungsmanöver. Wenn sich die gesamte Wache auf die eine Seite der Anlage konzentrierte, könnte man auf der anderen ohne allzu große Schwierigkeiten eindringen. Man hätte allerdings die Drahtsperre überwinden müssen. »Ich kenne mich nicht besonders gut aus mit der Bundeswehr«, gestand Horst, »aber werden solche Vorfälle eigentlich gemeldet?«

»Im Prinzip ja. Wenn es etwas Ernstes ist, dann wird das ins Wachbuch eingetragen. Und wenn es wirklich wichtig ist, dann ruft der Wachhabende in der Kaserne an, und dann muss jemand rauskommen und nachsehen, was los ist. Aber das wird normalerweise nicht gemacht. Die Vorgesetzten schätzen es nicht, wenn man sie wegen irgendwelchem Mist hier nach draußen kommen lässt.«

»Also bei dem Liebespaar damals ist keiner gekommen?«

»Nein.«

Sie kamen jetzt an die zweite Ecke des rechteckigen Geländes. Hier saß der Soldat, der eigentlich das Innere des Depots überwachen sollte, auf einem der Erdwälle und rauchte. Als er sah, dass der Wachsoldat nicht allein war, sprang er schnell auf und drückte die Kippe aus. »Scheiße!«, sagte er.

Horst Berger winkte ab.

Sein Begleiter erläuterte: »Natürlich darf er hier nicht herumsitzen, und rauchen darf er schon gar nicht, aber wir alle wissen ja, dass das Quatsch ist. Die Munition explodiert nicht, bloß weil jemand hier draußen im Gelände raucht. Natürlich darf man sich dabei nicht erwischen lassen, und der Wachhabende macht gelegentlich Kontrollgänge. Aber hier an der Ecke gibt es ein Feldtelefon. Wenn der Wachhabende nach draußen geht, dann ruft sein Stellvertreter hier an, sodass wir nicht überrascht werden. Sonst wäre das ein Wachvergehen.«

»Und was passiert bei einem Wachvergehen?«, fragte Horst.

»Dann geht man in den Bau. Und wenn die Geschichte wirklich ernst ist, wird da ein richtiges Strafverfahren draus, und man ist am Ende sogar vorbestraft. Aber normalerweise passiert das nicht. Man scheißt die Kameraden nicht an. Auch unsere Vorgesetzten tun das nicht. Normalerweise gibt es einfach nur ein Donnerwetter und eine Ausgangssperre am nächsten Wochenende.«

Horst nickte. So ähnlich hatte er sich die Geschichte vorgestellt. »Und dies hier, das sind nun also die Munitionsbunker?«, fragte er. Er deutete auf die Gebäude im Inneren des Depots, von denen man zwei von dieser Stelle aus im Buschwerk erkennen konnte.

Der Soldat lachte. »Bunker ist gut! Das sind einfach nur Holzbaracken, jeweils von einem kleinen Erdwall umgeben. Die Idee ist, wenn eines dieser Häuser in die Luft fliegt, dass die anderen nicht auch gleich mit hochgehen. Aber das passiert alles sowieso nicht. Solange die Russen nicht kommen, ist es hier sehr gemütlich.«

Horst betrachtete die Bunker. Alle Baracken sahen gleich aus. »Und was ist da drin?«

»Das kommt darauf an. Artilleriemunition, Panzergranaten, Sprengstoff.«

»Und woran sieht man nun, was wo lagert?«, fragte Horst.

Der Wachsoldat zuckte mit den Achseln. »Das kann man gar nicht sehen«, sagte er. »Das muss man vorher wissen. Die Bunker sind ja nummeriert. Und wenn ich jetzt komme und zum Beispiel Handgranaten brauche, dann gehe ich in den Bunker Nummer sieben.«

»Das heißt, Sie wissen also, was wo lagert?«, fragte Horst neugierig.

»Nein.«

»Dann haben Sie sich das mit den Handgranaten also ausgedacht?«

»Nein, das auch nicht. In diesem einen Fall wissen wir das alle. Da hat irgendein neugieriger Soldat auf Wache ein Loch gegraben, auf der Rückseite der Holzhütte, und da konnte man reinkriechen. Das haben wir alle gewusst.«

»Waren Sie da auch mal drin?«

Der Soldat grinste.

»Das heißt also, wenn jemand eine Handgranate haben wollte, da hätte er sich dort eine wegnehmen können?«, forschte Horst nach.

»Nein, das wäre sofort aufgefallen. Die Handgranaten liegen ja nicht einzeln herum, sondern immer schön in Kisten verpackt. Und wenn da eine Handgranate gefehlt hätte, dann hätte man das sofort gemerkt.«

»Und wenn nun eine ganze Kiste gefehlt hätte?«

»Dann auch. Innen in dem Häuschen, direkt neben dem Eingang, da gibt es so ein Formular, und da sind all die Dinge verzeichnet, die in dem Bunker liegen. Da steht natürlich auch die Zahl der Kisten mit Handgranaten drauf.«

»Und wenn eine Kiste gefehlt hätte, was wäre dann passiert?«

»Dann hätte es einen Höllenaufstand gegeben! Aber zum Glück ist so etwas nie passiert. Soweit ich weiß, ist hier niemals Munition oder Sprengstoff abhandengekommen. Dafür passen wir ja auf, dass so etwas nicht vorkommt.«

»Das ist auch gut so«, bestätigte Horst.

Sie gingen eine Weile schweigend nebeneinander her. Schließlich, als sie fast das gesamte Gelände umrundet hatten, sagte Horst: »Dieses System der Munitionslagerung und der Bewachung der Depots, das ist vermutlich überall gleich, oder?«

»Ja, das ist überall gleich. Das heißt, genau weiß ich das natürlich nicht, denn ich bin ja nicht in all den anderen Standorten gewesen. Aber wenn es irgendwo völlig anders wäre, dann hätte sich das wahrscheinlich herumgesprochen.«

Horst nickte. Er hatte erfahren, was er wissen wollte. Es war im Prinzip möglich, Munition oder Sprengstoff aus einem solchen Depot zu stehlen, aber besonders leicht war es nicht.

»Was ich natürlich nicht weiß«, ergänzte der Wachsoldat, »das ist, wie das die Holländer handhaben.«

»Ja, aber die sind ja in Holland«, sagte Horst leichthin.

Der Soldat schüttelte den Kopf. »Die Holländer sind hier«, sagte er. »Einige jedenfalls. Wussten Sie das nicht?«

Montag, 2. Oktober 1967

Der Triebwagen von Bremen nach Rotenburg an der Wümme stand abfahrbereit auf Gleis 10. Die beiden einzigen Insassen waren Bedienstete der Post. Der Fahrer des Triebwagens stand noch draußen auf dem Bahnsteig und rauchte eine Zigarette.

Norbert Meyer war Postoberschaffner. »Ich bin das gewesen«, sagte er. »Ich hab den Brief entdeckt. Den Brief von diesem Roy Clark.«

»Ach, ja?« Seine Kollegin war nur mäßig interessiert. Hilda Wolter war Postfacharbeiterin. Sie hatte einen anstrengenden Tag hinter sich und wollte eigentlich nur noch nach Hause. Wann fuhr denn dieser verdammte Triebwagen endlich ab? Sie sah auf die Uhr. »Schon zwei Minuten Verspätung«, sagte sie.

»Ja. Ja, das ist ja immer so, dass irgendwelche anderen Züge vorgelassen werden. Das ist jeden Abend dasselbe.«

Es war nicht jeden Abend dasselbe.

»Das mit dem Brief, das war so. In der Zeitung, da hatten sie ja einen der Briefe von diesem Roy Clark abgedruckt. Nicht den Umschlag, sondern nur den Zettel, der in dem Umschlag gesteckt hatte. Ich habe mir genau gemerkt, wie der aussah. Alles in großen Druckbuchstaben …«

»Ja.« Hilda hatte die Zeitung auch gelesen.

»Auf dem Umschlag war das natürlich anders. Aber genauso eine krakelige Schrift. Und dann die Anschrift. BUNDESBAN-DIREKTION HAMBURG, weiter nichts. Bundesban-Direktion mit Bindestrich. Und ohne H. Alles in Druckbuchstaben. Da habe ich gleich gewusst, das ist wieder ein Brief dieses Erpressers …«

Endlich ertönte der Pfiff. Die Türen schlossen sich, und der Triebwagen setzte sich in Bewegung.

»Ich bin dann gleich zu Steinmeier gelaufen. Der hatte ja die Aufsicht an dem Abend. Nicht Klose, der war ja krank, und deswegen hatten sie Steinmeier eingesetzt. Zu dem bin ich dann hingelaufen, und ich habe ihm den Brief unter die Nase gehalten. Und was glaubst du, was er gesagt hat?«

»Ich habe keine Ahnung«, murmelte Hilda.

»›Das ist ein Brief‹, hat er gesagt. Kannst du dir das vorstellen? Weiter nichts. Einfach nur: ›Das ist ein Brief.‹«

Hilda nickte. Sie sah aus dem Fenster. Draußen glitten die Häuser von Bremen-Findorff vorbei. Gleich würde der Bürgerpark kommen. Hilda liebte den Bürgerpark. Schade, dass man im Dunkeln so wenig davon sah.

Ihr Kollege gab keine Ruhe. »Da habe ich gesagt: ›Das sehe ich selber, dass das ein Brief ist. Aber gucken Sie mal hier, wie die Anschrift geschrieben ist. Und der Absender fehlt. Das ist kein normaler Brief. Das ist ein Brief von diesem Bundesbahn-Erpresser. Von diesem Fantom.‹ Und er? Was hat er daraufhin gesagt?«

»›Quatsch‹«, sagte Hilda.

»Woher weißt du das?« Norbert Meyer war sprachlos. »Ja, genau, das hat er gesagt. Aber damit ist er bei mir nicht durchgekommen. ›Wir müssen die Polizei anrufen‹, habe ich gesagt. Das hat er nicht gewollt, aber dann habe ich einfach sein Telefon genommen und die 110 gewählt. Da war er sprachlos.«

»Wahrscheinlich wollte er einfach nur seine Ruhe haben«, sagte Hilda. Genau wie ich, dachte sie.

»Ja, wahrscheinlich. Aber in einem solchen Fall, da geht das doch nicht. Das muss man doch melden. ›Es geht um Leben und Tod‹, habe ich gesagt, als irgendein Hauptwachtmeister am anderen Ende der Leitung den

Hörer abgehoben hat. ›Herr Wachtmeister, es geht um Leben und Tod!‹ Und dann habe ich ihm geschildert, was passiert war …«

Gar nichts war passiert, dachte Hilda. Der Kollege hatte einen Brief gefunden, der ihm verdächtig vorkam, das war alles.

»Sie sind dann gleich rübergekommen, die Polizisten. Von der Bahnpolizei. Die richtige Polizei, die hat das gleich weitergeleitet. Die hat gedacht, wenn es um die Anschläge auf die Bundesbahn geht, dann macht das am besten die Bahnpolizei. Zu zweit sind die gekommen. Und die waren, also, das muss ich sagen, die waren wirklich … also wirklich …« Er suchte nach dem richtigen Wort.

»Kompetent?«, schlug Hilda vor.

»Ja, das waren sie. Kompetent. Und jedenfalls …«

Jetzt waren sie schon fast aus Bremen heraus. Da vorn war die Brücke über die Autobahn. Und da draußen, da war doch jemand am Bahndamm …

In dem Augenblick gab es einen gewaltigen Knall und eine Stichflamme. Der Triebwagen machte einen Satz nach vorn und fiel auf die Schienen zurück. Metallsplitter flogen durch den Raum. Norbert Meyer wurde von seinem Sitz geschleudert. Hilda schlug mit dem Kopf gegen die Fensterscheibe. Sie schrie auf. Der Triebwagen bremste scharf. Fassungslos registrierte Hilda, dass im hinteren Teil der Kabine der Fußboden durchschlagen worden war. Meyer lag am Boden und stöhnte.

»Bist du verletzt?«, rief Hilda.

»Ja, ich bin verletzt«, sagte Meyer. »Meine Hüfte. Mir tut die Hüfte weh.« Ganz offensichtlich war es aber nicht so schlimm. Jedenfalls schaffte er es, aus eigener Kraft aufzustehen.

Und sie selber? Der Kopf tat weh. Sie tastete vorsichtig nach der schmerzenden Stelle. Das würde eine gewaltige Beule geben. Aber jedenfalls blutete sie nicht.

Der Triebwagen stand. Die Tür wurde geöffnet, und der Fahrzeugführer kam nach hinten. »Ist hier alles in Ordnung?«, fragte er.

»Ja«, sagte Hilda. »Wir haben einen Schreck gekriegt und wahrscheinlich ein paar blaue Flecken, das ist alles.«

»Das ist alles?«, empörte sich der Postoberschaffner. »Wir sind in die Luft gesprengt worden, wir sind quer durch den Raum geflogen, und wir können von Glück sagen, dass wir uns dabei nicht den Hals gebrochen haben ...«

»Ja, das ist gut«, unterbrach ihn der Fahrzeugführer. »Der Triebwagen ist nur leicht beschädigt. Ich denke jedenfalls, dass er noch fährt. Wir fahren jetzt ganz vorsichtig weiter. Vom nächsten Signalfernsprecher aus rufe ich in Bremen an, und dann müssen wir sehen, wie es weitergeht. Sie wollen ja wahrscheinlich beide nach Rotenburg?«

Hilda nickte.

»Unsere Ankunft am Endbahnhof wird sich heute leider aus betriebstechnischen Gründen um einige Minuten verzögern«, sagte der Fahrzeugführer. »Wir bitten um Ihr Verständnis.«

Aber der Triebwagen fuhr in dieser Nacht überhaupt nicht bis zum Endbahnhof. Müller wurde vorsorglich ins Krankenhaus nach Ottersberg gebracht, Hilda per Taxi nach Hause. Der Zug fuhr mit langsamer Fahrt nach Bremen zurück.

Was man weiß,
und was man nicht weiß

2. Oktober 1967 - 14. November 1967

Montag, 2. Oktober 1967

Es war kurz vor Mitternacht, als das Telefon klingelte. Horst Berger griff im Halbschlaf nach dem Hörer. »Was gibt's?«

»Spreche ich mit Kommissar Horst Berger?« Eine unbekannte Stimme.

»Ja, das tun sie. Worum geht es?«

»Hier ist Stegmaier, Kriminalpolizei Bremen. Wir haben einen Bombenanschlag auf die Bahnlinie Bremen-Hamburg. Ein Triebwagen ist soeben in die Luft geflogen.«

»Was?« Horst sprang aus dem Bett.

»Bevor Sie jetzt weiter nachfragen: Mehr weiß ich auch noch nicht. Meine Kollegen sind draußen vor Ort. Ich habe in Hamburg angerufen, und da hat man mir Ihre Nummer gegeben. Sie sind derjenige, der für das Fantom zuständig ist. Für Roy Clark?«

»Ja, der bin ich.«

»Kommen Sie rüber?«

»Ja, natürlich. Wo genau ist das passiert?«

»Zwischen Horn und Oberneuland. Da gibt es eine Brücke über die Autobahn, und da ist die Bombe explodiert.«

»Wie komme ich am schnellsten zum Tatort?«

»Mit dem Hubschrauber.«

Der Kollege hatte Humor. Zwar hatte Hamburg einen Polizeihubschrauber, aber es war völlig ausgeschlossen, den für einen solchen Ausflug einzusetzen, noch dazu mitten in der Nacht.

»Ich komme mit dem Auto«, verkündete Horst.

»Ja, gut. Fahren Sie in Bremen-Vahr von der Autobahn runter. Da treffen wir Sie dann.«

Der Bremer Kollege war genauso müde wie er selbst. »Das ist das Fazit«, sagte der Mann. »Gestern Abend um 23:38 Uhr ist der Sprengkörper explodiert. Die Zündung wurde ausgelöst, als der Triebwagen Nummer 3377 auf der Fahrt von Bremen nach Rotenburg die Stelle passierte. Der Triebwagen wurde durch Metallsplitter erheblich beschädigt. Die beiden Fahrgäste wurden zum Glück nur leicht verletzt.«

»Was ist mit dem Lokführer?«, fragte Horst.

»Unverletzt. Er sah einen grellen Blitz unter dem Triebwagen und hörte im selben Moment einen heftigen Knall. Er hat sofort eine Schnellbremsung eingeleitet und ist nach etwa dreihundert Metern zum Stehen gekommen. Dann hat er festgestellt, dass im hinteren Teil des Triebwagens der Boden durchlöchert und angehoben war. Er konnte aber die Fahrt fortsetzen.«

»Und die Bombe?«

»Darüber haben wir bisher nur lückenhafte Erkenntnisse. Fest steht, dass der Explosionsbereich auf der Innenseite der linken Schiene des Gleises Bremen-Hamburg gelegen hat. Hier fanden sich Schmauchspuren. In einer Entfernung von etwa fünfzig Metern wurden zwei Eisenteller gefunden, 20,5 Zentimeter Durchmesser, sechzehn Millimeter dick, am Rand mit vier Durchbohrungen. Die kriminaltechnische Untersuchung ergab, dass die Bombe aus dem Zylinder eines Motors bestand, der mit Sprengstoff gefüllt war.«

»Und natürlich keine Spur vom Täter«, vermutete Berger.

»Der Täter ist das Fantom«, sagte der Bremer Kollege. »Wir haben inzwischen einen Bekennerbrief. Der wurde heute früh auf dem Postamt 5 in Bremen abgefangen.« Der Mann legte die Klarsichthülle mit dem

Schreiben des Erpressers auf den Tisch. Horst Berger las:

> SCHÄTZE, HEUT HAT MEINE BOMBE GEZÜNDET. WAR AUF MERKUR GEDACHT, 21:38. WAR LEIDER BATTERIE NICHT RICHTIG ANGESCHLOSSEN. UND WIEVIEL ZÜGE SIND NOCH NACH MERKUR RÜBERGEFAHREN, BIS ICH FEHLER GEFUNDEN. DAS WISST IHR SELBST. WOLLT IHR NICHT KAPIEREN? DA WERDET IHR WOHL JETZT LANGSAM KAPIEREN, WIE ERNST ICH ES MEINE MIT MEINER GELDFORDERUNG.
> HAB ICH NOCH GENUG SPRENGSTOFF, DAS ICH KANN IN TAT GANZE BAHNHOF BREMENODERHAMBURGILUFTJAGENUND WERDE TUN WENN IHR STUR SPIELT UND NOCH MEHR WIE DAS. BIS JETZ WAR NUR WARNUNG UND SPIELEREI. ICH SCHICKE MENSCHEN MIT DER BUNDESBAHN IN DIE HÖLLE, WENN ICH JETZT NICHT GELD KRIEGE. HEUTE GEHT NOCH 300.000 DM. VON SONNTAG, 8. OKTOBER, AN GEHT 700.000 DM. FANTOM – ROY CLARK.

Montag, 3. Oktober 1967

Nach dem Anschlag am 2. Oktober wurde eine »Arbeitsgemeinschaft Roy Clark« ins Leben gerufen, in der zweiundzwanzig Polizeibeamte aus dem Bundeskriminalamt sowie aus Bremen, Niedersachsen, Schleswig-Holstein und Hamburg zusammenarbeiten sollten.

Horst Berger hielt nicht allzu viel davon. Seiner Meinung nach waren es viel zu viele Leute, die sich gegenseitig im Weg standen, und die alle peinlich genau darauf achten würden, dass man jeden einzelnen Schritt in der Fahndung mit ihnen abstimmte.

Zu einem ersten Treffen hatten sich alle Mitglieder der Arbeitsgemeinschaft in Hamburg versammelt. Als Erster trat der Mann vom Bundeskriminalamt an das Mikrofon. Es gab eine Interferenz; Horst hielt sich die Ohren zu.

Der Mann schaltete das Mikrofon aus. »Ich nehme an, Sie können mich auch so verstehen«, sagte er. Er sprach laut und deutlich, und er machte einen kompetenten Eindruck. »Ich fühle mich geehrt, dass Sie mich hierher nach Hamburg eingeladen haben. Gleichzeitig muss ich bekennen, dass ich mich bisher noch nie mit einer Eisenbahn-Erpressung beschäftigt habe. Und das liegt wiederum daran, dass es einen derartigen Fall in Deutschland nach unseren Erkenntnissen bisher noch niemals gegeben hat.«

Das könnte stimmen, dachte Horst. Ihm war jedenfalls auch kein derartiger Fall bekannt.

»Natürlich hat es vor dem Krieg eine ganze Reihe von Anschlägen auf Bahnanlagen in Deutschland gegeben. Die meisten davon waren politisch motiviert und haben während des sogenannten Ruhrkampfes 1923 und '24 stattgefunden. Damals hatten die Franzosen das Rheinland und das Ruhrgebiet besetzt. Die deutsche Regierung hatte zum passiven Widerstand aufgerufen, der nicht zuletzt auch von den Eisenbahnern weitgehend befolgt wurde. Da es den Franzosen aber darauf ankam, im Rahmen der Reparationsforderungen die deutsche Kohle nach Frankreich zu schaffen, übernahm das französische und das belgische Militär den Betrieb der Bahn in den besetzten Gebieten. Diese sogenannte Regiebahn war mit den deutschen Betriebsvorschriften nicht vertraut. Häufig wurden die Signale missachtet und auf Sicht gefahren, wodurch es zu zahlreichen Unfällen kam. Dazu kamen Sabotageakte und Bombenanschläge mit wechselndem Erfolg.

Es gab nur zwei Anschläge, denen völlig unpolitische Verbrechen zugrunde lagen. Der eine war der Anschlag auf den Berliner Schnellzug in der Nacht auf den 19. August 1926. Die beiden Täter hatten bei Leiferde im Landkreis Gifhorn das Gleis beschädigt, um den Nachtschnellzug D 174 von Berlin nach Amsterdam zu stoppen und den Bahnpostwagen auszurauben. Das schlug fehl. Die beiden Täter waren nicht schnell genug. Der D 174 passierte die beschädigte Stelle, ohne zu entgleisen. Lediglich eine Achse eines sechsachsigen Schlafwagens sprang aus dem Gleis, sprang aber gleich darauf wieder zurück. Die Fahrgäste bemerkten zwar den ungewöhnlichen Ruck, aber da der Zug anschließend normal weiterfuhr, fühlte sich niemand veranlasst, die Notbremse zu ziehen.

Daraufhin haben die Täter das Gleis weiter beschädigt, sodass schließlich der Schnellzug D 8 von Berlin nach Köln, der vierzig Minuten später kam, bei einer Geschwindigkeit von ungefähr fünfundachtzig Stundenkilometern entgleiste. Bei dem Unglück kamen einundzwanzig Menschen ums Leben, weitere vierzig Personen wurden verletzt. Warum die Attentäter diesen Unfall hervorgerufen haben, ist unbekannt. Fest steht, dass sie keine Beute gemacht haben. Sie sind später gefasst worden, zum Tode verurteilt, aber anschließend dann doch begnadigt worden.«

»Daraus können wir nicht viel lernen«, sagte Pagels.

Der Mann vom Bundeskriminalamt lächelte. »Das Einzige, was wir aus diesem Fall lernen können«, sagte er, »das ist, dass wir bei einem Attentäter, der einen Anschlag auf die Eisenbahn verübt, nicht unbedingt davon ausgehen dürfen, dass er nach irgendeinem klug durchdachten Plan handelt. Das gilt auch für den Täter, der am 8. August 1931 abends um 22 Uhr bei Jüterbog ein Gleis in die Luft gesprengt hat. Die Lok und acht Wagen sind die Böschung hinuntergestürzt. Es gab über hundert Verletzte, aber zum Glück keine Toten. Den Täter hat man dann einen Monat später erwischt, als er auf der Eisenbahnbrücke bei Biatorbagy in der Nähe von Budapest eine Sprengladung gezündet hat. Vierundzwanzig Tote, vierzehn Schwerverletzte. Der Täter fiel der Polizei auf, weil er sich als Wichtigtuer in den Vordergrund drängte. Sein Name: Sylvester Matuska. Sein Motiv: unbekannt.«

»Was wäre passiert«, wollte Roeder wissen, »wenn Roy Clark seine Bombe nun tatsächlich unter dem TEE Merkur gezündet hätte?«

»Nichts«, sagte der Mann vom Bundeskriminalamt.

»Nichts?«

»Der Triebkopf des TEE wiegt über zweihundert Tonnen. Den können Sie mit so einer kleinen Bombe überhaupt nicht beeindrucken.«

»Beruhigend zu wissen«, murmelte Roeder.

»Nein«, widersprach der Mann vom Bundeskriminalamt. »So würde ich das nicht ausdrücken. Wir wissen nicht, über wie viel TNT das Fantom verfügt. Der Mann hat sich bisher bei seinen Anschlägen langsam gesteigert. Das ist natürlich gut. Auf diese Weise hat es bisher nur leichte Verletzungen gegeben. Das deutet alles darauf hin, dass es dem Attentäter in erster Linie um das Geld geht und nicht etwa darum, mit einem großen Knall irgendetwas in die Luft zu jagen. Aber das muss nicht so bleiben. Die Serie zieht sich schon zu lange hin. Irgendwann wird der Erpresser die Geduld verlieren. Irgendwann wird er zu der Erkenntnis kommen, dass er sein Ziel nur erreichen kann, wenn er etwas Fürchterliches anrichtet. Unsere Aufgabe besteht darin, den Mann auszuschalten, bevor es dazu kommt.«

»Ihn zu verhaften, meinen Sie«, korrigierte Horst.

Der Mann schüttelte den Kopf. »Auszuschalten habe ich gesagt.«

Horst sprang auf. »Wir verhaften ihn. Etwas anderes kommt nicht infrage.«

Der Polizeipräsident erhob sich ebenfalls. »Wir brauchen über diesen Punkt nicht weiter zu diskutieren«, sagte er. »Selbstverständlich halten wir uns an die Gesetze. Selbstverständlich werden wir alles daran setzten, diesen Roy Clark zu verhaften und vor Gericht zu stellen. Uns allen ist bewusst, dass es bei einer solchen Aktion leicht zu einem Übermaß an Gewalt kommen kann. Ich vertraue darauf, dass keiner von uns sich provozieren lässt. Ich vertraue darauf, dass keiner von uns sich anmaßt, das Gesetz in die eigenen Hände zu nehmen.«

»Danke«, murmelte Horst. Er setzte sich wieder.

Der Polizeipräsident sah ihn an. »Dafür brauchen Sie mir nicht zu danken, Herr Berger. Das ist eine Selbstverständlichkeit.«

Erst als die Versammlung beendet war und alle nach draußen gingen, sah Horst Berger, dass Sigmund Roeder einen roten Kopf bekommen hatte. »Entschuldige«, sagte er. »Das hatte ich nicht gewollt.«

»Du hast mich getroffen«, gestand Roeder. »Aber ich habe nichts anderes verdient. Es war richtig, was du gesagt hast, und es ist sehr lobenswert, dass der Polizeipräsident das noch einmal bekräftigt hat.«

»Es tut mir leid.«

»Es braucht dir nicht leid zu tun. Es soll dir nicht leidtun. Was ich getan habe, Horst, das war einfach falsch.«

»Du glaubtest, einen gefährlichen Bankräuber vor dir zu haben.«

»Es war aber kein gefährlicher Bankräuber. Und selbst wenn es so gewesen wäre. Selbst wenn es der Partner dieser Banklady gewesen wäre – wo wäre der Unterschied? Auch dieser angeblich so gefährliche Bankräuber hat, soweit wir das wissen, noch niemals auf einen Menschen geschossen. Er hat überhaupt noch niemals geschossen.«

Er ist noch nie ernsthaft auf die Probe gestellt worden, dachte Horst. Er sagte: »Sigmund, das hat doch alles keinen Sinn. Was geschehen ist, ist geschehen, und du kannst es nicht rückgängig machen. Du weißt, dass es ein Fehler gewesen ist, und du gibst es offen zu. Mehr kannst du nicht tun.«

»Ich hätte zu seiner Beerdigung gehen sollen. Ich hätte einen Kranz auf sein Grab legen sollen, aber dazu war ich zu feige.«

»Es wäre sinnlos gewesen«, sagte Horst. »Vollkommen sinnlos.«

Horst erzählte Irmi von der Besprechung. »Es tut mir leid, dass ich den Sigmund Roeder bloßgestellt habe. Er ist einfach nur ein armes Schwein.«

»Wie ist das denn damals gekommen«, fragte Irmi, »dass der Roeder geschossen hat?«

»Das war eine ganz verrückte Geschichte«, erwiderte Horst. »mehr als zehn Banküberfalle in dreieinhalb Jahren im Umkreis von Hamburg – eine Bank sogar dreimal hintereinander. Das sind die Überfälle dieser Banklady. Zumindest glauben wir das. Zumindest sind das die Überfälle, bei denen eine junge Frau mit dabei gewesen ist.«

Irmi nickte. Sie hatte diese Dinge natürlich in der Zeitung gelesen.

»Bei Banküberfällen ist der Täter immer schwierig zu ermitteln. Am besten ist es natürlich, wenn man ihn auf frischer Tat ertappt, aber das ist selten. Und wenn das nicht gelingt, dann bleiben uns für die polizeilichen Ermittlungen nur sehr wenige Ansatzpunkte. Banküberfälle sind ja normalerweise keine Beziehungstaten. Das heißt, die einzige Chance, irgendetwas über den oder die Täter herauszufinden, besteht in Hinweisen aus der Bevölkerung.«

»Also habt ihr vermutlich eine Belohnung ausgesetzt?«

Horst nickte. »Inzwischen ist eine ganz hübsche Summe zusammengekommen. Sechzehntausend D-Mark. Wir haben dennoch keine brauchbaren Hinweise bekommen. Aber es gab Gerüchte, dass die Täter aus dem Hamburger Rotlichtmilieu stammten. Sigmund ist daraufhin mit einigen der Bankangestellten, die die Banklady gesehen hatten, auf St. Pauli durch die Kneipen gezogen. Aber das war ein Misserfolg. Natürlich hatten die Zeugen nicht allzu viel von der Banklady zu sehen bekommen. Ihre Perücke, ihre Sonnenbrille, alles wertlose Informationen. Blieben nur die Beine, die ja der Karl-Heinz Schoenfeld in den Karikaturen für die Bild-Zeitung so markant gezeichnet hat. Aber natürlich hat der Mann die Banklady niemals gesehen, und auch die Bankangestellten haben von den Beinen der Dame nicht viel zu sehen bekommen. Sie ist ja schließlich nicht im Minirock in der Bank erschienen.«

Irmi lachte.

»Sigmund hat dann die Erkundung auf die Bordelle ausgedehnt. Das hat bei den Zeuginnen große Heiterkeit ausgelöst. Er selbst ist sogar in der Herbertstraße gewesen und hat eine halbe Stunde lang versucht, eine der Damen dazu zu überreden, sich draußen vor der Absperrung von den Bankangestellten betrachten zu lassen. Dazu ist es nicht gekommen. Seine Zeuginnen aus den verschiedenen Sparkassen, die ja nicht mit in die Herbertstraße hineindurften, hatten natürlich geglaubt, er habe in der halben Stunde etwas ganz anderes gemacht. Hat er aber nicht. Dazu ist er viel zu spießig.«

»Ich hatte nicht gewusst, dass die Kriminalpolizei bei ihren Ermittlungen – wie soll ich das ausdrücken? – so weit geht«, sagte Irmi.

»Es war nicht lustig«, erwiderte Horst. »Die Sache hat sich natürlich herumgesprochen, und der arme Sigmund musste unserem Chef haarklein erzählen, was er denn nun genau in der Herbertstraße gemacht hatte. Das war damals noch Pfeiffer, unser alter Chef. Und das war auch die Ausgangssituation im Sommer 1966. Die Banklady überfiel Banken, die Presse machte sich über die Polizei lustig, und die Nerven lagen blank. Dann ging plötzlich ein anonymer Brief bei der Morgenpost ein: *In einem Hotel an der Nordsee wohnt unter falschem Namen die hübsche rothaarige Heidi Tenzer aus Billstedt mit ihrem Pudel Charly. Sie ist die Banklady, ihr Begleiter und Ehemann Manfred Tenzer ist ihr Komplize.*«

»Und dann seid ihr hingefahren?«, mutmaßte Irmi.

Horst schüttelte den Kopf. »Wir sind nirgendwo hingefahren. Wir wussten ja gar nicht, wo wir hinfahren sollten. Ein Hotel an der Nordsee – das konnte überall sein, irgendwo zwischen List auf Sylt und Greetsiel an der Leybucht. Wenn es denn überhaupt in Deutschland war. Es konnte ja auch in Dänemark sein. Oder in Holland. Oder womöglich gar in England. Nein, was jetzt kam, das war einfach eine endlose Reihe von Telefonaten. Wir haben sämtliche Hotels an der Nordsee angerufen. Zumindest wollten wir das. Aber es ging dann doch ziemlich schnell. Wir hatten ja die Namen. Manfred Tenzer, Heidi Tenzer und der Pudel Charly. Und wir hatten über die Zulassungsstelle auch das Kfz-Kennzeichen. Wir hatten die Öffentlichkeit um Mithilfe gebeten. Am 2. September 1966 wurden die beiden gestellt. Sie steckten keineswegs an der Nordseeküste, sondern in Wankendorf im Kreis Plön. Ein Passant erkannte den Wagen der Verdächtigen, nach dem die Polizei seit Tagen gefahndet hatte. Roeder fuhr nach Wankendorf. Als er zusammen mit den Beamten des Wankendorfer Polizeipostens an den Wagen herantrat, stieß Tenzer sie beiseite und raste davon. Ein Polizist schoss sofort. Vorbei. Aus Versehen traf er einen unbeteiligten sechsundvierzigjährigen Kaufmann aus Bremen, der gerade in der Gegenrichtung vorbeifuhr. Das Paar floh. Es kam zu einer dramatischen Verfolgungsjagd auf der B 404. Die beiden rasten in Richtung Norden. Auf einer geraden Strecke bei Kirchbarkau …«

»Wo liegt das jetzt eigentlich alles?«, wollte Irmi wissen.

»Kirchbarkau, das liegt am Bothkamper See, zwischen Preetz und Bordesholm.« Horst holte den Shell-Atlas. »Hier ist es. Seite vier. Und Wankendorf, das ist ungefähr fünfzehn Kilometer weiter südlich. Da unten, fast schon in Bornhöved.«

Irmi kannte die Orte nicht. Aber sie sah, dass das alles gar nicht weit von Bad Segeberg entfernt war, wo sie selbst ja jetzt seit einigen Monaten in der Sparkasse arbeitete. Irgendwann würde sie zusammen mit Horst die Gegend erkunden. »Und wie ging es dann weiter?«, fragte sie.

»Bei Kirchbarkau waren die Verfolger schließlich nahe genug dran. Sigmund gab zwei Schüsse ab. Eine der Kugeln traf Manfred Tenzer. Das Fluchtfahrzeug kam zum Stehen. Manfred Tenzer war schwer verletzt, wurde ins Krankenhaus eingeliefert, und einen Tag später war er tot. Inzwischen hatte sich herausgestellt, dass die beiden mit den Banküberfällen nichts zu tun hatten.

Die Geschichte ist dann mit sehr viel Eifer unter den Teppich gekehrt worden. Das Abendblatt hat ein Foto von Heidi Tenzer gebracht, wie sie ihren Pudel Charly auf dem Arm hält. Es wurde auch darauf hingewiesen, dass sie und ihr Mann eine Reihe von Betrügereien und Diebstählen begangen hätten. Und es wurde auch erwähnt, dass die Kieler Staatsanwaltschaft ein Ermittlungsverfahren gegen den Schützen eingeleitet habe. Das Ermittlungsverfahren hat zu nichts geführt, aber Sigmund war völlig fertig. Er war ja vorher schon durch die Scheidung von seiner Frau schwer angeschlagen, und dies, das hatte ihm den Rest gegeben. Wir haben angeregt, dass er eine psychologische Betreuung bekommen sollte, und das ist dann schließlich auch geschehen. Aber jedenfalls hatte er danach keine Chance mehr, Pfeiffers Nachfolge anzutreten. So haben wir Petersen aus Hannover bekommen.«

Die niederländische Panzerbrigade 41 war in Seedorf bei Zeven stationiert. Der Offizier, der Horst Berger die Anlage zeigte, war offenbar hocherfreut, einem interessierten Besucher die Aufgabe der holländischen Truppen in Niedersachsen zu erläutern.

»Wir gehören zur NATO«, sagte er. »Das *Eerste Legerkorps*. Wir sind der Heeresgruppe NORTHAG unterstellt. Unser nordwestlicher Nachbar ist das deutsch-dänische Korps LANDJUT, und der rechte Nachbar ist das Erste Korps der Bundeswehr. Und wenn die Russen angreifen …«

»Zeven ist ziemlich weit weg von der Zonengrenze«, unterbrach ihn Horst.

»Ja, das ist es. Und das ist auch gut so. Denn wenn die Russen wirklich kommen, dann haben wir keine Chance, sie unmittelbar an der Grenze aufzuhalten. Die Übermacht an feindlichen Panzern ist einfach zu groß. Da wollen dann die Amerikaner ihre Atomminen einsetzen. In der Fulda-Lücke und hier in Norddeutschland. Und wenn die wirklich hochgehen, dann ist es besser, wenn man ziemlich weit weg ist.«

»Und wenn sie nicht hochgehen?« Horst hielt es für ausgeschlossen, dass die Amerikaner auf westdeutschem Boden Atomminen zünden würden. Für fast ausgeschlossen.

»Dann kommen unsere Panzer ins Spiel. Natürlich sind unsere Panzer besser als ihre. Unser *Centurion* ist angeblich der beste Kampfpanzer der Welt, aber ob die Russen das auch glauben, das weiß ich nicht. Unsere Aufgabe besteht jedenfalls darin, ein Verzögerungsgefecht zu führen. Der vordere Rand der Verteidigung soll später einmal am Elbe-Seitenkanal liegen, wenn er denn fertig ist. Aber bis jetzt befindet sich ja nur ein winziges

Teilstück im Bau. Und ob wir es im Ernstfall wirklich schaffen, bis an den Kanal vorzurücken, das steht völlig in den Sternen. Um ehrlich zu sein, ich halte es für ausgeschlossen.«

Horst hatte sich bisher nie Gedanken darüber gemacht, in welcher Weise die NATO einem Angriff aus dem Osten begegnen wollte.

»Natürlich werden die Russen versuchen, unsere Verteidigungsstellung zu durchbrechen. Wenn wir das nicht verhindern können, dann sollen wir auf jeden Fall versuchen, das Gebiet zwischen der Autobahn Hamburg-Hannover und der Bundesstraße 3 zu halten. Das wird nicht ganz einfach sein. Das ist ja ein ziemlich schmaler Schlauch, aber wir werden unser Bestes geben. Und vielleicht kommen die Russen ja gar nicht.« Der Offizier lachte.

»Das hoffen wir wohl alle«, bestätigte Horst.

»Aber Sie sind vermutlich nicht gekommen, um sich bei mir über die Chancen des Westens bei einer militärischen Auseinandersetzung mit dem Warschauer Pakt zu informieren?«

»Nein, natürlich nicht.« Horst erläuterte, worum es ihm ging.

»Ja, dieses Fantom, dieser Roy Clark – davon haben wir gehört. Und einer seiner Anschläge war ja auch hier ganz in der Nähe, bei Bederkesa. Aber da hat er, soweit ich weiß, keinen Sprengstoff verwendet.«

»Nein, hat er nicht. Allerdings verfügt er inzwischen über TNT, und das kann wahrscheinlich nur aus militärischen Beständen stammen.«

»Ja, wahrscheinlich.«

Horst Berger hatte den Eindruck, dass der Offizier davon ausging, dass ihn diese Geschichte gar nichts anging. Horst entschloss sich für einen Frontalangriff: »Da Ihr Standort sozusagen mitten im Operationsgebiet des Bundesbahn-Erpressers liegt, lässt sich nicht von vornherein ausschließen, dass der Sprengstoff eventuell von Ihnen stammt.«

Der Offizier lachte. »Möglich ist alles. Und das ist richtig, wir haben hier in Seedorf unter anderem auch eine Pionierkompanie, und die ist mit Sicherheit mit all den Dingen ausgerüstet, die man braucht, um einen Zug in die Luft zu sprengen. Aber dazu möchte ich Ihnen zwei Dinge sagen. Zum einen ist das niederländische Militär in Norddeutschland eine sehr, sehr kleine Minderheit. Wenn man beim Militär Sprengstoff klauen will, dann geht das am besten, wenn man selbst Soldat ist. Dieser Roy Clark ist aber, soweit ich weiß, ein Deutscher. Wir haben keine deutschen Soldaten in unserer Panzerbrigade 41.«

»Aber deutsche Techniker vielleicht?«, fragte Berger nach.

»Ja, vielleicht. In der Kleiderkammer oder in anderen unwichtigen Bereichen. Aber unsere Pioniere sind schon Niederländer.«

»Und der zweite Punkt?«, fragte Horst.

»Der zweite Punkt ist der wichtigere Punkt. Ich selbst bin kein Pionier, ich gehöre zu den Panzern. Aber von Sprengstoff verstehe ich jedenfalls so viel, dass ich Ihnen sagen kann, was dieser Roy Clark damit anstellt, das ist absolut kindisch. Wenn ich einen Zug zum Entgleisen bringen will, dann sprenge ich nicht die Lokomotive in die Luft, sondern das Gleis. Eine der beiden Schienen, ein Kilo Sprengstoff rechts, ein Kilo Sprengstoff links, seitlich versetzt, sodass das Ganze wie eine Schere wirkt, und das reißt die Schiene auseinander. Und der Zug entgleist unweigerlich. Ende der Vorstellung.«

Horst nickte. Natürlich war ihm auch nicht entgangen, dass das Fantom sich sozusagen an die professionelleren Anschläge Schritt für Schritt herangepirscht hatte. Erst eine Kette, dann Schießpulver, dann ein Stahlseil, dann ein Wagenheber und schließlich eben der Versuch mit dem TNT. Aber bei aller Amateurhaftigkeit des Unbekannten blieb die Tatsache, dass der Mann jetzt TNT verwendete. Und auf irgendeine Weise musste er an dieses Zeug herangekommen sein.

Mittwoch, 11. Oktober 1967

Ein neues Schreiben des Fantoms an Bild Hamburg war eingetroffen. Jetzt ging es um dreihunderttausend D-Mark. Horst Berger warf nur einen raschen Blick auf den Erpresserbrief.

> … GIBS KEIN GESPRÄCH FON MAN ZU MAN. BRAUCH ICH NUR MOTORADFAHRER DER WAS GELD ÜBER BRINGT: GIBT NUR DIESEN WEG: MOTORAD 125 KUBIK: FAHRER MIT GELBE KLEIDUNG: GELD-PAKET MIT WEISSE WASSERDICHT HÜLLE AN 20 METER LEINE: IHR KENNT MEIN BEDINGUNG UND GELD …

Ja, das war dieselbe Machart wie bei den bisherigen Schreiben, und doch war etwas anders als sonst. Die Buchstaben waren wesentlich regelmäßiger gezeichnet, und – war das vorher auch schon so gewesen? – die Rechtschreibfehler traten nur an Stellen auf, wo sie keine Rolle spielten und für die Aussage des Textes unwesentlich waren. Horst war sich sicher, dass der Verfasser dieser Briefe richtig schreiben konnte und die Fehler nur mit Absicht in die Texte eingefügt hatte, um die Polizei zu verwirren.

Roeder stürzte zur Tür herein. »Jetzt kriegen wir ihn!«, rief er aufgeregt.

»Das ist eine gute Nachricht«, sagte Pagels. Es klang skeptisch.

»Die Stimme!«, rief Roeder. »Wir haben endlich die Stimme! Er hat bei der Bild-Zeitung angerufen, und das Gespräch wurde aufgezeichnet. Wir haben das Band! Hier ist es!«

Das war wirklich eine gute Nachricht. »Die Stimme muss über Rundfunk und Fernsehen verbreitet werden«, sagte Berger. »Und ich will, dass ein fester Anschluss eingerichtet wird, über den jeder Bürger bei uns das Band abhören kann.«

Pagels lief los und holte das Tonbandgerät aus dem Sekretariat. Trudchen kam gleich mit. Sie legte das Band ein. »Damit ihr nicht aus Versehen alles löscht!«, sagte sie und drückte auf *Play*.

»Hier ist Roy Clark. Wenn das Geld bereit liegt, druckt auf der Titelseite die Zahl 300.000. Dann kommen weitere Informationen. Wenn nicht, kommt der große Knall. Dann fliegt der Hauptbahnhof in die Luft.«

»Ich habe schon mit Bild telefoniert«, sagte Roeder. »Sie drucken die Zahl.«

»Wann?«, fragte Pagels.

»Morgen.«

Donnerstag, 12. Oktober 1967

Am nächsten Morgen erschien Bild mit der gewünschten Zahl auf der Titelseite. Den meisten Lesern fiel es wahrscheinlich gar nicht auf, aber über dem rot-weißen Logo der Zeitung prangte in kleiner Schrift die Zahl 300.000.

Der Anruf von Roy Clark kam am späten Nachmittag: Der Motorradfahrer sollte um 21:00 Uhr am Bahnhof Lüneburg sein. Dort werde er in einem Papierkorb eine Nachricht in einer Ernte-23-Zigarettenschachtel finden.

»Jetzt haben wir ihn«, sagte Horst. Endlich hatte der Erpresser einen konkreten Vorschlag gemacht, auf welche Weise die Geldübergabe stattfinden sollte. Die Tasche mit dem Geld wurde aus dem Tresor geholt. Horst inspizierte noch einmal den Inhalt. Alles in Ordnung. Der Betrag stimmte. Die Scheine sahen gebraucht aus und waren so sortiert, dass man auf den ersten Blick unmöglich feststellen konnte, dass fünfzig der 100-DM-Scheine fortlaufende Nummern aufwiesen. Auch die Nummern der anderen Banknoten waren notiert, aber diese fünfzig boten die beste Chance, dass irgendein Kassierer sie identifizierte, sobald der Erpresser versuchte, sie auszugeben.

Eigentlich hätten sie sich jetzt mit den Kollegen aus den anderen Bundesländern abstimmen müssen, aber Horst war klar, dass das nur zu unnötigem Kompetenzgerangel führen konnte. Was sie jetzt brauchten, waren nicht irgendwelche gut bezahlten Besserwisser, sondern jemand, der das tat, was getan werden musste.

Natürlich hätte der Chef eingeweiht werden müssen, aber Horst hatte sich dagegen entschieden. Hauptkommissar Petersen kam aus Hannover; er würde sicher darauf bestehen, dass zumindest die Lüneburger Polizei eingeweiht wurde. Aber wenn die Geldübergabe reibungslos erfolgen sollte, dann kam es gerade darauf an, dass keine Polizei irgendwo auffällig-unauffällig in der Gegend herumfuhr, sondern dass der einzige Mensch, der am Bahnhof Lüneburg den Papierkorb inspizierte, wirklich der Überbringer des Geldes war.

»Viel Glück!«, sagte Wilfried Pagels.

Horst machte sich auf den Weg. Glück würde er brauchen. Die Bedingungen waren günstig. Es war allerdings Jahre her, seit er zuletzt auf einem Motorrad gesessen hatte. Die Maschine war von einem Kollegen geliehen. Er hatte ein paar Runden damit um das Polizeipräsidium gedreht, und er hatte den Eindruck gewonnen, dass man Motorradfahren genauso wenig verlernte wie Schwimmen. Aber jetzt, wo es hinausging auf die Landstraße, hatte er doch ein etwas mulmiges Gefühl. Auf der B 4 kam er nicht so schnell voran, wie er gehofft hatte. Da war die verdammte Ortsdurchfahrt in Winsen. Kaum hatte er die Kleinstadt hinter sich gelassen, gab er Gas.

Bei Bardowick wurde er von einer Polizeistreife angehalten. Er war zu schnell gefahren. Er musste sich ausweisen.

»Und das Motorrad, ist das Ihr Motorrad?«, wollte der Polizist wissen.

»Ja, natürlich.« Das konnten sie nicht kontrollieren, jedenfalls nicht auf die Schnelle.

Horst blieb gelassen. Er tat so, als hätte er alle Zeit der Welt.

»Und die Aktentasche? Was haben Sie in der Aktentasche?«

»Akten natürlich«, behauptete Horst. »Ich komme direkt aus dem Büro. Ich habe heute so früh wie möglich Schluss gemacht, aber ein paar Dinge muss ich noch zu Hause nacharbeiten.«

Der Polizist war misstrauisch. »Machen Sie die Tasche mal auf!«

Horst öffnete die Tasche. Da steckte der Leitzordner, mit dem Rücken nach oben, den Horst zur Tarnung eingepackt hatte. Das handgeschriebene Etikett *Abrechnungen* fiel sofort ins Auge. Der Ordner war leer, und wenn der Polizist ihn herausgenommen hätte, hätte er das viele Geld gesehen. Aber der Polizist gab sich mit dem ersten Eindruck zufrieden.

»Denn man schönen Abend noch«, sagte er. »Und fahren Sie in Zukunft etwas langsamer.«

Horst versprach Besserung, wünschte den Polizisten auch einen schönen Abend und fuhr davon.

Roeder und Pagels saßen zusammen im Präsidium und warteten. Wilfried Pagels rauchte eine Zigarette nach der anderen. Er bot Roeder auch eine an, aber der lehnte ab. »Was würdest du machen, Wilfried?«, fragte er unvermittelt.

Pagels blickte auf. »Was?«

»Was würdest du machen, wenn man dir plötzlich eine Aktentasche mit hunderttausend Mark in die Hand drückt und sagt, die sollst du jetzt an einen Erpresser weitergeben?«

Pagels zuckte mit den Achseln. »Da gibt es doch gar keine Frage«, sagte er. »Unser Ziel ist es, diesen Roy Clark zu fassen, und wenn das nur geht, wenn wir ihn mit hunderttausend Mark ködern, dann tun wir das eben.«

Roeder schwieg einen Moment. Dann sagte er: »So einfach ist das nicht. Hunderttausend D-Mark, das ist eine Menge Geld. Nicht nur für irgendeinen Erpresser, sondern auch für einen Polizisten. Was kriegt so ein Kriminalkommissar? A 9 normalerweise. Schlappe achthundert Mark.«

»Berger kriegt A 10«, korrigierte Pagels.

»Das macht kaum einen Unterschied. Fest steht jedenfalls, dass diese hunderttausend Mark, die der Erpresser kriegen soll, mehr als zehn Jahresgehälter für den Polizisten sind, der sie ihm abjagen soll. – Was könnte man damit alles machen!«

»Hast du Geldsorgen?«, fragte Pagels verblüfft.

»Nein«, behauptete Sigmund. Aber das war nicht wahr. Die Scheidung von seiner Frau war ihn teuer zu stehen gekommen. Das schöne Haus in Bergedorf hatte sie bekommen. Er hatte niemandem erzählt, dass er jetzt in der Dachkammer wohnte, die er früher als sein Spielzimmer genutzt hatte, in dem er Tipp-Kick gegen sich selbst gespielt hatte. Er setzte noch einmal an: »Aber zehn Jahresgehälter – damit könnte man ein völlig neues Leben anfangen. Im Ausland natürlich. In Brasilien zum Beispiel. Dort ist das Leben viel billiger als in Deutschland, und man könnte in Saus und Braus leben bis an sein Lebensende.«

Pagels lachte. Er hatte bisher nicht den Eindruck gehabt, dass sein Kollege sich nach Saus und Braus sehnte. Und er hielt es für völlig undenkbar, dass der bürgerlich-konservative Roeder nach Brasilien ziehen würde. »Bist du denn schon einmal da gewesen?«, fragte er.

Roeder schüttelte den Kopf. »Aber ich habe Dias gesehen«, schwärmte er. »Freunde von uns, die sind im Urlaub rübergeflogen. Es muss einfach großartig sein. Rio de Janeiro, der Strand von Copacabana …« Roeder dachte dabei an schlanke, braunhäutige Frauen in knappen Bikinis.

»Und du sprichst natürlich Portugiesisch?«

»Nein«, gab Roeder zu. »Aber ich könnte es doch lernen. An der Uni werden Kurse angeboten. Und in der Volkshochschule auch.«

»Vergiss es«, sagte Pagels. »Das funktioniert nicht. Wenn du willst, flieg im Urlaub hin, dafür brauchst du keine zehn Jahresgehälter. Und du kannst alles sehen, was du wirklich sehen willst. Aber so ein Urlaub, das ist etwas ganz anderes, als wenn man dauerhaft im Ausland lebt. Urlaub ist einfach ein Märchen, in dem man sich einbildet, dass alles Böse und Schlechte gar nicht existiert. Und man kann glauben, dass all die Verbrechen und Gemeinheiten, die man am Strand von Copacabana nicht sehen kann, dass es die in Wirklichkeit gar nicht gibt. Aber es gibt sie, Sigmund, es gibt sie.«

Horst Berger war fast pünktlich. Die Uhr an der Bushaltestelle direkt vor dem Bahnhof zeigte 21:03 Uhr. Ein Postbus setzte sich gerade in Bewegung, als Berger ankam. An der Bushaltestelle stand niemand. Und direkt neben der Säule mit den Fahrplänen und der Reklame für *Pfanni Püree* stand der Papierkorb. Berger parkte sein Motorrad unvorschriftsmäßig auf dem Bürgersteig und machte sich über den Papierkorb her. Er hatte sich vorgestellt, dass die angekündigte Schachtel Ernte 23 zuoberst lag, über Bananenschalen und zusammengeknülltem Butterbrotpapier, aber da lag sie nicht. Da lag überhaupt keine Zigarettenschachtel.

Wahrscheinlich war der Erpresser auf Nummer sicher gegangen und hatte die Schachtel mit der Botschaft sehr rechtzeitig deponiert. Horst begann, den Inhalt des Papierkorbs zu untersuchen. Eine zerknüllte Packung HB fand er, aber keine Ernte 23. Zur Sicherheit nahm er auch die HB-Packung auseinander, aber sie war leer. Keine Botschaft des Erpressers. Hatte er irgendetwas übersehen? Kurz entschlossen packte Horst den schweren Papierkorb und schüttete ihn aus. Der Unrat ergoss sich über den Bürgersteig.

»Das gibt's doch gar nicht!«, ereiferte sich eine alte Frau.

Berger hatte sie nicht kommen sehen. »Doch, das gibt's«, stellte er gleichmütig fest.

»Man sollte die Polizei rufen!«, rief die Frau. Sie sah sich suchend um, aber hier war natürlich keine Polizei.

Horst begann damit, den Abfall zurück in den Papierkorb zu verfrachten. »Wollen Sie eben mit anfassen?«, fragte er die Frau.

Doch die warf ihm nur einen wütenden Blick zu und stapfte davon.

Als Horst fertig war, wischte er sich die Finger notdürftig mit einem Papiertaschentuch ab. Dann ging er in die Telefonzelle neben dem Bahnhof und rief im Präsidium an. »Fehlanzeige«, sagte er. »Ich bin vor dem Bahnhof in Lüneburg, ich habe den Papierkorb durchsucht, aber hier gibt es keine Ernte 23.«

Einen Augenblick herrschte Stille, dann hörte er Sigmunds Stimme: »Horst, kann das sein, dass du den falschen Papierkorb durchsucht hast?«

Den falschen Papierkorb? »Den Papierkorb vor dem Bahnhof Lüneburg, so war das abgemacht«, sagte er.

»Ja, aber wenn das nun ein Irrtum ist? Wenn das Fantom aus irgendeinem Grunde diesen Papierkorb nicht nehmen konnte, weil er sich nicht getraut hat, weil vielleicht zu viele Leute darum herumgestanden haben, und dann hat er einen anderen genommen? Da müssen doch mehr Papierkörbe sein. Es ist ja schon eine ganze Weile her, dass ich mit der Bahn in Lüneburg gewesen bin, aber wenn ich mich recht entsinne, gibt es dort auch mehr als einen Bahnhof. Außer dem normalen Bahnhof an der Linie Hamburg-Hannover ist doch gegenüber noch dieser Bahnhof Westseite. Und die Osthannoversche Eisenbahn, hat die nicht auch noch einen eigenen Bahnhof?«

»Lüneburg Süd ist das«, rief Pagels im Hintergrund.

Scheiße, dachte Berger. Er bereitete sich geistig darauf vor, die ganze Nacht in Lüneburg umherzugehen und einen Papierkorb nach dem anderen zu durchsuchen. Aber dieses Los blieb ihm erspart.

»Moment mal«, rief Roeder, »hier kommt gerade ein Anruf auf der anderen Leitung. Warte mal eben.«

Berger wartete. Im Hintergrund hörte er Stimmengemurmel. Er schreckte hoch, als ein älterer Mann mit einer Münze gegen die Telefonzelle klopfte. »Ich muss mal telefonieren!«

Berger öffnete die Tür einen Spalt weit. »Gleich.«

Und da war Roeder wieder am Apparat. »Das war die Bundesbahn«, sagte er. »Am anderen Apparat, das war die Bundesbahn. Sie haben einen neuen Anruf bekommen. Du sollst sofort zum Autohof Lüneburg fahren. Dort kriegst du per Telefon weitere Informationen.«

»Und wo ist das?« Von einem Autohof Lüneburg hatte Horst noch nie etwas gehört.

»Wahrscheinlich meinen sie die Aral-Tankstelle an der Hamburger Straße. Oder die Tankstelle in Melbeck. Das könnte auch sein, die nennt sich auch Autohof.«

Horst seufzte. Er konnte nicht an zwei Orten zugleich sein. Er fuhr mit dem Motorrad zurück zu der Aral-Tankstelle und wartete dort auf den versprochenen Anruf. Er wartete zwei Stunden. Nichts geschah. Er telefonierte noch einmal mit Roeder, aber der hatte keine neuen Informationen. Auch ein Anruf in Melbeck brachte keine neuen Erkenntnisse. Horst blieb nichts anderes übrig, als mit seinen hunderttausend D-Mark nach Hamburg zurückzufahren. Der erste ernsthafte Versuch der Geldübergabe war gescheitert.

Freitag, 13. Oktober 1967

»Du siehst müde aus«, stellte Pagels fest.

Horst nickte. Er fühlte sich völlig zerschlagen. Es war weit nach Mitternacht gewesen, als er zu Hause ankam. Und heute musste er früh wieder raus, denn nach der gescheiterten Geldübergabe war damit zu rechnen, dass der Erpresser sofort einen neuen Termin vorschlagen würde.

»Hast du irgendeine Idee, warum das Ganze schiefgegangen ist?«, wollte Roeder wissen.

»Nein.« Berger war sich ziemlich sicher, dass er selbst nichts falsch gemacht hatte. Er schilderte seinen Kollegen, was sich in der vergangenen Nacht zugetragen hatte. »Die einzige Möglichkeit«, sagte er, »könnte vielleicht sein, dass ich ein paar Minuten zu spät gekommen bin, aber warum hätte dann jemand eine Zigarettenschachtel aus dem Papierkorb fischen sollen? Das ergibt keinen Sinn.«

»Es könnte ganz anders gewesen sein«, überlegte Pagels.

»Was meinst du damit?«

»Vielleicht ist es dem Erpresser gar nicht darum gegangen, gestern Nacht das Lösegeld zu bekommen. Vielleicht wollte er einfach nur kontrollieren, was passiert. Vielleicht wollte er einfach nur wissen, ob die Bundesbahn …«

»Er kann doch nicht im Ernst angenommen haben, dass er es jetzt noch immer nur mit der Bundesbahn zu tun hat!«, fiel ihm Berger ins Wort.

»Lass mich bitte ausreden, Horst. Vielleicht wollte er einfach nur wissen, ob die Bundesbahn oder die Bild-Zeitung oder die Hamburger Polizei tatsächlich in der Weise reagiert, wie er es verlangt hat. Dass sie nämlich einen einzelnen Mann mit einem Motorrad schicken, und dass nicht eine ganze Hundertschaft von Polizisten rings um den Bahnhof Lüneburg in den Büschen hockt und nur darauf wartet, dass der Erpresser sich zeigt.«

»Der Erpresser sollte sich überhaupt nicht zeigen«, stellte Berger fest. »In der Anweisung steht doch ganz klar, dass ich – oder ein anderer Bote – eine Zigarettenschachtel aus dem Papierkorb fischen und dann das tun sollte, was mir in der Botschaft mitgeteilt wurde.«

»Ja, und du bist davon ausgegangen, dass in dieser Zigarettenschachtel ein Zettel steckte, auf dem das nächste Ziel deiner Reise angegeben war. Es könnte aber auch ganz anders gewesen sein. Es könnte so gewesen sein, dass der Erpresser in den Stunden vor deiner Ankunft das Gelände durchsucht und anschließend überwacht hat. Es könnte so gewesen sein, dass er einfach nur darauf gewartet hat, dass irgendjemand in dem Papierkorb herumkramt. Dann hätte er dich einfach angesprochen und gesagt: ›Her mit dem Geld!‹, Und dann wäre er mit der Tasche abgehauen.«

Sigmund schüttelte den Kopf. »Extrem riskant«, sagte er. »Ganz gleich, wie gründlich er vorher das Gelände abgesucht hätte, er könnte sich niemals sicher sein, dass Berger nicht weitere Polizisten mitgebracht hätte …«

»Hat er aber nicht. Fest steht jedenfalls, dass da gar keine Zigarettenschachtel war. Jedenfalls keine Ernte 23, wenn ich dich richtig verstanden habe.«

»Da war keine Ernte 23«, bestätigte Berger.

»Gut. Wenn es keine Zigarettenschachtel gegeben hat, dann hat es auch keine Anweisung gegeben, die in einer Zigarettenschachtel gesteckt hat. Dann gibt es meiner Meinung nach nur zwei Möglichkeiten: Entweder der Erpresser hat sich vorgestellt, die Geldübergabe direkt dort am Papierkorb vorzunehmen, und das hat nicht geklappt. Vielleicht waren zu viele Leute in der Umgebung, was weiß ich. Die andere Möglichkeit ist, dass er einfach nur beobachten wollte, was passiert. Dazu brauchte er die Umgebung des Bahnhofs gar nicht vorher gründlich abzusuchen. Dazu musste er sich nur irgendwo hinstellen und abwarten.«

»Da war niemand«, behauptete Berger.

»Das kann doch nicht stimmen, Horst!«, widersprach Roeder. »Du hast uns doch selbst erzählt, dass ein Zug angekommen ist, und dass einige der Fahrgäste hinterher an der Bushaltestelle gewartet haben.«

Ja, das stimmte. »Aber mir ist niemand aufgefallen, der mich beobachtet hat.« Allerdings hatte er diese Möglichkeit auch gar nicht in Erwägung gezogen.

»Denk nach«, sagte Wilfried. »Wer ist da gewesen?«

Horst überlegte. »Da war eine Frau, die sich darüber aufgeregt hat, dass ich den Papierkorb ausgekippt habe. Aber das war einfach nur eine harmlose Alte. Unser Erpresser ist ein Mann, so viel steht fest.«

»Das glaubst du. Aber wenn er nun verheiratet ist? Wenn nun seine Frau mit ihm unter einer Decke steckt? Kannst du die Frau beschreiben?«

Berger schüttelte den Kopf. »So genau habe ich sie mir nicht angesehen.«

»Versuch es!«

»Na schön.« Horst überlegte. »Es war eine ältere Frau. Vielleicht sechzig Jahre alt. Im Wintermantel, aber das ist natürlich kein besonderes Merkmal. Es war ja schließlich ein kalter Tag.«

»Beschreib den Mantel!«, verlangte Wilfried.

»Grau. Ein grauer Wintermantel.«

»Und die Frau? War sie groß oder klein, dick oder dünn?«

»Mittelgroß, würde ich schätzen. Und ob sie dick oder dünn war, darauf habe ich nicht geachtet. Besonders mager wird sie nicht gewesen sein, das wäre mir vielleicht aufgefallen. Und besonders fett auch nicht.«

»Haarfarbe?«

»Wahrscheinlich Grau. Ich habe nicht darauf geachtet. Außerdem trug sie einen Hut. Einen dunklen Hut.«

»Sollen wir unseren Zeichner bitten …?«

Horst winkte ab. »So ein Quatsch«, sagte er. »Wir haben nicht den kleinsten Hinweis darauf, dass diese Frau irgendetwas mit dem Fall zu tun hat.«

»Na schön. Was ist dir sonst noch aufgefallen? Es ist lange her, dass ich mit der Bahn in Lüneburg gewesen bin, aber wenn ich mich recht entsinne, dann liegt dieser Bahnhofsvorplatz doch zwischen den beiden Bahnhofsgebäuden, dem Bahnhof Westseite und Ostseite. Und da ist genügend Platz, dass man da parken kann, wenn man jemanden von der Bahn abholen will.«

»Ja, wahrscheinlich.« Da hatten ein paar Autos gestanden. Ob das erlaubt war, oder ob sie im Parkverbot gestanden hatten, wusste Horst nicht.

»Waren die Autos leer, oder gab es Autos, in denen der Fahrer gesessen und gewartet hat?«

Das wusste Horst ebenfalls nicht. Er hatte nicht auf die Autos geachtet. Aber etwas anderes fiel ihm plötzlich wieder ein: »Als ich telefoniert habe, da kam dieser Mann, der auch telefonieren wollte. Er machte einen ziemlich ungeduldigen Eindruck. Er hat einen Augenblick lang vor der Telefonzelle gestanden, und schließlich hat er mit einer Münze gegen die Scheibe geklopft.«

»Das war, als du bei uns in Hamburg angerufen hast?«

»Ja.«

»Das heißt, er hat draußen vor der Telefonzelle gestanden und jedes Wort mitgehört, dass du gesprochen hast?«

»Ja, wahrscheinlich.«

»Und dann?«

»Dann ist er weggegangen. – Ja, das stimmt. Das ist mir gestern Abend gar nicht aufgefallen, aber er hat nicht gewartet, bis ich mit dem Anruf fertig war, sondern er ist einfach weggegangen.« Horst überlegte. Es kam ihm so vor, als hätte sich der Mann auch ein- oder zweimal nervös umgesehen, aber ganz sicher war er sich nicht.

»Wo ist der Mann hergekommen? Aus dem Bahnhof?«

Horst zuckte mit den Achseln.

»Oder hat er vielleicht in einem der parkenden Autos gesessen?«

»Mein Gott, Wilfried, ich habe nicht drauf geachtet. Es ist mir überhaupt nicht in den Sinn gekommen, dass dieser Mann irgendeine Bedeutung haben könnte.«

»Und vermutlich war er mittelgroß, ungefähr sechzig Jahre alt, und er trug einen grauen Wintermantel und einen dunklen Hut?«

Jetzt griff Roeder ein. »Lass den Unsinn«, sagte er zu Pagels. »Horst hat doch gesagt, dass er nicht auf den Mann geachtet hat, und das finde ich auch völlig verständlich. Er hat die Anweisung des Erpressers wörtlich genommen, und er hatte auch überhaupt gar keinen Grund dafür, diese Anweisung in Zweifel zu ziehen. Aber dieser Mann, wer immer das gewesen sein mag, der hat wahrscheinlich unser Gespräch mitgehört. Der hat mit angehört, wie wir vorgeschlagen haben, dass Horst sämtliche Papierkörbe in der Umgebung inspizieren sollte. Und wenn er wirklich der Erpresser gewesen ist, dann hatte er alle Zeit der Welt, bei uns im Präsidium anzurufen und unseren Boten sozusagen in die Wüste zu schicken.«

»Nein«, sagte Horst. »Der Anruf in Hamburg ist eingegangen, als wir telefoniert haben. So schnell hätte der Mann keine zweite Telefonzelle finden können. Der Unbekannte war nicht Roy Clark.«

Montag, 16. Oktober 1967

Sigmund Roeder blieb oft am längsten in der Zentrale. Er hatte niemanden, der zu Hause auf ihn wartete. Am 16. Oktober 1967 ratterte kurz vor Mitternacht der Fernschreiber los. Eilnachricht von einer Landpolizeistelle aus Oberbayern. Der Beamte teilte mit: »Bei uns ist ein Mann auf dem Bahnhof beobachtet worden, der etwa fünfzig Jahre alt ist und genauso spricht wie Roy Clark. Er macht einen abwesenden Eindruck. Einem Bahnbeamten hat er gesagt: ›Ich erwarte ein Expresspaket. Das soll dann liegen bleiben, bis ich es abhole.‹ Außerdem warte er auf einen Bundesbahn-Oberrat. Unsere Ermittlungen haben ergeben, dass es einen solchen Oberrat gar nicht gibt. Der Bahnbeamte glaubt, dass in dem Paket eine Bombe verborgen sei, zumal auch in Bayern schon Anschläge auf Bahnhöfe angedroht worden sind. Der Mann trägt einen Lodenmantel und hat viele Orden und Ehrenzeichen auf der Brust.«

Roeder jagte sofort ein sogenanntes SSS-Fernschreiben nach Bayern. »SSS« bedeutete »sehr, sehr schnell«.

Darin stand nur ein einziges Wort: *Festnehmen!* Die Antwort kam wenige Minuten später: *Er ist weg.*

Mit Hilfe der bayerischen Kollegen alarmierte Roeder die Dienststellen in den umliegenden Ortschaften. In einem Umkreis von hundert Kilometern um die Kreisstadt herum wurde nach dem Mann im Lodenmantel gefahndet. Mit Erfolg. Der Mann konnte in einer Bahnhofsgaststätte ermittelt werden. Roeder atmete auf.

Aber die Freude dauerte nicht lange. Der Unbekannte war nicht Roy Clark. Die bayerische Polizei teilte mit: »Bei dem Mann handelt es sich um einen harmlosen Sonderling, der sich selbst als Papst Paul VII. bezeichnet und Christusbilder mit Widmung verteilt.«

Dienstag, 17. Oktober 1967

Am nächsten Abend meldete Sigmund Roeder den nächsten Erfolg. »Jetzt haben wir ihn!«, frohlockte er. »Jetzt haben wir ihn wirklich. Er deutete auf einen kleinen Stapel von Unterlagen, die unter der Bezeichnung *Spur 473* registriert worden waren. Sechs verschiedene Personen hatten unabhängig voneinander Hinweise auf einen Mann gegeben, der genauso sprechen sollte wie Roy Clark. Er sei in der Fremdenlegion gewesen und später zur See gefahren, und er habe bei der Bundesbahn in Hamburg gearbeitet. »Das ist er«, sagte Roeder. »Ronald Kornnagel. Das muss er sein. Sechs unabhängige Zeugen!«

Warum kommen diese bahnbrechenden Erkenntnisse immer nachts?, fragte sich Horst Berger, den die Kollegen aus dem Schlaf geholt hatten.

Wilfried Pagels war auch schon im Präsidium eingetroffen. Er gähnte.

»Wir kriegen ihn!«, versicherte Roeder. »Jetzt habe ich endlich jemand vom Einwohnermeldeamt erreicht. Das ist gar nicht so einfach um zwei Uhr nachts, aber ich habe ihn schließlich ans Telefon gekriegt, und er überprüft das jetzt.«

»Was überprüft er?«, fragte Horst. Seines Wissens konnte man die Berufe und ehemalige Mitgliedschaften in der Fremdenlegion nicht über das Einwohnermeldeamt abfragen.

»Seine Anschrift natürlich«, erwiderte Roeder. »Wir haben doch seinen Namen. Ronald Kornnagel.«

»Dann ist ja alles gut«, brummte Pagels.

Horst sah seinen Mitarbeiter zweifelnd an. Er konnte sich des Eindrucks nicht erwehren, dass Wilfried nicht an diesen geheimnisvollen Fremdenlegionär glaubte.

Das Telefon läutete. »Der Rückruf!«, rief Sigmund. »Das ist das Einwohnermeldeamt!«

Es war tatsächlich der Beamte vom Einwohnermeldeamt. »Wir haben den Mann in unserer Kartei gefunden«, sagte er. »Tut mir leid, dass das so lange gedauert hat, aber ich musste ja erst die ganzen Kollegen von den Bezirken aus dem Bett klingeln. Es gibt tatsächlich, soweit sich das auf die Schnelle überprüfen lässt, nur einen einzigen Eintrag mit diesem Namen in ganz Hamburg. Allerdings ist der Mann unbekannt verzogen ...«

Einen Augenblick herrschte Stille. Dann rief Roeder: »Das macht nichts. Das macht gar nichts. Das kommt vor, dass sich jemand nicht abmeldet, aber irgendwo muss er sich angemeldet haben. Los jetzt, Fernschreiben an alle Landeskriminalämter. Sie sollen diesen Mann sofort finden und festnehmen!«

Wilfried schüttelte den Kopf, und auch Horst glaubte nicht, dass sie mit dieser Aktion irgendeinen Erfolg haben würden. Aber er irrte sich. Schon vor dem Frühstück kam eine Rückmeldung aus Bayern. Sie hatten Ronald Kornnagel gefunden. Aber die Festnahme erwies sich als überflüssig. Der Mann lag bereits seit Wochen im Krankenhaus und kam daher als Roy Clark nicht infrage.

Es waren nicht nur falsche Spuren, die die Ermittler zur Verzweiflung trieben. Auch echte Informationen erwiesen sich nicht in allen Fällen als hilfreich.

»Ich habe eine schlechte Nachricht für dich«, sagte Pagels. »Einer unserer Kollegen ist gerade von einem Sprengstofflehrgang zurückgekommen. Wir haben ja geglaubt, dass der Sprengstoff, dieses TNT, nur bei der Bundeswehr zu haben sei. Das ist falsch. Dynamit Nobel verkauft TNT auch an Privatfirmen.«

»Scheiße«, sagte Horst.

»Ich wusste, dass dir das nicht gefällt«, erwiderte Pagels.

»Wir brauchen eine Aufstellung der Firmen, an die in letzter Zeit TNT geliefert worden ist.«

»Ja, natürlich. Ich habe mit Dynamit Nobel telefoniert. Aber besonders schnell geht das nicht. Sie brauchen eine schriftliche Aufforderung von uns, und dann werden sie sehen, was sie für uns tun können.«

Sonnabend, 21. Oktober 1967

Horst saß bei Wilhelm und Susanne im Wohnzimmer vor dem Radio und hörte Sport. Natürlich hätte er auch zu Hause Radio hören können, aber das alte Gerät, das Wilhelm kurz nach dem Krieg für viel Geld gekauft hatte, hatte einen viel besseren Klang als sein eigenes Radio. Dennoch war Horst unzufrieden.

»Ist denn das zu fassen!«, schimpfte er. Dabei hatte es in der ersten Hälfte für den HSV so gut ausgesehen. Und jetzt nichts als ein 0:0 zu Hause gegen Borussia Neunkirchen. Und nun stand der HSV am zehnten Spieltag auf dem 17. Platz der Fußballbundesliga.

»Oh verdammt!« Jetzt war er zu schwungvoll aufgestanden und hatte mit dem Arm den Vogel aus Porzellan von dem kleinen Schränkchen gestoßen, auf dem das Radiogerät stand. Die weiße Taube war in tausend Scherben zersplittert.

»Mach dir nichts draus!«, sagte Wilhelm. Er hatte bequem im Lehnstuhl gesessen und das Unentschieden des HSV gelassen zur Kenntnis genommen.

Horst ging in die Küche, um Handfeger und Schaufel zu holen.

Wilhelm bückte sich. Was lag denn da zwischen den Scherben? Ein kleiner Zettel war das, mehrfach zusammengefaltet. Wilhelm faltete ihn auseinander. »Oh!«, sagte er.

»Was ist?«, fragte Horst, der gerade wieder ins Wohnzimmer trat.

»Guck dir das an, Horst, guck dir das an! Das ist ein Zettel von Dagmar. Hier, das ist ganz deutlich ihre Schrift.«

Horst runzelte die Stirn. »Der Zettel muss in dem Vogel gesteckt haben.«

»Eine Botschaft von Dagmar«, murmelte Wilhelm. »Unfassbar!«

»Eine letzte Botschaft«, bestätigte Horst. »Kein Zweifel, sie hat dies aufgeschrieben, die Nachricht in den Vogel gesteckt und sich dann erschossen.«

Die Nachricht bestand aus wenigen Worten. *Spionage. K verlangt, dass ich mich erschieße. Sonst Gestapo. Ich liebe euch. Dagmar.*

»Ich habe gewusst, dass der Vogel hohl ist. Seit ich als Kind hier Radio gehört habe, habe ich das gewusst. Aber ich wäre nie auf den Gedanken gekommen, dass im Inneren etwas anderes steckt als nur Luft.« Er inspizierte die Scherben. »Da war dieses Loch unter der Glocke, auf der die Taube saß, ein kleines, kreisrundes Loch. Dagmar muss diesen Zettel aufgerollt und da hineingesteckt haben. Und diese Botschaft – was bedeutet diese Botschaft? *K verlangt, dass ich mich erschieße.* Was will sie uns damit sagen?«

»Ich weiß sehr genau, was sie uns damit sagen will«, brummte sein Vater. »Sie meint Karl Kaufmann, den Gauleiter.«

»Zeig mal«, sagte Susanne.

Wilhelm gab ihr den Zettel. Sie las den Text, runzelte die Stirn. »Und jetzt?«, fragte sie.

»Hingehen natürlich.«

Susanne seufzte. Sie hielt ihre Hand auf.

Wilhelm sah die Hand an und dann sie. »Was soll das?«

»Die Pistole«, verlangte Susanne.

»Ich habe keine Pistole.«

Susanne sah ihn forschend an. Stimmte das? Er hielt ihrem Blick stand. »Gut«, sagte sie schließlich. »Ich weiß nicht, was du vorhast. Aber denk bitte daran: Was auch immer du tust, davon wird niemand wieder lebendig.«

Der ehemalige Gauleiter wohnte noch immer in Hamburg-Poppenbüttel. Seine Frau öffnete die Tür. Wilhelm Berger sagte: »Entschuldigen Sie, dass ich hier einfach so hereinplatze, aber ich muss unbedingt Ihren Mann sprechen.«

»Kommen Sie doch herein, Herr Berger«, sagte Else Kaufmann. »Nein, die Schuhe brauchen Sie nicht auszuziehen. Aber darf ich Ihnen bitte den Mantel abnehmen?«

Wilhelm riss sich zusammen. Ihm war nicht der Sinn nach Höflichkeiten. Aber Frau Kaufmann war eine nette Frau, und sie hatte es nicht verdient, dass er sie grob behandelte. »Danke«, murmelte er und gab ihr seinen Mantel.

»Was gibt es denn, Else?« Das war die Stimme Karl Kaufmanns.

»Der Herr Berger ist hier. Er möchte mit dir sprechen.«

»Berger? Ja, natürlich. Kommen Sie rein, Herr Berger, es ist immer eine Freude, sich mit Ihnen zu unterhalten.«

»Es geht mir nicht um den Austausch von Höflichkeiten«, erwiderte Wilhelm mürrisch.

»Dann ist es also eine ernste Angelegenheit«, konstatierte der Gauleiter. »Aber wie ernst die Geschichte auch sein mag, auf jeden Fall brauchen wir dazu einen Kaffee. – Oder vielleicht doch lieber einen Schnaps?«

»Kaffee«, bestätigte Wilhelm. »Danke«, fügte er hinzu.

Frau Kaufmann verschwand in die Küche. Der ehemalige Gauleiter setzte sich auf das Sofa, und mit einer einladenden Handbewegung bot er Wilhelm den Sessel an. Das ganze Zimmer roch nach Rauch.

»Es geht um meine Frau«, sagte Wilhelm.

Karl Kaufmann nickte. »Das habe ich mir schon gedacht, so wie Sie hier hereingekommen sind. Da hatte ich gleich das Gefühl, dass es um den Selbstmord Ihrer Gattin geht. Ich weiß nicht, was Sie vermuten und was man Ihnen möglicherweise erzählt hat …«

»Hier!«, sagte Wilhelm nur. Er legte den Zettel mit der letzten Nachricht seiner Frau auf den Couchtisch.

Karl Kaufmann nahm den Zettel zur Hand, runzelte die Stirn. »*Spionage. K verlangt, dass ich mich erschieße. Sonst Gestapo. Ich liebe euch. Dagmar.* – Ja, das ist alles richtig, was da steht. Im Prinzip ist das alles richtig. Und dass das große K für Kaufmann steht, das haben Sie auch richtig erkannt.«

»Sie haben also tatsächlich verlangt, dass meine Frau sich umbringt?«

»Nein, so, wie Sie das jetzt sagen, ist es nicht richtig. Ich habe es nicht verlangt. Ich habe es vorgeschlagen. Und nach Lage der Dinge war es die beste Möglichkeit, die Ihrer Frau noch verblieben war. – Ach, Herr Berger, lassen Sie doch bitte Ihr Schießeisen stecken. Lassen Sie mich erläutern, was damals geschehen ist und wie es zu dieser unglücklichen Situation gekommen ist. Wenn Sie dann immer noch glauben, dass Sie mich erschießen müssen, dann tun Sie das. Aber nicht jetzt. Wenn Sie Ihre Pistole ziehen, dann erschrecken Sie meine Frau, und das möchte ich nicht.«

»Ich bin unbewaffnet«, sagte Wilhelm.

»Gut. Die Situation damals war schwierig, gelinde gesagt. Sie haben natürlich gewusst, dass Ihre Frau für die Engländer spioniert hat.«

»Der Konsul hat damals versucht, über sie an Informationen zu gelangen …«

»Reden Sie nicht um den heißen Brei herum, Herr Berger. Sie wissen, dass Ihre Frau spioniert hat, und ich weiß es auch. Ich habe versucht, die Angelegenheit so gut wie möglich zu vertuschen. Ich habe geholfen, ihr die notwendigen Papiere für die Ausreise zu besorgen. Dass es am Ende nicht ganz so geklappt hat, wie sie sich das vorgestellt hat, ist bedauerlich. Ich habe nichts sehnlicher gewünscht, als dass sie auf diese Weise außer Landes gelangt, denn mir war sehr wohl bekannt, dass sie inzwischen sehr viel tiefer in die Spionage verstrickt war, als sie Ihnen vielleicht erzählt hat. Der Konsul hat Ihre Frau mit einem Ingenieur bekannt gemacht, einem gewissen Otto Krüger, der bei Blohm & Voss gearbeitet hat. Dieser Mann hat heimlich das Schlachtschiff fotografiert, das damals gerade auf der Werft im Bau war. Der Mann hat geahnt, dass er überwacht wurde, und er hat sich daher heimlich mit Ihrer Frau getroffen und ihr die Bilder übergeben. Und sie sollte sie dann dem Konsul geben. Der Konsul war aber nicht da. Sie hat den Umschlag mit den Bildern in den Briefkasten des Konsulats gesteckt, und irgendjemand, ich glaube es war die Putzfrau, hat diesen Umschlag entdeckt und geöffnet, und so sind die Informationen in die Hände der Gestapo gelangt. Bis zu diesem Punkt wäre es noch möglich gewesen, alles unter den Teppich zu kehren und zu behaupten, dass Ihre Frau keine Ahnung hatte, was man da von ihr verlangte. Aber dann hat sie einen weiteren Schritt unternommen, und das war ihr Verhängnis. Sie ist nach Holland gefahren. Damals war das noch ohne Weiteres möglich. Ihren Freunden hat sie erzählt, sie wolle nach Amsterdam. In Wirklichkeit ist sie aber nach Den Haag gefahren. Dort gab es damals ein Büro des britischen *Passport Control Office*, und das war das Zentrum der englischen Spionage in den Niederlanden. Das war selbstverständlich geheim, und schon allein die Tatsache, dass sie überhaupt wusste, dass dieses Büro existierte, bewies, dass sie tief in die Spionage involviert war. Sie konnte natürlich nicht wissen, dass unsere Spionageabwehr dieses Büro seit mehreren Jahren im Blick hatte. Wir hatten auch unsere Leute in dem Büro selber, und so wusste die Gestapo sehr genau, mit wem sie geredet hat und über welches Thema.«

»Das kann doch alles nicht wahr sein«, rief Wilhelm. »Meine Frau war keine Spionin.«

Karl Kaufmann zuckte mit den Achseln. »Nennen Sie das, wie Sie wollen. Um ehrlich zu sein, sie war damals nach Holland gefahren, um auf irgendeine Weise zusammen mit ihrem Sohn nach England ausreisen zu können. Von den Niederlanden aus wäre das noch möglich gewesen, denn die befanden sich ja nicht im Krieg mit England. Aber die Herrschaften vom *Passport Control Office* hatten andere Pläne mit ihr. Sie haben ihr erklärt, dass sie ihr die notwendigen Papiere im Augenblick nicht geben könnten. Die Fotos von dem im Bau befindlichen Schlachtschiff seien vollkommen wertlos, denn der Bau sei ja inzwischen gestoppt worden. Und englische Papiere könne nur jemand bekommen, der wirklich von großem Nutzen für das Vereinigte Königreich gewesen sei. Und wenn sie jetzt in Hamburg bliebe und weiter für England Informationen sammeln würde, dann gäbe es da in Zukunft vielleicht eine Möglichkeit.«

»Und sie hat sich darauf eingelassen?«

Karl Kaufmann nickte. »Und an diesem Punkt kam ich ins Spiel. Wir hatten in Hamburg eine sehr gute Zusammenarbeit mit der Gestapo. Die Herrschaften haben mir also erzählt, was vorlag. Die Situation war eindeutig. Sie haben mich darüber informiert, dass Dagmar Berger in den nächsten Tagen verhaftet werden würde, dass man sie einem strengen Verhör unterziehen würde – ich brauche Ihnen, Herr Berger, sicher nicht zu erläutern, was damit gemeint war. Ihr Kollege Fehlandt hat auf diesem Gebiet ja sehr schmerzhafte Erfahrungen gemacht. Und wenn die Gestapo mit ihr fertig gewesen wäre, dann wäre sie selbstverständlich ins KZ gekommen, und man hätte dafür gesorgt, dass sie dort nicht wieder lebend herauskam.«

»Schweine!«, sagte Wilhelm.

»Ja, das war alles sehr unerfreulich, aber bitte bedenken Sie auch, dass wir uns damals im Krieg befanden, und dass Ihre Frau für die Gegenseite spioniert hat. Und kein Land der Welt ist unter solchen Bedingungen bereit, irgendwelche Gnade walten zu lassen. Der Einzige, der jetzt noch irgendetwas für Ihre Frau tun konnte, das war ich.«

»Sie haben sie zum Selbstmord aufgefordert!«, sagte Wilhelm bitter.

»Nicht persönlich. Das hätte zu viel Aufsehen erregt. Ich habe einen jungen Offizier beauftragt, Ihre Pistole aus dem Polizeipräsidium abzuholen, damit zu Ihrer Wohnung nach Wandsbek zu gehen, Ihre Frau mit den Anschuldigungen zu konfrontieren, die gegen sie vorlagen, und ihr dann die Wahl zu lassen, von der Gestapo verhaftet zu werden oder sich selbst zu erschießen. Das wäre durchaus glaubwürdig gewesen, denn der Gestapo war ja bekannt, dass sie früher schon einmal einen Selbstmordversuch unternommen hatte. Ihre Frau war sehr gefasst ...«

Eine Minute hast du noch, dachte Wilhelm Berger. Eine Minute gebe ich dir noch. Wenn du bis dahin nicht fertig bist, dann erwürge ich dich mit bloßen Händen.

»Sie hat sich die Pistole aushändigen lassen, durchgeladen, gezielt und auf den jungen Offizier geschossen. Der ist schreiend aus dem Haus gerannt. Und während er noch die nächste Telefonzelle gesucht hat, um von der Zentrale Verstärkung anzufordern, hat Dagmar Berger die einzige Möglichkeit genutzt, die ihr noch blieb. Sie hat den Lauf der Pistole in den Mund genommen und abgedrückt.«

In diesem Augenblick kam Frau Kaufmann mit dem Kaffee. »So«, sagte sie, »ich glaube, jetzt haben Sie beide lange genug über ernste Themen geredet. Hier kommt die Entspannung.«

»Sehr gut«, sagte Wilhelm. Er griff sich die Kaffeekanne, nahm den Deckel ab und schüttete dem früheren Gauleiter den heißen Kaffee ins Gesicht. Der schrie auf, riss das Tischtuch vom Couchtisch und versuchte, sich den heißen Kaffee abzuwischen, aber es war ganz offensichtlich, dass er sich kräftig verbrannt hatte.

»Oh mein Gott«, rief seine Frau entsetzt. »Herr Berger, was machen Sie denn? Was machen Sie denn für Sachen?«

Karl Kaufmann war aufgesprungen. »Das wird ein Nachspiel haben!«, keuchte er.

Die Kanne war noch nicht leer. »Hier kommt das Nachspiel, Herr Gauleiter!«, rief Wilhelm. Er goss ihm den Rest Kaffee über den Kopf.

Karl Kaufmann brüllte.

»Um Himmels willen! Was hat Ihnen mein Mann denn getan?«, rief Frau Kaufmann verzweifelt.

»Fragen Sie ihn einfach«, empfahl Wilhelm. »Und jetzt entschuldigen Sie mich. Den Weg nach draußen finde ich allein.«

Susanne lachte, als ihr Vater nach seiner Rückkehr davon erzählte.

Horst Berger lachte nicht. »So was kannst du doch nicht machen«, sagte er. »Körperverletzung ist das. Du musst damit rechnen, dass er dich anzeigt.«

»Dann soll er das tun. Dann werde ich vor Gericht all die Dinge zur Sprache bringen, die dieser Kerl verbrochen hat. Nicht nur das, was er meiner Frau angetan hat, sondern all die anderen Dinge auch, für die er nie zur

Rechenschaft gezogen worden ist. Und dann werden wir sehen, was dabei herauskommt.«

»Das ist juristisch Unsinn«, sorgte sich Horst.

Susanne widersprach. »Das ist kein Unsinn. Das war schon lange fällig. Viel zu viele der alten Nazis sind viel zu billig davongekommen. Aber die Lage hat sich gewandelt. Seit die Israelis vor ein paar Jahren Eichmann entführt und vor Gericht gestellt haben, sind auch die deutschen Gerichte endlich aufgewacht. Und die Prozesse gegen das Polizeibataillon 101, von denen wir jetzt in der Zeitung gelesen haben, die sind nur die Spitze des Eisbergs. Es werden noch viele Prozesse folgen. Es müssen noch viele Prozesse folgen. Und niemand von denen, die damals beim Morden mitgemacht haben, soll in Zukunft mehr ruhig schlafen.«

»Starke Worte sind das«, sagte Wilhelm. »Starke Worte. Susanne, ich bin stolz auf dich.«

Susanne schwieg. Sie wäre gern auch stolz gewesen auf Wilhelm, der nicht ihr Vater war und sie doch wie seine Tochter großgezogen hatte. Aber damals, als es darauf ankam, Stärke zu zeigen, da war er ausgewichen. Er hatte sich angepasst wie die meisten anderen auch. Er war damit nicht besser und nicht schlechter als all die übrigen Deutschen auch. Nein, das stimmte nicht. Er war besser. Er hatte ihr Leben gerettet, und er hatte damals in Polen sein eigenes Leben riskiert, um anderen zu helfen. Er hatte es zumindest versucht. Ob es wirklich geholfen hatte, wusste niemand.

Dienstag, 24. Oktober 1967

Da waren sie wieder, seine Bauchschmerzen. Wilhelm Berger saß zu Hause in seiner Wohnung und fragte sich, was er jetzt tun sollte. Seinen Hausarzt fragen? Sich untersuchen lassen? Er wischte diese Gedanken zur Seite. Das war nicht nötig. Sein Schmerzmittel reichte aus, und mehr brauchte er nicht.

Unabhängig von diesen gelegentlichen Unannehmlichkeiten gab es natürlich einen anderen Punkt, mit dem er sich auseinandersetzen sollte. Ihm war klar, dass niemand ewig lebte. Und wenn man starb, dann mussten sich hinterher die Kinder mit all den Hinterlassenschaften auseinandersetzen, die man selbst längst hätte wegwerfen sollen.

Fangen wir an mit den Kleinigkeiten, dachte Wilhelm. Er stand auf und holte die Zigarrenkiste aus dem Schreibtisch. Er rauchte nicht mehr, hatte nie Zigarren geraucht, diese Kiste stammte aus dem Nachlass seines Vaters. Als sein Vater gestorben war, hatte er die Kiste gefunden, und sie war leer gewesen. Das hatte ihn erstaunt. Obwohl sein Vater überraschend einen Herzschlag erlitten hatte, hatte er vorher ganz offensichtlich einige Dinge beseitigt, die nur ihn etwas angingen.

Und er selbst? Was waren das für Dinge, die nur ihn etwas angingen? Fotos zum Beispiel. Zuoberst in der Kiste lag die Fotografie, die Thérèse ihm geschenkt hatte. In Belgien war das gewesen, im Herbst 1918. Sie hatten sich geliebt, die wenigen Tage, die sie zusammen verbracht hatten. Thérèse hatte damals versprochen, ihm zu schreiben, aber das war nicht passiert. Und auch seine Briefe an sie waren unbeantwortet geblieben. Ein letzter Blick auf das Bild der jungen Frau, dann warf er es ins Feuer.

Der nächste Gegenstand war nicht so einfach zu beseitigen. Es war die Negativplatte eines Fotos, die er schon länger mit sich herumschleppte als das Bild von Thérèse. Er hatte die Platte niemals abziehen lassen, und inzwischen war sie in zwei Teile zerbrochen. Aber natürlich wusste er, was auf dem Bild zu sehen war. Es war die Nacktaufnahme einer jungen Frau. Maria war das gewesen, die Polin. Ihr Arbeitgeber hatte sie gezwungen, sich in dieser Weise fotografieren zu lassen, und er hatte sie auch geschwängert. Der Kerl war lange tot. Und was aus Maria geworden war, wusste Wilhelm Berger nicht. Sie war nach Amerika ausgewandert. Er hatte den Kontakt zu ihr verloren.

Seltsam, dachte Wilhelm, dass in dieser Kiste so viele Dinge sind, die mich an irgendwelche Frauen erinnern. Dabei hatte es in seinem Leben nur eine einzige Frau gegeben, die er wirklich geliebt hatte. Das war Dagmar gewesen.

Bei dem nächsten Bild fiel ihm die Entscheidung leicht. Es war die Postkarte eines Kleinen Kreuzers aus dem Ersten Weltkrieg, und sein Freund Bernhard Rogge hatte darauf mit einer Stecknadel die Stellen markiert, an denen das Schiff in der Skagerrak-Schlacht getroffen worden war. Dafür interessierte sich niemand mehr. Ins Feuer damit!

Und dann …

»Was machst du?«, fragte Susanne.

Wilhelm hatte nicht gehört, dass sie ins Zimmer gekommen war. »Ich räume auf«, entgegnete er.

»Ich wollte dich nicht stören.«

»Du störst mich nicht.« Wilhelm klappte die Zigarrenkiste zu.

»Was macht Horst?«, fragte Susanne. »In der letzten Zeit ist er ja nur noch sehr selten hier gewesen.«

»Vermutlich ist er im Einsatz«, sagte Wilhelm. »Du hast ja wahrscheinlich gelesen, dass das Fantom einen neuen Anschlag angekündigt hat. Am Sonnabend fliegt angeblich der Hamburger Hauptbahnhof in die Luft.«

»Ich denke, der Erpresser ist inzwischen festgenommen worden?«, wunderte sich Susanne.

»Nein, das stimmt nicht. Was die Zeitung geschrieben hat, das ist falsch. In Nürnberg ist zwar ein Verdächtiger festgenommen worden, ein siebenundzwanzigjähriger Vertreter, der damit gedroht hat, den Nürnberger Hauptbahnhof in die Luft zu jagen. Die Polizei hat ihn geschnappt, als er sich von einer Telefonzelle im Bahnhof als Roy Clark gemeldet hat. Aber das war falscher Alarm. Das Alter stimmt nicht, die Stimme stimmt nicht.«

»Und die jetzige Drohung? Ist die ernst oder nicht?«

Wilhelm zuckte mit den Achseln. »Das weiß niemand. – Susanne, ich habe einen Brief gekriegt, den ich dir zeigen möchte. Karl Kaufmann hat mir geschrieben.« Seine Hände zitterten leicht, als er das Schreiben auf den Tisch legte.

Lieber Herr Berger!
Es fällt mir schwer, diesen Brief zu schreiben, denn eigentlich habe ich das Gefühl, dass Sie sich bei mir entschuldigen sollten und nicht ich bei Ihnen. Aber ich habe mich entschlossen, den ersten Schritt in dieser Richtung zu gehen. Zu lange sind unsere Familien miteinander befreundet, und wir haben uns in all diesen Jahren immer gegenseitig geholfen. Umso schmerzlicher trifft es mich jetzt, dass Sie mir den Tod Ihrer Frau zur Last legen.
Ich bin, wie alle Menschen, nicht frei von Fehlern. Ich habe in meinem Leben nicht alles richtig gemacht, aber ich habe mich bemüht. Aus heutiger Sicht kann man vielleicht sagen, dass ich Entscheidungen getrof-

fen habe, aufgrund derer Menschen getötet worden sind. Dies war niemals meine Absicht.
Es tut mir aufrichtig leid, dass Dagmar Berger gestorben ist. Aber ich habe damals keine Möglichkeit gesehen, sie zu retten. Es gab handfeste Beweise dafür, dass sie für die Engländer spioniert hatte, nicht nur vor dem Krieg, was man vielleicht noch irgendwie hätte entschuldigen können, sondern auch dann noch, als wir uns bereits im Krieg mit England befanden. Die zuständige Dienststelle für die Spionageabwehr hat mir damals die Beweise vorgelegt. Eine Verhaftung Ihrer Frau durch die Gestapo mit anschließender Folter war praktisch beschlossene Sache.
Ich habe mich in Gefahr gebracht, indem ich in den Gang der Ereignisse eingegriffen habe und einen jungen Offizier losgeschickt habe, um Ihre Frau zu warnen. An eine Flucht war selbstverständlich nicht zu denken. Das Haus wurde bereits überwacht. Ich habe Ihrer Frau die Möglichkeit gelassen, sich der Verhaftung durch einen Freitod zu entziehen. Das war das Einzige, was ich für sie tun konnte.
Ich verstehe Ihren Zorn, aber auch wenn ich dafür gesorgt habe, dass Ihre Frau die Waffe bekommen hat, mit der sie sich letzten Endes erschossen hat, fühle ich mich an ihrem Tod nicht schuldig.
Dies wollte ich jedenfalls gesagt haben.
Ihr Freund Karl Kaufmann.

Susanne sah ihren Vater an. Es war ganz offensichtlich, dass er nicht bereit war, die Entschuldigung des Gauleiters anzunehmen. Der Brief zeigte Spuren seiner Wut. Das Papier war zerknüllt und wieder glattgestrichen worden.

»Ich wollte es dir zeigen«, sagte Wilhelm. »Im ersten Augenblick war ich entschlossen, den Brief ins Feuer zu werfen, aber ich habe es nicht getan. Was er schreibt, ist eine Unverschämtheit. Er ist nicht mein Freund, ist es nie gewesen, und auch ich war niemals sein Freund. Die Verbindung zwischen uns stammt daher, dass mein Vater vor 1933 die Nazis finanziell unterstützt hat. Als er seinen Fehler eingesehen hat, war es zu spät. Er ist gestorben, bevor er Karl Kaufmann und seine Freunde zur Rede stellen konnte. Aber es gibt da diesen Punkt, den er zwar nicht konkret ausgeführt hat, aber der doch in dem ganzen Brief mitschwingt. Wie sagt er hier zum Schluss: … fühle ich mich an ihrem Tod nicht schuldig.«

»Er ist an ihrem Tod schuld«, sagte Susanne. »Er hat ihr die Waffe besorgt.«

Wilhelm schüttelte den Kopf. »Das ist zu kurz gedacht«, sagte er. »Das ist einfach zu kurz gedacht. Seit ich aus dem Krieg zurückgekommen bin, und seit ich gewusst habe, dass Dagmar sich umgebracht hat, habe ich immer nach Schuldigen gesucht. Der erste Schuldige, den ich gefunden hatte, das war der Kapitän der Rauenfels. Der Kapitän des Schiffes, mit dem Dagmar und Horst in letzter Minute nach Indien entkommen sollten. Der Kapitän hat sie in Antwerpen nicht von Bord gehen lassen. Stattdessen ist er mit ihnen bei Kriegsausbruch nach Hamburg zurückgefahren. Ich bin der Sache nach dem Krieg nachgegangen. Die Rauenfels ist 1940 vor Narvik in die Luft geflogen. Ich war selbst da, mit Horst zusammen. Ich wollte es ganz genau wissen. Die Trümmer des Schiffes liegen noch immer auf den Felsen am Rande des Fjords.

Dann habe ich plötzlich erfahren, dass die Rauenfels zwar explodiert ist, aber dass die gesamte Besatzung vorher in die Boote gegangen ist, und dass sie alle gerettet worden sind. Ich habe die Möglichkeiten ausgenutzt, die mir als Kriminalbeamten zur Verfügung gestanden haben, und ich habe den Kapitän des Schiffes ausfindig gemacht. Ich habe ihn in Bremen aufgesucht, die Pistole in der Tasche. Seine Frau ist an die Tür gekommen. Oder seine Tochter. Eine junge Frau jedenfalls. ›Ja, bitte?‹, hat sie gesagt. Der Kapitän war nicht zu Hause. Ob ich auf ihn warten wollte? Ich habe den Kopf geschüttelt und bin gegangen.

Und dann, dann kam die Geschichte mit dem Gauleiter. Ich hatte es vorher nicht gewusst, aber nachdem wir Dagmars Brief gefunden haben, da konnte es ja keinen Zweifel mehr geben. Karl Kaufmann hatte sie in den Selbstmord getrieben. Also habe ich ihn zu Hause aufgesucht. Und wieder war es dieselbe Situation wie in Bremen. Solch ein friedliches Bild. Kaffee und Kuchen.«

»Du hast ihm den Kaffee ins Gesicht geschüttet«, stellte Susanne fest. »Das jedenfalls hast du getan. Und du hast ihn betroffen gemacht. Insofern war diese Aktion ein Erfolg.«

Wilhelm schüttelte den Kopf. »Kein Erfolg, Susanne. Ich habe alles falsch gemacht. Ich habe die ganze Zeit den Fehler bei anderen gesucht. Aber weder der Kapitän der Rauenfels noch der Gauleiter war letzten Endes für deine Mutter verantwortlich. Derjenige, der für ihr Leben verantwortlich war, das war einzig und allein ich selbst.«

Susanne widersprach. »Dagmar war selbst für ihr Leben verantwortlich«, sagte sie. »Diese Verantwortung konntest du ihr nicht abnehmen.«

»Nein, das ist eine billige Ausrede. Das lasse ich nicht gelten. Ich habe doch gewusst, was läuft. Ich habe doch gewusst, dass Dagmar Himmel und Hölle in Bewegung gesetzt hat, um uns alle in Sicherheit zu bringen, und falls das nicht möglich war, dann wenigstens unsere Kinder. Dich zunächst einmal. Du warst am stärksten gefährdet. Ich hätte mich darum kümmern müssen, ich hätte es bemerken müssen, wie verzweifelt sie war, aber ich habe meinen Beruf vorgeschoben, und ich habe einfach nicht zugehört, wenn ihr von euren Sorgen geredet habt.« Wilhelm weinte.

Susanne strich ihm über das Haar. »Das ist alles Schnee von gestern«, sagte sie. »All die Dinge, die man vielleicht hätte tun können, die spielen keine Rolle mehr. Dagmar hat sich selbst in Lebensgefahr gebracht, und ich habe den größten Respekt vor ihr, aber dass sie am Ende gescheitert ist, das lässt sich nicht mehr ändern. Wir müssen uns jetzt um diejenigen kümmern, deren Leben noch nicht vorbei ist.«

Wilhelm blickte auf. »An wen denkst du?«

»An Michael zum Beispiel«, sagte sie.

Wilhelm nickte. »Er ist in Berlin, denke ich.«

Susanne widersprach. »Er ist in Hamburg. Ich habe ihn gestern zufällig in der Mönckebergstraße gesehen. Er hat mich nicht gesehen. Ich hoffe, er macht keinen Scheiß.«

Mittwoch, 25. Oktober 1967

»Meine Damen und Herren, Sie alle fragen sich wahrscheinlich: Ist Roy Clark ein Irrer?« Der Hamburger Psychiater und Chefarzt Doktor Immig sah sich im Hörsaal um. Das Publikum bestand nicht nur aus Polizisten, sondern zu dieser Vortragsveranstaltung waren auch die Vertreter der Presse geladen worden. Der Psychiater war es ganz offensichtlich gewohnt, vor größerem Publikum aufzutreten. Doch die Zuhörer zeigten keine Reaktion. »Ich habe mir die Fantom-Briefe sehr gründlich angesehen, und ich muss sagen, ich halte das für sehr unwahrscheinlich. Meiner Meinung nach ist das eher ein Mann, der von seiner Umwelt mit vollem Recht als ›normal‹ angesehen wird – kein Geisteskranker, zumindest nicht im Sinne einer Psychose.«

Sigmund Roeder bemühte sich, Interesse zu heucheln. Wilfried Pagels gähnte. Auch Horst Berger war nicht allzu sehr daran interessiert, sich irgendwelche theoretischen Überlegungen der Fachleute anzuhören. Ob Roy Clark nun als »normal« angesehen werden konnte oder nicht, das war im Augenblick völlig belanglos. Das musste später vor Gericht entschieden werden. Zunächst aber ging es einzig und allein darum, den Mann zu schnappen und dafür zu sorgen, dass es nicht noch zu weiteren Anschlägen kam.

Der nächste Redner war der Hamburger Polizeipräsident. Er kam gleich zur Sache. »Meine Herren, die Frage, mit der sich unsere Sonderkommission im Rahmen der polizeilichen Ermittlungen zunächst einmal auseinandergesetzt hat, ist folgende: Ist es denkbar, dass Roy Clark ein Bahnbediensteter ist, der sich möglicherweise dafür rächen will, dass er bei seinen Vorgesetzten irgendwann einmal in Ungnade gefallen ist? Es gibt eine ganze Reihe von Argumenten, die dagegen sprechen. Die haben wir oft genug diskutiert, die will ich jetzt nicht wiederholen.

Eines spricht allerdings für die Vermutung, dass Roy Clark ein Eisenbahner ist: Seine Bremer Bombe hat er aus Material zusammengebastelt, das aus Bundesbahn-Beständen stammt. Der Sprengkörper bestand aus dem Zylinder eines Deutz-Motors vom Typ F/A 6, F/A 8 oder F/A

12-L 714, der mit TNT gefüllt war. Dieser Motor wird nicht nur in Lokomotiven, sondern auch in stationären Motoranlagen der Bundesbahn verbaut. Bemalt war die Höllenmaschine mit derselben gelben Farbe, die für den Anstrich von Bundesbahnbaumaschinen verwendet wird.«

Horst runzelte die Stirn. Dies waren neue Erkenntnisse, die bisher noch nicht allgemein verbreitet worden waren. Es gefiel ihm nicht, dass der Polizeipräsident sich dieses Bonbon für seinen Vortrag aufgespart hatte. Er hätte seine Mannschaft, die mit der Bearbeitung des Falles betraut war, vorher unterrichten sollen. Sollte er diesen Punkt jetzt ansprechen? Nein, das ging nicht. Für die Kollegen aus den anderen Bundesländern mussten sie wie ein eingeschworenes Team erscheinen.

Als Nächstes betrat der Kriminalwissenschaftler Hans Langemann das Podium.

»Er hat ein dickes Buch zum Thema Attentat geschrieben«, raunte Roeder.

Horst nickte. »383 Seiten«, sagte er. Er hatte sich vorher schlaugemacht. Das Buch war 1957 im Verlag für kriminalistische Fachliteratur erschienen, also schon zehn Jahre alt. In der Bibliothek leider nicht zu haben. »Zurzeit ausgeliehen«, hieß es, aber die Bibliothekarin wusste nicht, von wem.

Der Mann auf seiner rechten Seite stieß Horst an: »Fragen Sie diesen sogenannten Experten doch mal, wo er arbeitet!«, schlug er vor.

»Und wo arbeiten Sie selber?«, konterte Horst. Er hatte den Mann vorher noch nie gesehen.

»Beim Spiegel.«

»Dann wissen Sie doch sowieso alles«, brummte Horst.

»Nicht alles, aber manches. Und diesen Mann als Kriminalwissenschaftler zu bezeichnen, ist der blanke

Hohn. Ein aufgeblasener Wichtigtuer. Sein Buch ist eine Sammlung von schwülstigen Leersätzen – mit ›ee‹! Er arbeitet seit 1957 beim Geheimdienst, wie könnte es anders sein, beim BND. Und jedenfalls weiß ich mehr über ihn als er über mich.«

»Meine Damen und Herren«, begann Langemann. »Ich freue mich, dass ich heute die Gelegenheit erhalte, Ihnen die wesentlichen Hintergründe der gegenwärtigen Serie von Attentaten mitteilen zu können. Der Mann, der sich heute als ›Roy Clark‹ bezeichnet, ist im täglichen Leben ein völlig unauffälliger Bürger, dessen nebulöse Vorstellungen von Recht und Unrecht für seine Mitmenschen nicht ohne Weiteres erkennbar sind. Wir können davon ausgehen, dass der Roman *Teufel am Telephon* für Roy Clark jener tatauslösende Faktor war, der der Ausgangspunkt zu dem nunmehr beginnenden Hineinspielen in die an sich selbst gewollte aber bis dahin noch durchaus verschwommene Tatsphäre war. Dabei trat allmählich die Eitelkeit in den Vordergrund, das Gefühl, geschickter, technisch vollkommener, fehlerloser sein zu können als der beispielgebende Vortäter und daher auch unentdeckbarer zu sein.«

Wilfried verdrehte die Augen.

»Ich weiß noch etwas«, raunte der Mann vom Spiegel. »Er hat Kontakt zur CIA aufgenommen, damit alle Dokumente über die Nazi-Vergangenheit unseres Kanzlers Kiesinger aus den *National Archives* in Washington entfernt werden.«

»Darauf werden sich die Amerikaner niemals einlassen«, raunte Horst zurück.

Der Journalist lächelte wissend. »Nein, das werden sie nicht. Aber all diese Dokumente sind als Mikrofilme gespeichert. Man muss gar nichts vernichten. Man braucht nur dafür zu sorgen, dass das Material in dem riesigen Mikrofilmarchiv schlichtweg nicht mehr auffindbar ist.«

»Das glaube ich nicht«, murmelte Horst.

Der Journalist lachte leise.

Der Mainzer Kriminologie-Professor Armand Mergen war als Nächster an der Reihe. Er widersprach seinem Vorredner nicht, sondern ergänzte: »Hinzu kommt bei Roy Clark, wie bei allen Attentätern, der Wille, sich selbst die eigene Macht zu demonstrieren. Im Übrigen bringen sich Eisenbahn-Attentäter mit ihren Anschlägen, hierin ähnlich Brandstiftern, in sexuelle Erregung, und sie wiederholen daher ihre Taten. Man kann sich ausrechnen, dass es bald wieder kracht.«

»Er ist ein Experte für kriminalbiologische Untersuchungen«, wusste der Mann vom Spiegel. »Ursprünglich Assistent des Psychiaters Stumpfl im *Amt für Erb- und Rassenbiologie* in Innsbruck.«

»Also glauben Sie, dass das alles Quatsch ist, was er sagt?«, fragte Horst, der Besserwisserei nicht leiden konnte, ganz gleich, von wem sie kam.

Aber der Journalist zuckte mit den Achseln. »Das weiß ich nicht«, sagte er.

Sigmund Roeder war die undankbare Aufgabe zugefallen, als Letzter zu reden. Er war sichtlich nervös. Er räusperte sich, und dann begann er: »Wir haben im Laufe dieses Vormittags eine ganze Menge Vermutungen und Mutmaßungen über den Erpresser gehört. Was davon richtig oder falsch ist, wird sich im Laufe unserer Ermittlungen zeigen. Fest steht aber, dass das Fantom in seinen Erpresserbriefen eine ganze Menge über sich selber mitgeteilt hat. Roy Clark behauptet, er sei in Westdeutschland geboren, habe einen Führerschein, Pilotenschein, Steuermannspatent und sei bei einem

Minenräum-Kommando gewesen. Er sei zwar intelligent, aber eine verkrachte Existenz. Das Material für die Bomben habe er auf Autofriedhöfen und Schrottplätzen gestohlen. Und Sprengstoff liege noch genug am ehemaligen Westwall. Seine Frau sei seit zehn Jahren tot. Er wohne in Süddeutschland.«

»Das ist Quatsch«, sagte Pagels.

Roeder sah ihn irritiert an. »Ja, natürlich ist nichts davon belegt. Ich gebe hier nur wieder, was der Mann über sich selbst geäußert hat. Selbstverständlich müssen wir davon ausgehen, dass das Meiste nicht stimmt. Aber ich halte es für ausgeschlossen, dass alles falsch ist. Sicher gibt es einen wahren Kern. Wenn wir den identifizieren können, sind wir einen ganzen Schritt weiter.«

Donnerstag, 26. Oktober 1967

Sigmund Roeder fühlte sich missverstanden. Zwar hatte es nach seinem Vortrag höflichen Beifall gegeben, aber dennoch glaubte er, dass die anderen ihn nicht ernst nahmen. Das traf ihn schwer. Dabei hatte er das Gefühl, dass er der Einzige war, der wirklich mit ganzem Herzen bei der Arbeit war und nicht nebenbei noch irgendwelche Privatinteressen verfolgte. Das hatten seine Vorgesetzten bisher nicht bemerkt. Und jetzt gab es nur eine einzige Möglichkeit, diesen Missstand zu beheben: Er musste noch stärker arbeiten als bisher.

Im Gegensatz zu Berger, Pagels und Haydn hatte Roeder sich bei allen Vorträgen Notizen gemacht, und jetzt setzte er sich daran, die Gedankengänge der Experten nachzuvollziehen. Eine Informationsquelle, die sie alle bisher nicht hinreichend ausgewertet hatten, bestand aus der Literatur über ältere Eisenbahnattentate. In einer Fachzeitschrift hatte Roeder einen Artikel entdeckt, den ein gewisser Professor Doktor Julius Donath über *Die Psychopathologie des Eisenbahnattentäters Sylvester Matuska* geschrieben hatte. Der Artikel war zwar nicht mehr ganz neu, er stammte aus dem Jahr 1933, aber jedenfalls hatte sich hier einmal ein Psychologe ausführlich mit einem Eisenbahnattentäter auseinandergesetzt.

Sylvester Matuska war Ungar, er lebte damals aber in Wien. Er verübte Anschläge auf Eisenbahnstrecken in Österreich, Deutschland und Ungarn. Der schwerste Anschlag erfolgte am 13. September 1931 um zwölf Minuten nach Mitternacht, als Matuska den Schnellzug Budapest-Wien auf dem Viadukt von Biatorbagy in die Luft sprengte. Dabei stürzten die Lokomotive, ein Gepäckwagen, drei Personenwagen und ein Schlafwagen von der Brücke. Es gab zweiundzwanzig Tote und zahlreiche Schwer- und Leichtverletzte. Matuska gab an, er sei in dem Unglückszug gewesen. Er behauptete, in einem Wagen dritter Klasse in die Tiefe gestürzt zu sein, aber keiner der anderen Fahrgäste hatte ihn gesehen, und aus dem angegebenen Wagen waren nur Tote und Schwerverletzte geborgen worden, während er selbst nur eine leichte Schnittwunde im Gesicht hatte. Später stellte sich heraus, dass er sich diese Verletzung selbst zugefügt hatte.

Der Psychologe kam nun bei seinen Untersuchungen zu dem Ergebnis, dass die Explosion und das nachfolgende Chaos Matuska sexuell erregten. Überhaupt habe sich der Mann mit allerlei erotischen Abenteuern gebrüstet, wobei aus dem Text nicht klar zu entnehmen war, ob diese Angaben jemals überprüft worden waren.

Und jetzt?

Die Tür zu Horst Bergers Zimmer stand offen. Sein Kollege saß am Schreibtisch, hatte einen Becher Kaffee vor sich stehen und studierte irgendwelche Unterlagen.

»Hast du einen Augenblick Zeit?«, fragte Roeder.

Berger nickte.

Sigmund Roeder berichtete, was er über Sylvester Matuska herausgefunden hatte. Pagels kam herein und hörte ebenfalls zu.

»Ich weiß nicht«, sagte Berger. »Dieser Bezug auf die Sexualität. Ich habe das Gefühl, dass diese Psychologen übertreiben. Nimm zum Beispiel das Feuerwerk zu Silvester. Es ist einfach schön. Aber was hat das mit Sexualität zu tun?«

»Wahrscheinlich nicht viel. Aber was ich dir sagen wollte, das ist etwas ganz anderes. Fest steht, dass dieser Matuska sehr bemüht war, sich selbst in den Vordergrund zu spielen. Er hat zum Beispiel bei diesem Attentat unmittelbar am Tatort einen Zettel hinterlassen, auf dem geschrieben stand: *Arbeiter! Ihr habt keine Rechte, doch wir wollen sie den Kapitalisten entreißen. Jeden Monat werdet ihr von uns hören. Es gibt keine Arbeit, nun werden wir sie schaffen. Alles werden die Kapitalisten bezahlen.*«

»War er ein Kommunist?«, fragte Pagels.

Roeder schüttelte den Kopf. »Der Mann war überhaupt nicht politisch aktiv. Er hat bei der Vernehmung erklärt, er wolle eine kommunistische Sekte auf christlicher Grundlage gründen. Die Geschichte habe gezeigt, dass große Dinge große Opfer erforderten. Dabei sei es ganz gleich, ob es Verbrechen oder Wohltaten seien. Wichtig sei nur, dass die Welt aufhorche und den Befreier der Arbeiterschaft und den Erlöser der Menschheit herbeisehne. Und wenn dieser Punkt erreicht sei, dann wolle er aus der Verborgenheit hervortreten, sich zu erkennen geben und sich an die Spitze der Bewegung setzen. Tatsächlich hat er aber niemals mit Arbeitern oder Arbeiterorganisationen Kontakt aufgenommen.«

»Er war ganz offensichtlich ein Phantast«, sagte Berger.

»Er war ein Phantast«, bestätigte Roeder. »Er hat bei seiner Vernehmung alle möglichen geheimnisvollen Zusammenhänge ins Spiel gebracht, die keinen Sinn ergaben. Aber jedenfalls hatte er noch viele Pläne für weitere Eisenbahn-Attentate. Er hat behauptet, wenn er nicht verhaftet worden wäre, hätte er in der Nähe von Amsterdam eine weitere Bombe gelegt, danach dann weitere Bomben an der Eisenbahnlinie Paris-Marseille und an der Strecke Mailand-Ventimiglia. All diese Anschläge müssten unbedingt vor dem 24. Dezember 1931 durchgeführt werden.«

»Wahnsinn«, sagte Berger spontan.

Roeder zuckte mit den Achseln. »Was ist Wahnsinn, Horst? Matuska war Lehrer. Es heißt, dass sein Direktor ihn als einen fleißigen und tüchtigen Mann schätzte. Er hatte die Schulkinder sehr lieb ...«

»Was heißt das?«, fragte Pagels.

»Das weiß ich nicht. Das steht hier nicht. Aber es heißt, dass er sich mit ihnen auch außerhalb der Schule gern beschäftigte. Der Anblick von Frauen brachte ihn vollkommen aus der Fassung. Als einmal eine hübsche, junge Bäuerin beim Schuldirektor vorsprach, eilte Matuska aufgeregt davon. Der Direktor lief ihm nach und fand ihn, wie er auf dem Klo onanierte. Das hatte keine Konsequenzen. Er war und blieb Lehrer.«

»Vielleicht hatte er in Wirklichkeit Angst vor Sex«, mutmaßte Berger. »Oder er hatte Angst vor Frauen.«

Roeder schüttelte den Kopf. »Er war verheiratet. Mit seiner Frau führte er ein zärtliches Liebesleben, und selbst als er vor Gericht stand, hat sie zu ihm gehalten. Er sei ein Phantast, hat sie gesagt, das entschuldige alles.«

»Warum gibt es für solche Burschen immer irgendeine Entschuldigung?«, fragte Pagels. »Warum bremst sie niemand, bevor sie wirklich Schaden anrichten?«

»Wer hätte ihn bremsen sollen? Er war unangreifbar. Zum Beispiel hat er einen Steinbruch bei St. Pölten gemietet, angeblich um Material für den Straßenbau und für den Eisenbahnbau zu gewinnen. In Wirklichkeit ging es ihm aber nur darum, die Lizenz zur Beschaffung von Sprengstoff zu bekommen. Seine Bombe hat er aus Ecrasit hergestellt. Das ist ein Sprengstoff, der im Ersten Weltkrieg häufig verwendet wurde, der heute aber durch andere, bessere Stoffe ersetzt worden ist. Im Gerichtssaal hat er begeistert geschildert, welche Haufen von Leichen er im Weltkrieg mit seinen Maschinengewehren erzeugt habe. Nein, er sei aber kein grausamer Mensch. Auf die Frage nach seinem Beruf hat er geantwortet: Eisenbahnattentäter. Und nach der Verkündigung seines Urteils hat er gesagt, Eisenbahnattentäter werde er bis ans Ende seines Lebens bleiben.«

»Aber heute ist er zum Glück tot«, vermutete Berger.

Sigmund Roeder schüttelte den Kopf. »Das weiß keiner«, sagte er. »Die erste Gerichtsverhandlung hat damals in Wien stattgefunden. Dort ist er zu sechs Jahren schwerem Kerker verurteilt und anschließend an Ungarn ausgeliefert worden. Aber die Auslieferung war an die Bedingung geknüpft, dass er in Ungarn nicht hingerichtet werden dürfe. In Österreich war die Todesstrafe abgeschafft. Und so wurde er in Ungarn zwar zum Tode verurteilt, aber nicht hingerichtet. Er blieb also am Leben, zumindest bis kurz vor Ende des Krieges. Da verlieren sich seine Spuren. Niemand weiß, was aus ihm geworden ist.«

Pagels sprang auf. »Das erzählst du uns hier in aller Gemütsruhe? Willst du damit sagen, dass es möglich wäre, dass dieser Matuska für die jetzigen Anschläge auf die Bundesbahn verantwortlich ist?«

»Ausschließen lässt sich das nicht«, behauptete Roeder.

»Wie alt wäre er denn jetzt?«

»Er ist – Moment mal, hier steht es: Er ist am 29. Januar 1892 geboren. Das heißt, wenn er noch am Leben ist, ist er jetzt sechsundsiebzig Jahre alt. Das wäre also möglich.«

Berger schüttelte den Kopf. »Ich bitte dich«, sagte er. »Du kannst nicht im Ernst glauben, dass dieser Greis hier in Norddeutschland von Gleis zu Gleis hüpft und seine Bomben legt?«

»Das ist jetzt unsachlich, Horst«, griff Pagels ein. »Niemand hat behauptet, dass unser Attentäter besondere sportliche Leistungen vollbracht hat. Eine Aktentasche ins Schließfach stellen, das kann jeder. Und eine Bombe auf ein Eisenbahngleis legen auch. Wenn du dann noch die Stimme mit diesem merkwürdigen Akzent in Rechnung stellst und die Erpresserbriefe mit der ungewöhnlichen Orthografie, dann halte ich es nicht für ausgeschlossen, dass dieser Matuska unser Attentäter ist.«

Einen Augenblick herrschte Stille. Dann sagte Berger: »Ich finde es großartig, Sigmund, dass du dir diese alten Untersuchungen vorgenommen hast. Und einer der Punkte, die du erwähnt hast, der spielt wahrscheinlich auch bei unserem Fantom eine wichtige Rolle. Er will auffallen. Er will sich in den Vordergrund spielen. Und ich halte es durchaus für möglich, dass er genau wie dieser Matuska persönlich zugegen gewesen ist, als seine Bombe im Schließfach explodiert ist. All diese Anschläge, die wir bisher kennen, die sind so angelegt, dass er sie ohne große Gefahr beobachten konnte. Es ist schließlich nicht verboten, sich abends am Hauptbahnhof aufzuhalten. Es ist nicht einmal verdächtig.«

»Das ist ein interessanter Punkt«, gab Pagels zu. »Leider haben wir bis jetzt keine Zeugen, die behaupten, irgendeinen Verdächtigen zur fraglichen Zeit im Hauptbahnhof beobachtet zu haben.«

»Ein Unverdächtiger würde auch reichen«, sagte Berger.

Pagels sah ihn an. »Du bist der Einzige, Horst, der zur fraglichen Zeit am fraglichen Ort gewesen ist, und der außerdem gewusst hat, dass in den nächsten Minuten eine Bombe explodiert. Ist dir jemand aufgefallen?«

Berger schüttelte den Kopf.

Am Nachmittag erschien der Polizeipräsident überraschend in den Räumen der Sonderkommission.

»Wir haben keine neuen Erkenntnisse …«, setzte Roeder an.

Der Polizeipräsident winkte ab. »Darum geht es jetzt nicht. Ich muss Ihnen mitteilen, dass es bei den Ermittlungen in Sachen Roy Clark bedauerlicherweise einen Todesfall gegeben hat. Ein Mann, den unsere Kollegen im Kreis Stade fälschlich für den Erpresser gehalten haben, hat sich bei seiner Festnahme so sehr aufgeregt, dass er einen Herzanfall gekriegt hat und im Krankenhaus gestorben ist.«

»Wir gehen bei Verhaftungen mit äußerster Rücksicht vor«, sagte Pagels.

»Mit äußerster Rücksicht, ja, darum möchte ich Sie wirklich bitten. Bedauerlicherweise gibt es immer wieder falsche Verdächtigungen und falsche Beschuldigungen. Selbstverständlich müssen wir diesen Dingen auf den Grund gehen. Aber wenn wir jemanden mit diesen Vorwürfen konfrontieren, dann bringt es wenig ein, wenn wir dabei eine Brutalität an den Tag legen, die der Sache nicht dienlich ist.«

»Gilt dasselbe auch beim Vorgehen gegenüber Demonstranten?«, fragte Pagels.

»Ja, Herr Pagels, das gilt auch beim Vorgehen gegen Demonstranten. Nicht nur in Berlin, sondern leider auch bei uns in Hamburg hat es Fälle gegeben, bei denen Polizisten rücksichtslos auf Demonstranten eingeprügelt haben, selbst als sie schon am Boden lagen. Entsprechende Fotos sind zum Teil veröffentlicht worden. So etwas darf nicht wieder vorkommen. Natürlich ist es keine einfache Aufgabe, als Polizist Demonstranten daran zu hindern, irgendetwas zu tun, was sie nicht tun sollen. Natürlich gibt es auch Provokationen und Beleidigungen. Die entscheidende und einzig richtige Antwort auf provokantes Verhalten besteht darin, dass die Polizei absolut ruhig bleibt und sich nicht provozieren lässt. Ich habe diese Dinge bereits bei den Kollegen von der Schutzpolizei und der Bereitschaftspolizei zur Sprache gebracht, und wir haben ein spezielles Training zu diesem Zweck durchgeführt.«

»Danke für die Auskunft«, murmelte Pagels.

Sonntag, 5. November 1967

Am Sonntagmorgen schreckte Horst Berger aus dem Tiefschlaf hoch. Es klingelte an der Haustür. Rasch zog er sich an.

Auch Irmi war aufgesprungen. »Das können doch nur deine Kollegen von der Polizei sein!«, rief sie und verschwand ins Bad.

Wieder klingelte es. Horst riss die Tür auf. Draußen standen Pagels und Roeder. »Na endlich!«, sagte Wilfried.

»Heute ist Sonntag!«, entgegnete Berger. »Es ist sieben Uhr früh, und ich bin heute nicht zum Dienst eingeteilt. Ich habe frei.«

»Das glaubst du auch nur«, sagte Pagels. »Explosion im Gelände der Bundesbahndirektion Altona. Niemand hat frei. Komm mit, wir gucken uns die Geschichte an.«

»Wollt ihr nicht wenigstens schnell einen Kaffee trinken?«, rief Irmi aus dem Bad.

»Nein, das geht nicht«, antwortete Roeder. »Aber vielen Dank für das Angebot. Wir kommen demnächst darauf zurück.«

Die Schutzpolizei hatte das Gelände abgesperrt. Horst hielt seinen Ausweis hin, aber der Polizist an der Sperre wusste sowieso, wer er war. »Da drüben ist es.«

Das Gebäude der Bundesbahndirektion grenzte an das Gelände des Güterbahnhofs Hamburg-Altona. Alles sah grau und trostlos aus. Der Nieselregen trug nicht dazu bei, Horsts Stimmung zu heben. Die Bombe war auf der Rückseite des Sondergebäudes mit dem Fernmelde-Relaisbunker explodiert. Sie hatte keinen großen Schaden angerichtet. Von der Explosion zeugte nur ein großer, schwarzer Fleck an der Außenmauer des Hauses und am Erdboden.

Der Sprengstoffsachverständige begrüßte Horst und seine Kollegen mit Handschlag.

»Als Laie würde ich sagen, es ist nicht viel passiert«, stellte Horst fest.

»Ja, das ist richtig. Der Sprengsatz war viel zu schwach, als dass er an dem Gebäude nennenswerte Schäden hätte hervorrufen können. Und er ist nicht sachgemäß gezündet worden. Ausgelöst wurde die Explosion durch eine Taschenlampenbatterie und einen Wecker. Der Wecker ist bei der Explosion um 3:33 Uhr stehen geblieben; daher kennen wir den genauen Zeitpunkt des Anschlags. In dem Gebäude war zu der Zeit niemand.«

»Hat er wieder TNT verwendet?«, fragte Horst.

»Wahrscheinlich ja.«

»Wie kommt er an dieses Zeugs?«

»Da sind wir inzwischen einen Schritt weitergekommen. Diesmal haben wir nicht nur unverbrannte Reste des Sprengstoffs gefunden, sondern außerdem auch Reste der Verpackung. Allem Anschein nach stammte der Sprengstoff aus militärischen Beständen. Mein Kollege hat inzwischen bei der Bundeswehr angerufen ...«

»Mitten in der Nacht?«, warf Pagels ein.

Der Mann nickte. »Unsere Bundeswehr schläft nicht. Wir haben erfahren, dass Sprengstoff dieser Art nach Auskunft der Erprobungsstelle 96 der Bundeswehr in Meppen in Sprengkörpern mit der Bezeichnung *Charge (lp) 125 lbs TNT/1 wool/97/3* enthalten ist.«

»Aha«, sagte Horst. Diese Auskunft half ihm auch nicht weiter.

»Das Pionierbataillon 3 hat mit solchen Sprengkörpern auf dem Flugplatz Nordholz Sprengungen durchgeführt.«

Horst riss die Augen auf. »Was?«

Der Mann bestätigte noch einmal seine Angaben.

»Das heißt also, jemand, der Sprengstoff benötigte, hätte sich einfach nur ein Loch in den Zaun des Flugplatzes schneiden und das Zeug dort herausholen müssen?«

Der Experte lächelte. »Ganz so einfach ist es sicher nicht gewesen. Die Details weiß ich noch nicht, aber ich gehe davon aus, dass die Herrschaften vom Pionierbataillon sich an die Vorschriften gehalten haben und das Zeug nicht einfach irgendwo unbewacht haben herumliegen lassen.«

»Gut. Bewacht oder unbewacht – es war jedenfalls da. Und unser Erpresser hat sich möglicherweise Zutritt zu dem Gelände verschafft und sich das Zeug besorgt.«

»Vielleicht hatte er auch völlig legal Zutritt ...«

»Das muss überprüft werden.«

»Ja, natürlich.«

Während Horst Berger noch auf dem Gelände der DB-Direktion in Hamburg-Altona mit den Sprengstoffexperten diskutierte, rief Alexander Dobruck bei der Telefonzentrale des Verlagshauses Axel Springer in der Kaiser-Wilhelm-Straße an: »Hier ist der echte Roy Clark«, sagte er. »Notieren Sie: Der Kradfahrer in gelber Kleidung soll heute Abend bei der Gaststätte Bei Hein in Horneburg auf Abruf warten. Kennwort ›Ozean‹. Haben Sie das verstanden? – In Ordnung. Weitere Nachricht kommt. Roy Clark!«

Zehn Minuten später folgte der zweite Anruf: »Ozean. Wenn Unternehmen nicht klappt, weitere Bomben. Geld siebenhunderttausend D-Mark. Roy Clark!«

Die Einsatzleitung der Sonderkommission im Polizei-Hochhaus in Hamburg gab Alarm. Berger, Pagels und Roeder wurden sofort ins Präsidium am Berliner Tor zurückgerufen. In Stade war nur der stellvertretende Kripochef Hauptkommissar Wehmüller greifbar. Er wurde per Hubschrauber zur Einsatzbesprechung nach Hamburg geflogen.

»Wir machen Folgendes«, sagte der Mann aus Stade. »Wir lassen uns nicht von diesem Fantom kreuz und quer durch Niedersachsen schicken. Wir blockieren ganz einfach das Telefon. Der Geldbote steht mit dem Geld wie verabredet bei der Gaststätte in Horneburg bereit. Aber wenn dieser Roy Clark das Geld wirklich haben will, dann muss er schon herkommen und es sich holen. Der Wirt in der Gaststätte Bei Hein ist im Bilde. Und natürlich ist Polizei anwesend.«

»Steht das Motorrad bereit?«, fragte Pagels.

Der Polizeipräsident nickte. »Wir haben allerdings keine siebenhunderttausend Mark«, sagte er. »Wir haben im Augenblick nur dreihunderttausend, aber das dürfte das geringste Problem sein.«

Horst Berger nickte düster. Der Plan gefiel ihm nicht. Er bezweifelte, dass das Fantom sich darauf einlassen würde. Roy Clark würde wahrscheinlich einfach die Geldübergabe platzen lassen. »Wie bleiben wir in Verbindung?«, fragte er.

»Gar nicht. Das Telefon ist abgeschaltet.«

»Warum habe ich kein Funkgerät?«, wollte Horst wissen.

»Das Krad hat Funk, aber das Problem ist die Reichweite. Wir haben kein Gerät, mit dem wir über so große Entfernungen störungsfrei miteinander kommunizieren können. Ich habe vorhin noch einmal mit der Bundeswehr in Wandsbek gesprochen, und die waren durchaus bereit, uns ein Gerät zur Verfügung zu stellen, aber dabei gibt es zwei Probleme. Problem eins ist, das Gerät ist einfach riesengroß. Sie würden ein Motorrad mit Seitenwagen brauchen. Und Problem zwei ist, es ist ein Tastfunkgerät. Können Sie morsen, Herr Berger?«

Horst Berger war gegen 18:00 Uhr mit dem geliehenen Motorrad und der Tasche mit dem Geld von Hamburg gestartet. Es regnete nicht mehr. Zu dieser späten Stunde gab es auch keinen Stau mehr auf der B 73, alle Straßen waren frei. Die Gaststätte, die als Treffpunkt angegeben war, lag an einer Kreuzung. Horst stellte das Motorrad gut sichtbar ab und sah sich auf dem Gelände um. Vor dem Haus parkten elf Autos und zwei Motorräder. Auf dem Parkplatz war kein Mensch zu sehen. Routinemäßig notierte sich Horst die Kennzeichen. Die meisten Wagen kamen aus dem Kreis Stade, aus der näheren Umgebung also. Etwas abseits stand ein Mercedes aus Hamburg. Ein Taxi. Berger fragte sich, ob sich wirklich jemand auf diese teure Weise hatte in dieses Lokal bringen lassen, oder ob der Taxifahrer nach einer weiten Fahrt, vielleicht bis nach Cuxhaven, hier in Horneburg übernachten wollte.

Berger betrat das Lokal. Er stellte sich als Reporter der Bild-Zeitung vor und fragte zur Sicherheit den Wirt, ob jemand nach ihm gefragt habe.

Nein, niemand hatte nach ihm gefragt. Der Wirt fragte auch nicht weiter nach, aber einer der Männer an der Theke war aufmerksam geworden. »Von der Bild-Zeitung? Gibt es denn hier in Horneburg irgendetwas zu berichten?«

Horst raunte ihm zu: »Pst! Die Heidi soll hier gesichtet worden sein.«

»Die Heidi? Welche Heidi?«

»Heidi Dichter. Die mit dem Scheich.«

»Aha.« Der Mann gab sich mit der Antwort zufrieden. Er wusste ganz offensichtlich nicht, von wem die Rede war. Die junge Heidi Dichter, Gastwirtstochter aus Kiel, hatte ein paar Jahre zuvor spontan den Vetter des Scheichs von Kuwait geheiratet. Auf die Heirat war ebenso spontan die Scheidung gefolgt, dann die erneute Versöhnung, und jetzt war wieder die Rede von einer weiteren Trennung. Es war eine endlose Geschichte, über die in der Presse begeistert berichtet wurde.

Aber die Männer hier im Lokal interessierten sich nicht für Heidi. »Sie sollten lieber mal was über Fußball schreiben«, sagte einer. »Über den VfL Horneburg. Darüber wird viel zu wenig berichtet. 2:1 haben wir gewonnen neulich.«

»Glückwunsch«, sagte Horst. Er wusste nicht einmal, in welcher Liga der VfL Horneburg spielte. Er zog sich mit seinem Alsterwasser an einen der Tische im Hintergrund zurück und wartete ab.

Er musste lange warten. Als er sein Alsterwasser ausgetrunken hatte, ging er noch einmal nach draußen auf den Parkplatz. Dort hatte sich nicht viel verändert. Fünf Wagen waren verschwunden, drei waren neu dazugekommen. Das Taxi aus Hamburg stand immer noch da. Horst notierte die Veränderungen, dann ging er wieder nach drinnen.

Im Polizei-Hochhaus in Hamburg warteten Sigmund Roeder und Wilfried Pagels genauso ungeduldig wie Horst Berger in Horneburg. Der Chef hatte sich inzwischen verabschiedet. »Rufen Sie mich auf jeden Fall an, wenn es neue Entwicklungen gibt«, hatte er gesagt.

Das hatten sie zugesichert, aber inzwischen glaubten sie nicht mehr daran, dass noch irgendetwas passieren würde. Es war inzwischen kurz vor Mitternacht. Roeder überlegte, ob er nicht auch nach Hause gehen sollte. In dem Augenblick klingelte das Telefon.

»Endlich!«, rief Roeder. »Das ist Roy Clark!«

Es war nicht Roy Clark. Es war die Telefonzentrale im Springer-Haus. »Wir haben einen Anruf bekommen«, sagte die junge Frau. »Der Erpresser hat sich bei uns gemeldet.«

»Was hat er gesagt?«, fragte Roeder ungeduldig.

»Nicht viel. ›Roy Clark‹, hat er gesagt, und dann: ›In Horneburg ist blockiert! Jetzt geht mei nächste Bomb! Warum ist in Horneburg blockiert?‹ Und dann hat er aufgelegt. Er war sehr wütend. Ich habe richtig Angst gekriegt.«

»Sie brauchen keine Angst zu haben«, versicherte Roeder. »Der Mann ist gar nicht in Hamburg. Aber es ist sehr gut, dass Sie gleich bei uns angerufen haben. Wenn noch weitere Anrufe kommen, melden Sie sich bitte wieder direkt bei uns, damit wir die entsprechenden Schritte einleiten können.«

Die Telefonistin versprach, das zu tun.

Pagels sah seinen Kollegen an. »Es ist gut, dass wir die entsprechenden Schritte einleiten. Was sind das für Schritte, Sigmund? Ich wusste gar nicht, dass wir irgendetwas vorbereitet haben.«

»Wir haben nichts vorbereitet«, erklärte Roeder ungerührt. »Das weißt du doch genauso gut wie ich. Die Idee war, dass das Fantom persönlich kommen und sich das Geld in der Kneipe abholen würde. Das ist nicht passiert.«

»Das kann immer noch passieren«, sagte Pagels.

Roeder glaubte nicht daran. »Ich hatte gleich das Gefühl, dass das kein besonders guter Plan war«, sagte er.

Pagels zuckte mit den Achseln. »Es war eine Möglichkeit«, sagte er. »Es kann nicht alles gelingen. Aber noch ist nicht aller Tage Abend.«

Roeder warf Pagels einen finsteren Blick zu. »Es ist überhaupt kein Abend«, sagte er. »Es ist früher Morgen. 0:45 Uhr. Jetzt passiert nichts mehr.«

»Abwarten«, sagte Pagels.

Um 0:58 Uhr klingelte erneut das Telefon. »Das ist Horst«, vermutete Roeder. Er nahm den Hörer ab. Aber es war nicht Horst, sondern wieder die junge Frau aus dem Springer-Haus. »Er hat wieder angerufen«, sagte sie.

»Was hat er gesagt?«, fragte Roeder.

»Nichts.«

»Nichts?«

»Er hat nicht gesagt, wer er ist, aber das habe ich natürlich sowieso gewusst. Er hat sich nur geräuspert, und dann hat er gesagt: ›Ich ruf in zehn Minuten wieder an!‹ Und dann hat er aufgelegt.«

»Danke«, sagte Roeder betont freundlich. Und – nachdem er den Hörer aufgelegt hatte: »Sie hat eine sehr nette Stimme, findest du nicht auch, Wilfried?«

»Ja. – Ich ruf jetzt in Horneburg an. Vielleicht haben sie das Telefon ja inzwischen wieder freigegeben. Vielleicht kommt dann doch noch irgendein Treffen zwischen Berger und diesem Erpresser zu Stande. Hast du mal eben die Telefonnummer?«

Roeder diktierte ihm die vier Ziffern. Die hatte er sich vorher gemerkt.

»Und die Vorwahl von Horneburg?«

»Moment!« Roeder nahm das Vorwahlverzeichnis vom Regal und blätterte darin. »07833. Nein, halt, wart mal eben, das ist ja Hornberg. Also Horneburg, das ist 04163.«

Pagels wählte die Nummer. Aber die Leitung war noch immer tot. »Mist!«

Eine Viertelstunde später folgte der nächste Anruf aus dem Springer-Haus. Die Frau mit der hübschen Stimme sagte: »Jetzt hat er wieder angerufen. Er hat gesagt:

›Ihr habt euch was Schönes ausgedacht. Die Leitung in Horneburg war den ganzen Abend blockiert. Ihr werdet von mir hören.‹«

»Danke.«

Pagels schüttelte den Kopf. »Das reicht nicht«, sagte er. »Das waren knapp fünfzehn Sekunden. Das reicht nicht aus für die Fangschaltung.«

»Sie hätte ihn am Telefon festhalten sollen«, sagte Roeder. »Sie hätte ihm irgendeine Frage stellen sollen, und dann ...«

Pagels schüttelte den Kopf »Was denn für eine Frage? Dieser Mann weiß genau, was er tut. Wenn du versuchst, ihn am Telefon festzuhalten, dann legt er einfach auf. Nein, auf diese Weise kriegen wir ihn nicht.«

Mittwoch, 8. November 1967

Horst Berger war nervös. Der Anschlag vom Sonntag hatte bestätigt, dass das Fantom ganz offensichtlich nicht gewillt war, sich von der Polizei an der Nase herumführen zu lassen. Er telefonierte mit den Vertretern der beteiligten Bundesländer in der Sonderkommission und machte noch einmal deutlich, dass die Festnahme des Erpressers davon abhänge, dass die Übergabe des Geldes nicht gestört werde. Er bekam keine klaren Zusagen. Besonders Niedersachsen stellte sich jetzt quer und bestand darauf, eigene Ermittlungen ohne weitere Abstimmung durchzuführen. Selbstverständlich würden die Kollegen in Hamburg und in den anderen betroffenen Bundesländern nach Abschluss der Aktionen unverzüglich über die Ergebnisse dieser Ermittlungen informiert werden.

»Du wirkst sehr angespannt«, stellte Irmi fest.

Ja, Horst war sehr angespannt. Und die neuesten Nachrichten aus dem Hamburger Abendblatt trugen auch nicht gerade zu seiner Entspannung bei. Zwar gab es keine Neuigkeiten von Roy Clark, dafür gab es auf der Seite vier einen kleinen Beitrag bezüglich der morgigen Feierstunde zum Rektoratswechsel an der Universität. *Studentengruppen wünschen Diskussion* schrieb das Abendblatt. Das klang harmlos genug, aber der Artikel begann mit dem ominösen Satz: *Die Feierstunde zum Rektor-Wechsel, die am Donnerstag um 10:00 Uhr im Audimax stattfindet, wird vermutlich den Rahmen des Üblichen sprengen*. Horst dachte an Michael. Susanne hatte ihn in Hamburg gesehen. War er noch immer hier? Würde er möglicherweise am nächsten Tag im Audimax sein?

Donnerstag, 9. November 1967

Horst Berger saß im Audimax. Der Kollege Benz, der in die Politik gewechselt war, hatte früh am Morgen im Präsidium angerufen und gefragt, wer an der Feierstunde teilnehmen könne. Er sei leider aufgrund dringender Termine verhindert. Die Innenbehörde solle aber auf jeden Fall vertreten sein.

»Da käme zunächst einmal der Polizeipräsident infrage«, hatte Roeder geantwortet.

Der Polizeipräsident hatte aber schon abgelehnt. Auch Roeder behauptete, dass er heute Vormittag schon andere Termine habe. Berger hatte eine ziemlich genaue Vorstellung davon, was auf Roeders Terminkalender stand, nämlich gar nichts, aber es war offensichtlich, dass der Kollege keine Lust hatte, an einer mehrstündigen Veranstaltung teilzunehmen, bei der es nichts gab als langweilige Vorträge zu Themen, von denen er sowieso nichts verstand. »Du machst das, oder?«, hatte Roeder gefragt.

Horst hatte genickt.

»Hauptkommissar Berger übernimmt das«, hatte Roeder verkündet. Einen Augenblick herrschte Stille. Berger wusste, dass Benz ihn nicht leiden konnte. Das beruhte auf Gegenseitigkeit. Aber irgendjemand musste schließlich diesen Termin wahrnehmen.

»Das ist eine großartige Idee«, behauptete Benz.

Ob das wirklich eine großartige Idee war, bezweifelte Horst. Er hatte sich sehr rechtzeitig auf den Weg gemacht, aber schon eine halbe Stunde vor Beginn der Veranstaltung herrschte großer Andrang. Zu seiner Überraschung stellte er fest, dass nicht nur die Mehrzahl der Teilnehmer im Gegensatz zu ihm im dunklen Anzug und mit Krawatte gekommen war, sondern dass sich auch Dutzende von Professoren in die traditionellen schwarzen Talare gezwängt hatten, komplett mit Halskrause und Samthut. Sie sahen aus, als wären sie direkt dem Mittelalter entsprungen.

»Verrückt«, murmelte Horst.

Sein Nebenmann schüttelte den Kopf. »Das muss sein«, sagte er. »Das Abendblatt hat doch gestern geschrieben, dass diese Feier wohl anders verlaufen werde als sonst. Und da ist vom Dekanat noch einmal herumtelefoniert worden, um sicherzustellen, dass alles so ist wie immer. Oder vielleicht noch ein bisschen traditionsbewusster als sonst.«

Das Audimax war komplett gefüllt. Endlich begann der Einzug der Professoren. Alle standen auf. Ein Raunen ging durch die Menge. Horst Berger, der als Vertreter des Innensenators einen Platz in einer der ersten Reihen bekommen hatte, hatte einen hervorragenden Blick auf das überraschende Spektakel, das sich ihnen bot. Vor den würdevoll gekleideten Herren Professoren schritten zwei Studenten die Treppe hinunter. Sie hatten zwischen sich ein schwarzes Transparent ausgebreitet. Die Professoren konnten nicht lesen, was darauf stand, aber alle Gäste schon: *Unter den Talaren – Muff von 1000 Jahren*.

Die Professoren waren empört. Neben Berger stand der Schulsenator. Der sagte: »Unglaublich! Das ist einfach unglaublich! So etwas hat es hier in Hamburg noch nie gegeben. Das kommt aus Berlin. Das ist irgendein Stoßtrupp aus Berlin, der das inszeniert hat!«

Es war kein Stoßtrupp aus Berlin, es waren ganz offensichtlich Hamburger Studenten. Zwar waren auch Studenten aus Berlin anwesend, Michael Berger zum Beispiel, aber die standen mitten in der Menge der Anwesenden und klatschen jetzt laut Beifall. Vom Balkon warf jemand Flugblätter herunter, und irgendjemand hatte Luftballons mitgebracht, die langsam in den Saal segelten, aber das Schauspiel war rasch zu Ende. Nachdem die beiden Studenten ihr Transparent allen gezeigt hatten, rollten sie es zusammen, setzten sich hin und ließen den Rest der Feier über sich ergehen.

Die Feier bestand zunächst einmal aus einem Vortrag des neuen Rektors Professor Werner Ehrlicher zum Thema *Die wirtschaftliche Rezession 1966/67 in der Bundesrepublik*. Horst Berger hatte gar nicht bemerkt, dass die Bundesrepublik sich in einer Rezession befand, aber das mochte daran liegen, dass er einerseits als Beamter in einer sicheren Lebensstellung war, und andererseits war er im letzten Jahr aufgrund der Jagd auf den Bundesbahnerpresser fast ständig im Einsatz gewesen und hatte wenig Zeit gehabt, über die wirtschaftliche Lage Deutschlands nachzudenken.

Lebhafter wurde es, als danach der Asta-Vorsitzende ans Mikrofon trat und all die Missstände auflistete, die es an der Universität gab. Berger kannte den Mann. Der war in Berlin gewesen, auf der Party in Michaels Wohngemeinschaft. Jetzt entspann sich eine lebhafte Diskussion, und einen Moment lang befürchtete Berger, das Ganze werde in einem gewaltigen Tumult enden, aber das war nicht der Fall.

Lediglich beim Verlassen des Audimax am Ende der Veranstaltung rief einer der Ordinarien in Richtung der Studenten: »Ihr gehört alle ins KZ!«

Auf dem Weg zurück ins Polizeipräsidium kaufte sich Horst Berger das Abendblatt. Da stand selbstverständlich noch nichts über die heutige Veranstaltung drin. Aber das Blatt hatte auf Seite zwei einen betont sachlichen Artikel unter der Überschrift *Papas Universität hat sich überlebt* veröffentlicht. Darunter stand *Reformen sind überfällig*.

»Da bist du ja endlich«, empfing ihn Roeder.

»Na hör mal, du hast mich selbst zu dieser dämlichen Veranstaltung geschickt«, empörte sich Berger.

»Ja, natürlich. Aber inzwischen laufen hier die Telefone heiß. Wir haben wieder einen Brief von Roy Clark bekommen. Diesmal aus Langen. Jetzt verlangt er fünfhunderttausend D-Mark.«

»Wie sind die Übergabemodalitäten?«, fragte Berger.

»Unbekannt. Der Brief enthält nur die Forderung nach der halben Million.«

»Und wo liegt dieses Langen?«

Langen lag nördlich von Bremerhaven.

Freitag, 10. November 1967

Am 10.11.1967 um 20:00 Uhr rief Roy Clark bei der Redaktion der Bild-Zeitung an und verlangte, der Kradfahrer solle in drei Stunden am Rasthof Wolfskuhle in Bremen bereitstehen.

Es war ein kalter Novembertag, drei Grad über Null, es lag eine dünne Schneedecke, und es schneite noch weiter. Dazu wehte ein stürmischer Wind Stärke acht.

Die Kripo Bremen hatte dem Redakteur der Bild-Zeitung sofort erklärt, dass sie diese Aufgabe übernehmen werde.

»Tut mir leid«, sagte der Redakteur, der schließlich auch die Hamburger Kripo ins Bild setzte. »Ich weiß ja, dass Sie eigentlich diesen Fall bearbeiten, aber ich konnte nichts machen. Die Herrschaften in Bremen waren so wild entschlossen …«

»Das ist schon in Ordnung«, behauptete Horst Berger. »Es gibt da ja enge Absprachen zwischen den verschiedenen Bundesländern. Und in diesem Fall ist ganz einfach die Bremer Kripo am Zuge. Und – was sagen Sie? – in drei Stunden am Rasthof Wolfskuhle? Da hätten wir ohnehin Schwierigkeiten, pünktlich hinzukommen. Der Bote soll ja mit solch einem schwach ausgerüsteten Motorrad kommen.«

»Mit einem gelben Motorrad«, bestätigte der Bild-Reporter.

Das hatte Horst anders verstanden. »Gelbe Kleidung«, sagte er. »Der Mann soll gelb angezogen sein.«

»Wenn Sie das sagen? Jedenfalls wünsche ich Ihnen einen schönen Feierabend.«

»Ja, danke gleichfalls.«

Der Feierabend würde warten müssen. Horst rief bei seinem Vater an. »Hör zu, Wilhelm, es ist jetzt tatsächlich so gekommen, wie wir befürchtet haben. Roy Clark hat einen Treffpunkt in Bremen vorgeschlagen, in einem Rasthof Wolfskuhle. Keine Ahnung, wo das ist. Und die Bremer Kollegen schicken einen eigenen Mann hin.«

Wilhelm Berger war skeptisch. »Haben sie denn das Geld bereitliegen?«, fragte er.

»Das weiß ich nicht. Das ist im Augenblick auch völlig egal. Aber ich kann mich da in diesem Rasthof nicht sehen lassen. Die Kollegen von der Bremer Kripo wissen natürlich, wer ich bin. Sie wären sehr verärgert, wenn ich mich in ihre Ermittlungsarbeit einmische. Andererseits will ich nicht, dass da irgendetwas verpfuscht wird. Dich kennen sie nicht …«

»Ja, darüber haben wir ja gesprochen. Ich mache das. Solange ich mich nicht als Kanarienvogel verkleiden und mit einem Motorrad nach Bremen fahren muss.«

»Nein, den Kanarienvogel stellen die Bremer Kollegen.«

»Und wo ist diese besagte Raststätte?«

»Keine Ahnung. Moment mal, hier auf meinem Schreibtisch liegt der Shell-Atlas. Ich seh mal eben nach.« Aber ein Rasthof Wolfskuhle war nirgendwo eingezeichnet.

»Das macht nichts«, versicherte Wilhelm. »Ich werde das Ding schon finden. Ich halte einfach am Grundbergsee an, die Raststätte kenne ich ja, und da werden sie mir sicher erzählen können, wo ich diese Wolfskuhle finde.«

»Tausend Dank«, sagte Horst.

»Quatsch«, erwiderte Wilhelm. Dann legte er auf.

Der Rasthof Wolfskuhle war keine normale Autobahnraststätte. Es war einfach nur ein Lokal, das von vielen

Fernfahrern besucht wurde. Es lag ein ganzes Stück von der Autobahn ab, westlich von Bremen. Gute vierzig Kilometer vom Grundbergsee entfernt. Wilhelm Berger sah auf die Uhr. Ja, das sollte kein Problem sein. Er tankte den VW auf und fuhr dann ohne allzu große Hast nach Bremen.

Die Wolfskuhle erwies sich als ein kleiner Park mit gepflegten Wanderwegen und einem Ententeich. Dafür hatte Wilhelm Berger jetzt keine Augen. Die gleichnamige Gaststätte lag auf der gegenüberliegenden Straßenseite.

Das Lokal war gut besucht. In der Gaststube roch es nach Zigarrenrauch. Die meisten Besucher standen dicht gedrängt am Tresen. Keiner von ihnen sah aus wie ein Kanarienvogel. Wilhelm bestellte sich ein kleines Helles.

»Haake-Beck?«, fragte der Mann am Tresen.

Wilhelm Berger nickte.

»0,5?«

»Nein, ein kleines Bier.«

»Wir haben nur 0,3.«

»Auch gut«, sagte Wilhelm. Er setzte sich an einen der Tische im Hintergrund. Dicht genug am Tresen, dass er alles mitbekommen würde, was dort geschah, aber auch nicht so dicht dran, dass man ihn von dort aus unbedingt bemerken würde. Das Bier kam. Wilhelm bezahlte sofort, um notfalls spontan aufbrechen zu können, falls die Lage das erforderte.

Zunächst einmal geschah nichts. Wilhelm sah auf die Uhr. Jetzt hätte der Geldbote eigentlich hier sein sollen. Der Geldbote war aber nicht hier. Wilhelm nippte an seinem Bier. Er fragte sich, was er tun solle, falls der Mann von der Bremer Kripo sich erheblich verspätete oder vielleicht überhaupt gar nicht kam. Aber bevor er irgendeinen Entschluss fassen konnte, ging die Tür auf, und ein Mann in einer gelben Motorrad-Kombination kam herein.

»Jetzt kommt die Post!«, rief der Mann hinter dem Tresen.

Alle drehten sich um. Der Polizist zog die Handschuhe aus und bestellte einen Kaffee.

»Mit Schuss?«, fragte der Wirt. Dabei war ziemlich offensichtlich, dass der Mann in der gelben Kombi keinen Alkohol wollte.

»Nein, danke.«

Einige der Männer lachten. Der Wirt öffnete die Tür zur Küche und rief: »Erna, einen Kaffee!«

Der Mann, der neben dem Gelben stand, vom ganzen Erscheinungsbild her wahrscheinlich ein Fernfahrer, tippte dem Polizisten auf die Schulter und fragte: »Bist du wirklich von der Post?«

»Nein.« Der Gelbe wollte sich nicht veräppeln lassen.

»Oder vom ADAC?«

Der Mann hielt es nicht für nötig, darauf zu antworten. Aber das half ihm nichts.

»Der ist vom ADAC!«, rief der Fernfahrer mit lauter Stimme. »Einer von diesen gelben Engeln, die einem helfen, wenn man irgendwo liegen bleibt!«

Einer der anderen Fernfahrer sagte: »Da, wo ich heute Nacht liegen bleibe, in dem Bett, da will ich jedenfalls einen anderen Engel haben und keinen ADAC-Mann!«

Wieherndes Gelächter.

»So, hier kommt dann Ihr Kaffee.« Erna sah ziemlich jung und unbedarft aus.

»Danke«, sagte der Polizist.

Der Fernfahrer, der sich zuerst gemeldet hatte, zwickte Erna in den Arm. »Na, Mädchen, was hältst du denn davon? Wirst du heute Nacht mit einem gelben Engel ins Bett gehen?«

Erna tippte sich an die Stirn und verließ die Gaststube.

Die Zeit verstrich wie im Fluge. Ein Scherz auf Kosten des Mannes in Gelb jagte den anderen. Wilhelm fragte sich, ob Roy Clark schon anwesend war, und wie er es unter diesen Bedingungen bewerkstelligen wollte, unauffällig mit dem Geldboten in Kontakt zu treten. Und würde er überhaupt glauben, dass dieser Mann ein Journalist war? Trotz seines skurrilen Aufzugs sah er für Berger aus wie ein Polizist. Und wo war die Tasche mit dem Geld? Neben ihm am Tresen stand sie jedenfalls nicht. Hatte er sie womöglich auf dem Motorrad gelassen? Oder hatte er gar kein Geld dabei? Das wäre töricht.

Wilhelm sah auf die Uhr. Eine gute Stunde saß er jetzt schon hier. Eine Stunde war eine lange Zeit, wenn man nichts anderes zu tun hatte, als ganz, ganz langsam 0,3 Liter Haake-Beck zu trinken.

Auch der Mann im gelben Anzug blickte jetzt auf die Uhr. Seinen Kaffee hatte er vermutlich längst ausgetrunken. Wilhelm fragte sich, was der Kollege als Nächstes machen würde. Was würde er selbst in seiner Situation tun? Warten natürlich. Einen neuen Kaffee bestellen und dann warten. Mindestens drei Stunden. Der Gelbe war weniger geduldig. Er bezahlte seinen Kaffee, sah sich noch einmal um im Lokal und ging dann zum Ausgang.

Wilhelm stand auf und folgte ihm. Eine Möglichkeit war, dass Roy Clark draußen auf den Geldboten wartete. Eine sehr unwahrscheinliche Möglichkeit, aber völlig ausgeschlossen war das nicht. Wilhelm trat nach draußen. Eisige Kälte empfing ihn. Es hatte aufgehört zu schneien, und am schwarzen Nachthimmel leuchteten die Sterne. Der Geldbote ging zurück zu seinem Motorrad. Er hatte es tatsächlich geschafft, auch noch ein gelbes Motorrad aufzutreiben. Es sprang auf Anhieb an. Der Mann fuhr davon in Richtung Bremen. Wilhelm wartete einen Augenblick, um festzustellen, ob vielleicht irgendjemand dem Mann folgte. Das war nicht der Fall. Wilhelm ging wieder nach drinnen.

»Ich dachte, Sie sind schon weg«, sagte der Wirt.

Wilhelm schüttelte den Kopf. »Ich brauche noch ein kleines Haake-Beck für den Weg«, sagte er.

»Wieder 0,3?«

Wilhelm nickte.

Das war einer der Vorteile, wenn man nicht mehr im aktiven Dienst war. Er durfte sich nicht betrinken, das war selbstverständlich, aber es war nicht länger erforderlich, dass man überhaupt gar nichts trank.

Der Wirt brachte das Bier an seinen Tisch. »Warten Sie auf jemand?«, fragte er leise.

Wilhelm nickte.

»Eine Frau?«

»Vielleicht.« Er ging zwar davon aus, dass das Fantom ein Mann war, aber ganz sicher war er sich nicht. Am Telefon war Roy Clark eindeutig ein Mann gewesen. Aber es konnte gut sein, dass der Erpresser mit einer Frau zusammenarbeitete.

Der Wirt sah ihn bedauernd an. »Die kommt nicht mehr«, sagte er. »Wenn ich stattdessen für Sie jemand anrufen soll, dann brauchen Sie das nur zu sagen.«

»Danke, das ist nett von Ihnen«, erwiderte Wilhelm.

Während der Wirt sich entfernte, hatte er das Gefühl, sich wie ein Idiot benommen zu haben. Er hatte lange keine Nacht mehr mit einer Frau verbracht. Dies war eine einmalige Gelegenheit. In einer fremden Stadt, wo ihn niemand kannte. Es könnte sehr nett sein. Oder sehr peinlich, das war auch möglich. Wilhelm nahm einen Schluck von seinem Bier.

Hinter der Theke klingelte das Telefon. Der Wirt hatte keine Eile. Erst nach dem fünften Läuten nahm er den Hörer ab. Wilhelm konnte von seinem Platz aus nicht hören, was am Telefon gesprochen wurde. Es war ein sehr kurzer Anruf, und das war ganz offensichtlich nicht Roy Clark, mit dem der Wirt sprach. Ein paar Worte hin und her, und dann war das Gespräch beendet.

Wilhelm war überzeugt, dass Roy Clark nicht mehr kommen würde. Ebenso unwahrscheinlich war es, dass der Mann so spät noch hier anrufen würde.

Wieder läutete das Telefon. Der Wirt nahm ab. Diesmal war es offenbar ein unbekannter Anrufer, denn der Wirt sagte irgendetwas, das wahrscheinlich hieß: »Rasthof Wolfskuhle.« Dann sagte der andere irgendetwas, und der Wirt hörte zu. Schließlich richtete er sich auf, sah sich im Lokal um und fragte: »Ist einer von ihnen vielleicht zufällig ein Reporter von der Bild-Zeitung?«

»Ich!«, sagte Wilhelm. Er erhob sich.

»Das ist aber keine Dame«, raunte der Wirt ihm zu. Er übergab ihm den Hörer.

Ein anderer Mann war fast gleichzeitig aufgestanden, aber der wollte ganz offensichtlich nur zur Toilette.

Und jetzt? Wilhelm hatte keine Ahnung, wie der Reporter von der Bild-Zeitung hieß, mit dem Roy Clark bisher verhandelt hatte. Das half jetzt nichts. Er sagte: »Grundmann, Bild-Zeitung.«

Einen Augenblick herrschte Stille. Dann sagte der Mann am anderen Ende: »Ich hatte eigentlich Herrn Lochner erwartet.«

Die Stimme! Das war ganz klar die heisere Stimme, die Horst beschrieben hatte. Das war Roy Clark.

»Tut mir leid«, sagte Wilhelm. »Der Herr Lochner ist heute Abend verhindert. Er hat mich gebeten, ihn zu vertreten. Das ist doch in Ordnung, oder?«

Roy Clark schien zu überlegen. »Woher weiß ich, dass Sie wirklich von der Bild-Zeitung sind?«, fragte er schließlich.

»Und woher weiß ich, dass Sie wirklich Roy Clark sind?«, konterte Wilhelm. »Wir müssen uns schon gegenseitig vertrauen.«

Der Mann zögerte kurz. »Also gut«, sagte er. »Fahren Sie nach Bederkesa. Am Ortseingangsschild liegt der nächste Hinweis.«

»Danke.«

Als Wilhelm nach draußen kam, hatte es wieder angefangen zu schneien. In einiger Entfernung stand der Mann, von dem Berger eben noch geglaubt hatte, dass er zum Klo gehen wollte. Pinkelte er jetzt auf den Parkplatz? Es war nicht klar zu erkennen, was er da machte. Berger überlegte kurz, ob er ihn ansprechen sollte, aber das würde nur einen unnötigen Aufenthalt geben. Er stieg in seinen VW und fuhr los.

Während er an einer Ampel halten musste, suchte Wilhelm Berger im Shell-Atlas den Weg nach Bederkesa. Die Sache war schwieriger, als er gedacht hatte. Er fuhr rechts ran, nahm die Lupe aus dem Handschuhfach und kalkulierte die Entfernungen. Es gab mehrere Möglichkeiten, von Bremen-Wolfskuhle nach Bederkesa zu kommen. Wenn er die neue Autobahn E 71 benutzen wollte, müsste er einen gewaltigen Umweg fahren. Zu dieser späten Tageszeit war es wahrscheinlich günstiger, mitten durch

Bremen zu fahren und dann über Osterholz-Scharmbeck. Ein Stück weit würde er dann der B 74 folgen können, aber die letzten zwanzig oder dreißig Kilometer blieben ihm nur kleine Landstraßen. Immerhin waren Teile davon als »landschaftlich schöne Strecke« gekennzeichnet. Wilhelm lachte. Mitten in der Nacht und bei leichtem Schneetreiben würde er davon nicht viel sehen können.

Wilhelm schätzte, dass er knappe zwei Stunden für die Strecke brauchen würde. Irgendwann zwischen drei und vier Uhr früh würde er dort eintreffen. Er gähnte. Wahrscheinlich hätte er doch einen Kaffee trinken sollen wie der Bremer Kollege.

Die Fahrt mitten durch Bremen war auch bei Nacht eine Herausforderung, zumal der Stadtplan im Straßenatlas nur den Teil der Innenstadt abbildete, der wirklich zentral lag, und der ihm jetzt nichts nützte. Er kannte sich nicht aus. Die letzten Male, dass er in Bremen gewesen war, lagen lange zurück, und damals war er mit der Bahn gefahren. Er verfuhr sich, fluchte, wendete, und nach ein paar weiteren Fehlern fand er endlich die B 74.

Was mochte Roy Clark jetzt machen? Wartete er schon seit Stunden in Bederkesa auf den Geldboten? Wahrscheinlich nicht. Oder war er vielleicht die ganze Zeit mit ihm zusammen in der Wolfskuhle gewesen und hatte gemeinsam mit all den Fernfahrern über den Bremer Polizisten gelacht? Nein, hatte er nicht. Schließlich hatte er ja von außen angerufen und sich dann mit dem angeblichen Bild-Journalisten verbinden lassen. Oder hatte er erst eine Weile das Spektakel mit angesehen und war dann nach draußen gegangen … – Nein, das ergab alles keinen Sinn. Roy Clark war nicht in der Wolfskuhle gewesen.

Aber wo steckte er dann? Je länger Wilhelm über die Geschichte nachdachte, desto unsinniger erschien sie ihm. Warum sollte jemand den Mann, der ihm das Geld bringen sollte, über eine so große Entfernung in die Wildnis schicken? Vielleicht lauerte er irgendwo am Straßenrand, um zu überprüfen, ob der Überbringer des Geldes wirklich allein war. Nein, auch das war unwahrscheinlich. Der Mann konnte nicht wissen, für welchen Weg der Geldbote sich entscheiden würde. Und er ging nach wie vor davon aus, dass ein gelber Motorradfahrer zum vereinbarten Treffpunkt unterwegs war. Und wenn er feststellte, dass gar kein gelber Motorradfahrer kam? – Es war müßig, darüber nachzudenken.

Er musste sich auf die Straße konzentrieren. Er musste nach Bederkesa fahren, komme was wolle, und dann fand er entweder die Nachricht von Roy Clark – oder er fand sie nicht.

Da war das Ortseingangsschild. *Bederkesa, Landkreis Wesermünde.* Wilhelm Berger fuhr rechts ran und hielt. Er leuchtete mit der Taschenlampe. Hier war nichts. Er hatte erwartet, dass die Botschaft des Erpressers an den Pfahl des Ortsschildes gebunden wäre, aber das war nicht der Fall. Es lag auch keine Tüte mit irgendeiner Nachricht im Gras unter dem Schild. Wilhelm suchte die nächstgelegenen Bäume ab. Auch dort keine Botschaft. In einen der Stämme hatte jemand vor nicht allzu langer Zeit ein Herz geritzt, aber Wilhelm ging davon aus, dass das nicht Roy Clark gewesen war.

Dies wäre jetzt ein passender Moment gewesen, die Jagd nach dem Erpresser abzubrechen. Es war sehr spät in der Nacht, er hatte die Spur verloren, und hier in Bederkesa gab es sicher ein Hotel, in dem er übernachten konnte. Berger schüttelte den Gedanken ab. Es gab verschiedene Wege nach Bederkesa, das hatte er ja selbst im Atlas gesehen. Er hätte natürlich auch über Alfstedt kommen können. Wilhelm stieg wieder ein, fuhr ins Ortszentrum und von dort in Richtung Alfstedt.

Nein, dies war auch nicht das richtige Ortsschild. Vor ihm hatte sich offenbar schon ein anderer Besucher darüber geärgert und mit einer Pistole ein kreisrundes Loch in das gelb-schwarze Schild geschossen. Wilhelm hätte nicht übel Lust, ein paar weitere Löcher in das Schild zu schießen, aber er hatte keine Pistole dabei. Er stieg in seinen Wagen und fuhr weiter.

Drangstedt. Nein, ganz offensichtlich hatte Roy Clark auch nicht vermutet, dass der Überbringer des Geldes aus Drangstedt kam. Weiter.

Fickmühlen. Wilhelm war schon fast im Nachbarort angelangt, als er begriff, dass er das Ortsschild übersehen hatte. Er hielt an, wendete und fuhr in Richtung Bederkesa zurück. Da war das Schild. Und da war noch etwas anderes. Ein kleiner Plastikbeutel mit einem roten Bändchen, das am Ortsschild befestigt war. In dem Beutel steckte ein Zettel. Wilhelm öffnete den Beutel, nahm den Zettel heraus und faltete ihn auseinander. Es war ein Blatt kariertes Papier, das ganz offensichtlich aus einem Oktavheft herausgerissen worden war. Darauf stand nur ein einziges Wort: *Odisheim.*

Diesen Ortsnamen hatte Wilhelm Berger noch nie gehört. Fickmühlen allerdings auch nicht. Berger benutzte Taschenlampe und Lupe, um im Ortsverzeichnis des Straßenatlasses nach Odisheim zu suchen. War das überhaupt ein Ort, oder war das eine Person, die so hieß? Nein, es war ein Ortsname. Seite 13 a 2. Da war es. Und gar nicht weit weg von Bederkesa. Wilhelm stieg wieder in seinen Wagen und fuhr weiter.

Er musste zurück nach Bederkesa und von dort in Richtung Norden. Er verpasste den Abzweig in Richtung Steinau, landete in Ihlienworth, bog nach rechts ab und kam dann im Zickzack über eine sehr schmale Straße nach Odisheim. Und diesmal hatte er Glück. Direkt an dieser schmalen Straße parallel zum Hadelner Kanal stand das Ortsschild. Und unter dem Ortsschild im Gras lag genau solch eine Tüte, wie er sie kurz vorher in Bederkesa gefunden hatte. Sie war leicht von Schnee bedeckt. Fast hätte er sie übersehen. *Bülkau* stand auf dem Zettel. Das Fantom schickte ihn zwei Kilometer weiter nach Norden. Ein Taxi kam ihm entgegen. Ein Taxi mit Hamburger Kennzeichen. Wahrscheinlich hatte jemand nach einem späten Theaterbesuch in Hamburg nach Hause gefahren werden wollen.

Wilhelm registrierte, dass die Abstände zwischen den einzelnen Stationen immer kürzer wurden. Er hatte keine Probleme, das Ortsschild und die nächste Nachricht in Bülkau zu finden. Aber nun wurde es schwierig. *Wegweiser nach Cadenberge.* Cadenberge lag weiter nordöstlich, etwa zehn Kilometer von Bülkau entfernt. Aber es gab mindestens drei Möglichkeiten, von Bülkau nach Cadenberge zu gelangen, und Wegweiser nach Cadenberge konnten beinahe überall stehen. Es gab mindestens sechs verschiedene Positionen, an denen ein Wegweiser nach Cadenberge sinnvoll gewesen wäre. Wilhelm überprüfte sie alle. Er fand nur zwei Wegweiser, und bei keinem davon hing oder lag eine weitere Nachricht. Die Schnitzeljagd war zu Ende.

Wilhelm Berger fand schließlich ein Hotel direkt an der B 73. Er klingelte den Nachtportier aus dem Bett, nahm sich ein Zimmer, rief seinen Sohn in Hamburg an, unterrichtete ihn von seinem Misserfolg und legte sich schlafen.

Sonnabend, 11. November 1967

Auch Horst Berger hatte in der Nacht sehr wenig Schlaf bekommen. Er hatte den Wecker wie immer auf sieben Uhr gestellt, aber der Wecker hatte vergeblich geklingelt. Wach wurde Horst erst, als sein Telefon schrillte.

Pagels war dran. »Horst, könntest du bitte mal ins Präsidium kommen?« Und bevor Horst irgendwelche Einwände vorbringen konnte, hörte er eine zweite Stimme im Hintergrund. »Sofort!« Das war der Kriminalrat.

Das klang sehr dringend. Horst beschloss, auf die Rasur zu verzichten. Er schaufelte sich mit beiden Händen kaltes Wasser ins Gesicht. Ein Blick in den Spiegel bestätigte, was er ohnehin schon wusste: Er sah aus, als hätte er die ganze Nacht durchgefeiert. Das ließ sich jetzt nicht ändern. Das Einzige, was er noch rasch ändern konnte, war, dass er eine Krawatte aus der Schublade zog. Dann lief er los.

Während er sich in der U-Bahn die Krawatte umband, beschlich ihn das Gefühl, dass er vielleicht hätte etwas besser hingucken sollen, was er sich da gegriffen hatte. Es war eine wunderschöne Seidenkrawatte mit zahlreichen bunten Vögeln vor einem dunkelroten Hintergrund. Die hatte Irmi ihm geschenkt, damals, bei ihrem ersten gemeinsamen Weihnachten. Er hatte sie selten getragen, und jetzt hatte sie einen diagonalen Knick in der Mitte, der sich auch durch intensives Glattstreichen nicht wegmassieren ließ.

»Da sind Sie ja endlich!« Ewald Petersen blickte missbilligend auf die Uhr.

»Tut mir leid«, murmelte Horst. Er registrierte, dass das ganze Kommissariat zusammengerufen worden war. Es musste sich also um etwas wirklich Ernstes handeln.

»Ich nehme an, Sie wissen, warum ich Sie hier zusammengerufen habe?«

»Unser Misserfolg gestern«, vermutete Horst.

Der Chef lachte. »Misserfolg sagen Sie dazu? Es ist eine der größten Fahndungskatastrophen, die wir in den letzten Jahren erlebt haben. Zum Glück habe ich gute Beziehungen zur Presse. Zum Glück hat mich der Bild-Redakteur Ernst Lochner heute früh angerufen und mir berichtet, was er erlebt hatte. Und das war eine Szene, wie man sie sonst nur in vollkommen unglaubwürdigen Filmklamotten zu sehen bekommt.«

»Das verstehe ich nicht«, murmelte Horst.

»Wirklich nicht? Dann werden Sie es gleich verstehen. Tatsache ist, und das hat der Herr Lochner freundlicherweise nicht nur protokolliert, sondern obendrein auch noch im Bild festgehalten. Tatsache ist, dass sich gestern Abend in der Raststätte Wolfskuhle in Bremen gleich drei Reporter der Bild-Zeitung getroffen haben, die dort angeblich mit unserem Freund Roy Clark verabredet waren. Einer dieser Reporter hatte sich als eine Art Kanarienvogel verkleidet. Das war unser Bremer Kollege Kommissar Hinze. Der zweite angebliche Bild-Reporter war ein etwas älterer Herr, der jedenfalls sofort ans Telefon geeilt ist, als Roy Clark anrief und nach dem Bild-Reporter fragte. Er hat irgendwelches dummes Zeug erzählt, worauf der Erpresser natürlich nicht hereingefallen ist. Und der dritte Mann vor Ort, das war der richtige Bild-Journalist, unser langjähriger Freund Lochner. Er hatte eine Kamera dabei und die ganze Aktion fotografiert ...«

Horst schüttelte den Kopf. »Da hat niemand Fotos gemacht.«

»Mein lieber Herr Berger, das weiß ich besser.« Ewald Petersen legte eine Reihe von Abzügen auf den Tisch. Es waren Schwarz-Weiß-Bilder. Einige der Aufnahmen zeigten den hell gekleideten Bremer Polizisten umringt von Fernfahrern. Ein weiteres Bild zeigte den zweiten angeblichen Bild-Reporter, Wilhelm Berger, Horsts Vater. Und der echte Bild-Reporter hatte es nicht versäumt, sich selbst vom Wirt fotografieren zu lassen, wie er still in der Ecke saß und die Szene beobachtete. »Kleiner Tipp für Sie«, erklärte Petersen, »Man braucht keinen Blitz, um in schlechten Lichtverhältnissen hervorragende Aufnahmen zu machen. Ein hochempfindlicher Film reicht aus. Herr Lochner verwendet *Ilford*.«

»Wer ist denn eigentlich dieser angebliche zweite Bild-Journalist?«, fragte Pagels.

Horst versuchte noch, ihn zu bremsen, aber es war zu spät. Natürlich wusste der Chef längst, wer dieser Unbekannte war. »Der Herr Lochner hat auch auf dem Parkplatz vor dem Rasthof Wolfskuhle ein paar Fotos gemacht, wie dieser Mann in seinen Wagen gestiegen ist. Sehen Sie hier.« Der Chef legte zwei weitere Abzüge auf den Tisch. Einer davon zeigte Wilhelm Berger, wie er aus der Gaststätte in Bremen herauskam. Das zweite Bild zeigte, wie er in seinen Wagen stieg. »Das Kennzeichen ist klar zu erkennen«, sagte der Chef.

»Das Kennzeichen brauchen wir nicht«, sagte Horst. »Der Mann ist mein Vater.«

Der Chef nickte. »Das habe ich natürlich gleich gewusst, als der Herr Lochner mich angerufen hat. Ich habe ihn beschworen, nicht über diesen Vorfall zu berichten. Und es gibt selbstverständlich gute Gründe, warum er darüber Stillschweigen bewahren sollte. Roy Clark weiß natürlich ebenfalls, dass bei der Übergabe des Erpressungsgeldes einiges schiefgegangen ist, aber die Einzelheiten kennt er nicht. Es muss auf jeden Fall der Eindruck aufrechterhalten werden, dass die Bundesbahn sich alle Mühe gegeben hat, die Forderungen des Erpressers zu erfüllen.«

»Es tut mir leid, dass die Geschichte so schiefgegangen ist«, sagte Horst.

»Das tut mir auch leid, Herr Berger. Deshalb noch einmal die dringende Bitte an Sie und an alle, die mit der Bearbeitung dieses Falles zu tun haben. Tun Sie nichts auf eigene Faust. Wenn der Erpresser eine Verabredung mit der Presse getroffen hat, dann nimmt die Presse diesen Termin wahr, und sonst niemand.«

»Aber die Bremer Kollegen …«

»Lieber Herr Berger, es ist mir egal, wer in dieser Angelegenheit welche Dummheiten gemacht hat. Ihre Aufgabe ist es, zu verhindern, dass irgendjemand irgendwelche Dummheiten macht, ganz gleich, ob derjenige nun in Hamburg oder in Hannover oder in Bremen sitzt. Reden Sie mit den Leuten. Überzeugen Sie sie. Ich weiß, dass Sie durchaus in der Lage sind, andere Leute zu überzeugen. Wenn es bei uns in der Kripo jemanden gibt, der in der Lage ist, einem Fisch ein Fahrrad zu verkaufen, dann sind Sie das. Nutzen Sie Ihre Fähigkeiten.«

»Ich werde mir Mühe geben«, murmelte Horst.

Der Chef schüttelte den Kopf. »Mühe allein reicht nicht«, sagte er. »Und noch etwas: Was immer Sie unternehmen, um diesen Erpresser zu stellen, ich möchte Sie ganz, ganz dringend bitten, keine Personen einzuschalten, die nicht zur Polizei gehören. Ich habe die größte Hochachtung vor Ihrem Vater und vor all den Dingen, die er in seiner aktiven Zeit geleistet hat. Bitte gönnen Sie ihm jetzt seinen wohlverdienten Ruhestand.«

»Ich habe ihn nicht zu überreden brauchen …«, widersprach Horst.

Der Chef schüttelte den Kopf. »Sie begreifen es nicht, Berger. Es hat Tote gegeben. Die Presse hat bisher nicht darüber berichtet, aber bei der Jagd auf Roy Clark sind Menschen ums Leben gekommen. Einer davon war jemand, der zu Unrecht beschuldigt wurde, der Bundesbahnerpresser zu sein. Seine Nachbarn hatten ihn angeschwärzt. Er hat einen Herzinfarkt bekommen. Ja, ich weiß, Ihr Vater ist kerngesund, und es macht ihm überhaupt nichts aus, sich die Nächte um die Ohren zu schlagen, um an irgendwelchen Abenteuern teilzunehmen. Aber das ist eine äußerst riskante Angelegenheit. Ihr Vater ist ein alter Mann. Wenn er nun bei einer solchen Aktion verletzt wird oder gar stirbt, was machen wir dann? In eine solche Situation dürfen wir ganz einfach nicht kommen.«

Horst seufzte.

»Und da ist noch ein anderer Aspekt. Mein Freund von der Bild-Zeitung hat mich gefragt, was ich dafür biete, dass er jetzt stillhält. Ich habe ihn gefragt, ob er mich erpressen will, aber das hat er natürlich verneint. Aber er hat mir zu verstehen gegeben, dass er schon gern irgendetwas Greifbares dafür bekommen würde, dass er jetzt nicht über diese sensationelle Pleite der Polizei berichtet. Ich habe ihm gesagt, dass er eine Kiste Champagner kriegt. Und ich denke, Berger, dass Sie sich an dem Champagner beteiligen werden.«

Sonntag, 12. November 1967

Horst und Irmi saßen auf dem Teppich in Irmis Wohnzimmer. Horst hatte aus der Staatsbibliothek Thermofax-Kopien des Romans *Teufel am Telephon* besorgt, und er hatte sie zusammen mit Irmi Seite für Seite durchgearbeitet, wichtige Stellen markiert und Kommentare auf normalem Schreibmaschinenpapier mit Büroklammern angeheftet, da man weder mit Bleistift noch Kugelschreiber auf dem dünnen Spezialpapier des Kopierers schreiben konnte. So sieht es aus, wenn man Detektiv spielt, dachte er. Die Ergebnisse lagen jetzt auf dem Teppich verstreut.

Irmi sagte: »Ich habe das Gefühl, dass der Autor – das heißt, eigentlich sind es ja zwei Autoren –, dass diese beiden Autoren sich ziemlich gut in ihren erfundenen Bombenleger hineingedacht haben. Der Mann hat keine sozialen Kontakte …«

»Moment«, unterbrach sie Horst. »Das würde ich nicht sagen. Da ist seine jüngere Schwester Edith, da ist seine Freundin Susie, und außerdem ist er verheiratet gewesen. Seine Frau ist gestorben.«

»Ja, aber«, widersprach Irmi. »Über die Beziehung zu seiner Frau heißt es: *Was sie verbunden hatte, war keine Liebe gewesen*. Seine Schwester betrachtet er als eine Art Arbeitssklavin. Sie führt ihm den Haushalt. Und über Susie sagt er: *Du kannst keinen Menschen lieben, nur dich selber!* – Das stimmt zwar, aber diese Charakterisierung gilt auch für Roy Clark. Und es kann gut sein, dass sie auch für den jetzigen Roy Clark gilt, unseren Bundesbahn-Erpresser. Er ist genauso gefühlskalt wie sein Vorbild.«

»Kann sein.« Horst war nicht überzeugt. »Wir wissen nichts über unseren Erpresser. Außer, dass er die Idee zu seiner Aktion in groben Zügen aus diesem alten Kriminalroman abgeleitet hat.«

»Das sagt einiges über ihn aus, Horst. *Teufel am Telephon* ist 1959 in der Bild-Zeitung abgedruckt worden. Jetzt haben wir 1967. Acht Jahre sind seitdem vergangen. Acht lange Jahre! Warum ist ihm dieser Roman nicht aus dem Kopf gegangen? Es ist kein schlechter Kriminalroman, beileibe nicht, aber er ist auch nicht so gut, dass ich nach einem Jahr noch sagen könnte, was darin vorkommt. Unser Attentäter aber weiß auch nach acht Jahren noch, dass der Held Roy Clark heißt, obwohl der Name im Titel gar nicht genannt ist.«

Horst nickte. »Da ist etwas dran«, gab er zu.

»Da ist noch viel mehr dran. Nachdem der Roy Clark – also der aus dem Roman – seine Bombe gezündet hat, geht er bei der Einforderung des erpressten Geldes nicht besonders zielstrebig vor. Es wird mehrfach gesagt, dass er viel Zeit habe. Jahre, wenn es sein müsse. Es bereitet ihm Spaß, den Kaufhausdetektiv unter Druck zu setzen und ihm immer wieder deutlich zu machen, dass er, Roy Clark, die Fäden in der Hand hält. Er spielt mit ihm. Er nimmt immer wieder Kontakt mit ihm auf. Das tut unser Bundesbahn-Erpresser auch. Er führt zahlreiche Telefonate, schreibt Erpresserbriefe an alle möglichen Leute, anstatt kurz und knapp seine Forderung zu stellen und das Geld zu kassieren.«

»Die Geldübergabe ist mehrere Male gescheitert«, wandte Horst ein. »Das war nicht seine Schuld.«

»War es das nicht? Das glaubt ihr, aber dafür gibt es keinen Beweis. Tatsache ist nur, dass euer Erpresser euch irgendwo hinbestellt hat und dann entweder nicht erschienen ist oder aber behauptet hat, es sei irgendetwas dazwischengekommen.«

»Moment mal«, sagte Horst. »Nehmen wir einfach einmal das Treffen in Bremen. Mein Vater ist da gewesen, er hat die Anweisungen des Fantoms befolgt und ist von einem Hinweis zum nächsten gefahren, bis sich schließlich die Spur verloren hat. Den nächsten Hinweis konnte er nicht finden.«

»Die nächsten Hinweis gab es gar nicht, Horst! Das war alles nur ein Spiel. Schon allein die riesige Entfernung zwischen dem ersten Treffpunkt westlich von Bremen und der ersten schriftlichen Anweisung bei Bederkesa hat keinen Sinn. Und dann kamen diese weiteren Zettel, die Wilhelm immer weiter in das Elbe-Weser-Dreieck hineingeschickt haben …«

Horst schüttelte den Kopf. »Das denkst du dir jetzt aus«, sagte er.

Irmi widersprach. »Erinnere dich an den ›Teufel am Telephon‹. Was geschieht dort? Der arme Kaufhausdetektiv wird von einer Telefonzelle zur nächsten kreuz und quer durch die Stadt geschickt. Zum Teil muss er endlos lange warten, bis der nächste Anruf kommt, der ihm das nächste Ziel angibt. Und in der letzten Telefonzelle kommt dann kein Anruf mehr. Die ganze Aktion hat nur dazu gedient, den Detektiv zu zermürben. Und genauso war es bei Wilhelms Ausflug nach Bremen und Bederkesa auch.«

»Warum hat der Erpresser dann meinen Vater nicht von einer Telefonzelle zur nächsten geschickt?«, fragte er.

»Weil es nicht geht«, erwiderte Irmi. »Zum einen gibt es auf dem flachen Land nicht genügend Telefonzellen, und zum anderen kannst du bei uns in Deutschland nicht einfach in irgendeiner Telefonzelle anrufen, wenn du die Nummer nicht kennst.«

»Aber dieser ganze Heckmeck ist doch überhaupt nicht zielführend!«

Irmi lächelte. »Jetzt kommen wir zum interessantesten Punkt der Angelegenheit. Was ist denn das Ziel unseres Erpressers? Er will das Geld haben, ja, natürlich. Aber das ist nicht alles. Er genießt es, dass er bei diesem Spiel die Fäden in der Hand hält. Er genießt es, seine Verfolger in die Irre zu führen, und er genießt es, großes Aufsehen in der Öffentlichkeit zu erregen. Er will beides. Er will das Geld und das Aufsehen. Ob er vor allen Dingen das Geld will oder vor allen Dingen das Aufsehen, das weiß ich nicht. Fest steht nur, dass er beides will. Und das ist die größte Gemeinsamkeit unseres Erpressers mit dem Roy Clark aus dem Roman in der Bild-Zeitung. Unser Fantom und der Bombenleger aus dem Roman sind wesensverwandt. Deshalb hat sich die Handlung dieser Geschichte unserem Erpresser so eingeprägt, dass er sie auch nach acht Jahren noch nicht vergessen hat.«

Horst überlegte.

Irmi sagte: »Dass das Geld für unseren Bundesbahn-Erpresser nicht allein entscheidend ist, das siehst du zum Beispiel daran, dass seine Geldforderungen von Brief zu Brief und von Anruf zu Anruf wechseln. Und es ist nicht so, dass er mit hunderttausend Mark angefangen hat und sich allmählich weiter gesteigert hat, bis er jetzt schließlich bei einer halben Million angekommen ist, sondern die Beträge gehen rauf und runter.«

Horst nickte. Die Dinge, die Irmi aufgeführt hatte, waren richtig. Und der Roman von 1959 enthielt die besten Hinweise auf die Persönlichkeit des Täters, die sie bisher bekommen hatten, viel glaubhafter als all das, was die Psychologen sich inzwischen ausgedacht hatten.

»Das tut mir leid«, sagte Wilhelm. »Das tut mir wirklich leid. Aber ich habe einfach nicht damit gerechnet, dass die Bild-Zeitung trotzdem ihren Reporter hinschickt.«

»Das konntest du nicht wissen«, erwiderte Horst. »Niemand kann dir einen Vorwurf machen. Aber ich habe eine andere Frage. Irmi und ich haben gestern Abend über den Fall diskutiert, und dabei sind wir auf eine ganz neue Idee gekommen. Hältst du es für möglich, dass unser Erpresser diese ganze Schnitzeljagd kreuz und quer durch das Elbe-Weser-Dreieck nur inszeniert hat, um uns an der Nase herumzuführen? Dass er überhaupt nicht die Absicht gehabt hat, den Reporter irgendwo zu treffen? Dass er stattdessen lediglich die Tüten mit den Anweisungen für dich an den Ortseingangsschildern deponiert hat, und dass es diesen letzten Hinweis, den du nicht gefunden hast, sowieso nie gegeben hat?«

Wilhelm überlegte. »Möglich wäre das«, sagte er. »Und wo du das sagst, da fällt mir ein, dass ich nirgendwo frische Fußspuren gesehen habe. Es hat ja geschneit den Abend, aber wenn der Erpresser kurz vor mir bei den Ortsschildern gewesen wäre, dann hätte es doch gut erkennbare Spuren geben müssen.«

»Und die waren nicht da?«

Wilhelm schüttelte den Kopf. »Zumindest sind mir keine frischen Fußspuren aufgefallen.«

»Das habe ich noch nie erlebt«, sagte Horst, »dass ein Krimineller so viel Mühe darauf verwendet, die Polizei in die Irre zu führen – für nichts. Wenn ich der Erpresser wäre, dann würde ich sehen, dass ich so schnell wie möglich das Geld kriege. Aber er, er spielt stattdessen mit uns. Ganz offensichtlich glaubt er, sich das leisten zu können. Ganz offensichtlich glaubt er, er habe alle Zeit der Welt.«

»Er täuscht sich«, erwiderte Wilhelm. »Die Zeit arbeitet gegen ihn. Hast du das Bild im Abendblatt gesehen?«

»Was für ein Bild?« Horst war noch nicht dazu gekommen, die Zeitung zu überfliegen.

»Das Bild des Erpressers. Das war jetzt in der Zeitung. Eine Zeugin hat den Mann beobachtet, wie er am 17. September eine seiner Bomben in das Schließfach im Hauptbahnhof gelegt hat, und euer Zeichner hat den Mann nach ihren Angaben gezeichnet.«

»Ach, das meinst du.« Horst hatte mit der Zeugin gesprochen. Er war sich nicht sicher, ob sie tatsächlich den Täter gesehen hatte, oder ob sie sich nur wichtigmachen wollte. Und was der Polizeizeichner zu Papier gebracht hatte, das war nicht allzu informativ. Wilfried hatte gewitzelt, nach diesem Bild könnte auch Horst der Bombenleger gewesen sein. Sie hatten gezögert, die Zeichnung an die Presse weiterzugeben, aber jetzt war es ganz offensichtlich doch passiert. »Ich verspreche mir nichts davon«, sagte Horst.

»Das ist er«, sagte Gisela. »Kein Zweifel, das ist er!« Sie hatte das Abendblatt vor sich auf dem Tisch liegen und deutete auf die Zeichnung des Bombenlegers.

Hermann, ihr dicker Begleiter, runzelte die Stirn. »Ich weiß nicht. Hatte er wirklich so wenig Haare?«

Gisela schüttelte den Kopf. »Du konzentrierst dich auf die falschen Dinge«, sagte sie. »Die Haare sind unwichtig. Guck dir mal die Augen an. Auf der Fahrt nach Helgoland, als er mich angesprochen hat, da hat er mir in die Augen gesehen. Und dies sind seine Augen, ganz klar. Und dann noch die relativ lange Nase, das schmale Gesicht, das spitz zulaufende Kinn. Das ist er.«

»Gut«, sagte der Dicke. Er hatte ein schlechtes Personengedächtnis, aber wenn Gisela sagte, der Mann auf der Zeichnung sei identisch mit dem Mann, mit dem sie gesprochen hatte, dann stimmte das wahrscheinlich.

»Die Zeit wird knapp«, sagte Gisela.

Ja, daran bestand kein Zweifel. Es wäre fatal, wenn die Polizei den Erpresser schnappte, bevor er sein Geld bekommen hatte und bevor Gisela und er es ihm abnehmen konnten. Bis jetzt hatte Hermann es nicht geschafft, den Wagen zu finden. Er war mit seinem Taxi die ganze Nacht unterwegs gewesen. Er hatte ja gewusst, dass die Geldübergabe für diese Nacht geplant war. Als Taxifahrer konnte er den Polizeifunk mithören. Er war kreuz und quer durch das Elbe-Weser-Dreieck gefahren, aber das hellblaue Auto mit dem Kennzeichen aus Otterndorf hatte er nirgendwo gesehen.

Er musste seine Bemühungen verstärken. Irgendwo musste dieser Wagen doch zu finden sein. So viele hellblaue Goggomobil Coupés mit weißem Dach gab es doch gar nicht. Er würde von jetzt ab jeden Abend danach suchen. Das war zwar schlecht für sein Geschäft als Taxifahrer, aber für eine halbe Million musste man schon einmal ein paar Ausfälle in Kauf nehmen.

Dienstag, 14. November 1967

Horst und Michael hatten sich bei Nagel verabredet. Es war geradezu ein konspiratives Treffen. Michael hatte den Treffpunkt am Telefon nicht direkt genannt, sondern gesagt, sie sollten sich zwei Stunden später an der Kirchenallee treffen. Jetzt saßen sie sich an einem der

Doppeltische gegenüber. Das Lokal galt als rustikal. Das war eine freundliche Umschreibung. Und von der einfachen, bodenständigen Gastfreundschaft, von der in der Werbung die Rede war, wusste jeder ein Lied zu singen, der einmal dort gewesen war. Beide hatten ein großes Bier vor sich stehen; es war nach Feierabend.

»Schön, dass du gekommen bist«, sagte Horst.

»Ich muss mich bei dir entschuldigen«, erwiderte Michael. »Ich war außer mir. Ich hatte nicht vorgehabt, dich zu beleidigen. Das heißt, nein, das stimmt eigentlich nicht. Ich wollte dich beleidigen, aber schon in dem Moment, wo ich es getan habe, war mir klar, dass es falsch war.«

»Manche Dinge gehen schief«, erwiderte Horst. »Auch bei der Polizei. Das entschuldigt gar nichts, aber so ist es einfach. Normalerweise laufen wir nicht herum und verprügeln Studenten, und normalerweise schießen wir nur, wenn es wirklich nicht anders geht.«

»Du weißt, dass ich mich entschieden habe, überhaupt nicht zu schießen.«

Horst nahm einen kräftigen Schluck von seinem Bier. »Das akzeptiere ich.«

»Ich habe dich gesehen, bei der Feier im Audimax. Ich hatte nicht gewusst, dass du auch kommen würdest. Eigentlich wollte ich dich da schon ansprechen und mich entschuldigen, aber bei dem Gedränge nach der Veranstaltung, da war das einfach nicht möglich.«

»Das habt ihr gut gemacht«, sagte Horst. »Unter den Talaren der Muff von tausend Jahren. Es ist wahr, und es hat getroffen.« Er wusste inzwischen, dass es besser gelaufen war, als man vorher hatte vermuten können. Wegen der Störung der Feier hätten die Studenten ernsthaft in Schwierigkeiten kommen können. Aber da einer der

Professoren gerufen hatte: »Ihr gehört alle ins KZ!«, war die Sache plötzlich auf eine ganz andere Ebene gehoben worden, und auch die Presse hatte nicht unfreundlich reagiert.

»Der Professor hat sich entschuldigt«, sagte Michael.

»Ja, das hat er. Das stand in der Zeitung. Die Dinge ändern sich. Es geht nicht besonders schnell bei uns im Lande, aber es geht in die richtige Richtung. Vor längerer Zeit haben wir über das Buch von Karl Jaspers gesprochen, *Wohin treibt die Bundesrepublik?*, und du hast gesagt, sie treibt überhaupt nirgendwo hin, sie steckt noch immer fest im braunen Sumpf. Erinnerst du dich noch?«

»Ja, natürlich.«

»Das gilt so nicht mehr. Inzwischen haben wir eine große Koalition, die Sozialdemokraten sind mit an der Regierung, und allmählich fangen wir an, auch die Vergangenheit aufzuarbeiten. Die Schonzeit für die Naziverbrecher ist zu Ende. Das siehst du am deutlichsten daran, dass hier in Hamburg jetzt die Täter aus den Polizei-Bataillonen vor Gericht stehen. Ich weiß nicht, ob viel dabei herauskommt, aber allein die Tatsache, dass sich die Gerichte jetzt mit den Mördern von damals befassen, das ist ein großer Fortschritt.«

»Es hat lange gedauert«, bemerkte Michael bitter.

»Es hat zu lange gedauert. Mehr als fünfundzwanzig Jahre. Aber jetzt geschieht etwas.«

»Hoffen wir, dass es so weitergeht. Hoffen wir, dass der Osten und der Westen sich allmählich annähern, auch wenn es dafür bisher wenig Anzeichen gibt. Und hoffen wir vor allen Dingen, dass der Krieg aufhört. Der Krieg in Vietnam.«

»Der Kriegsruf!«, rief jemand hinter ihnen.

Horst und Michael fuhren zusammen.

Da stand ein junger Mann in der Uniform der Heilsarmee, ganz offensichtlich erschrocken über die Wirkung, die er erzielt hatte. »Oh, entschuldigen Sie, das wollte ich nicht. Ich wollte Sie nur um eine kleine Spende für die Heilsarmee bitten. Und vielleicht möchten Sie ein Exemplar unserer Zeitschrift …«

Michael schüttelte den Kopf. »Nein, danke. Keinen Kriegsruf für mich. Weder christlich noch sonst irgendwie. Ich will Frieden.«

»Den wollen wir auch. Und wenn Sie einen Augenblick Zeit haben, würde ich gern mit Ihnen über die Dinge reden, die wir von der Heilsarmee …«

Michael schüttelte den Kopf.

»Schade.« Der Mann ging weiter.

Michael sagte: »Das war jetzt wieder zu grob von mir!«

Horst zuckte mit den Achseln. »Es war unhöflich. Aber was erwartest du jetzt von mir? Dass ich dir Schiller zitiere? ›Schnell fertig ist die Jugend mit dem Wort!‹ Ja, das stimmt. Wallenstein sagt das. Aber Wallenstein ist nicht das Maß aller Dinge. Er sagt auch: ›Dem bösen Geist gehört die Erde, nicht dem guten.‹ Und damit hat er nicht recht. Auf keinen Fall. Damit darf er nicht recht haben.«

Gewalt

15. November 1967 - 16. Dezember 1967

Mittwoch, 15. November 1967

»Wir machen uns lächerlich«, sagte Kriminalrat Petersen.

Horst Berger schüttelte den Kopf.

»Wir haben geglaubt, jetzt kriegen wir den Mann. Es ist uns gelungen, seine Stimme aufzuzeichnen. Wir haben die Aufzeichnung dieser Stimme über Rundfunk und Fernsehen verbreitet, und wir haben einen Telefonanschluss eingerichtet, über den man das Band mit der Stimme des Erpressers jederzeit abhören kann. Das Einzige, was dieser Aufwand uns eingebracht hat, ist Hohn und Spott.«

»Nein«, widersprach Horst.

»Nein? – Na, dann hören Sie mal, was jetzt kommt.« Der Chef hatte einen Plattenspieler mitgebracht. Er schaltete das Gerät ein, legte eine Schallplatte auf. Der Tonabnehmer senkte sich an der vorgesehenen Stelle. Einen kurzen Moment lang hörte man nur das leise Kratzen der Nadel auf dem Vinyl, dann das laute Ticken eines Weckers. Wummernde Musik setzte ein, und eine Stimme ertönte:

»Die Bombe platzt um 20 Uhr. Roy Clark …«

»Was?«, fragte Roeder.

»Ist das die Stimme?«, wollte Pagels wissen.

Horst Berger schüttelte den Kopf. Das war nicht die Stimme des Erpressers, aber ziemlich ähnlich klang sie schon.

»Ein Zug entgleist und keine Spur. Roy Clark …«

Ein Scherz, dachte Horst. Das war ein Scherz. Aber er wusste nicht recht, was er davon halten sollte. Durfte man auf diese Weise mit den Taten eines gefährlichen Bombenlegers und Erpressers Scherze treiben? Vermutlich durfte man das. Wer auch immer dieses Lied produziert haben mochte, der Text war jedenfalls keine direkte Reklame für den Verbrecher.

»Und wer weiß, wo es morgen wieder tickt,
Wenn er den nächsten Zug zur Hölle schickt?«

»Kann man nicht verbieten, dass diese Schallplatte im Rundfunk abgespielt wird?«, fragte Roeder.

Der Chef schüttelte den Kopf. »Ich habe mit unseren Juristen gesprochen. Es gibt keine Handhabe. Wenn wir versuchen, die Schallplatte zu verbieten, tragen wir nur dazu bei, dass am Ende jeder dieses Lied kennt. Wir haben eine freie Presse, und der NWDR muss selbstverständlich selbst entscheiden, was er sendet und was nicht.«

»Wer ist der Sänger?«, fragte Pagels.

»Das wissen wir nicht. Auf der Schallplatte steht der Name Hektor von Usedom. Aber das ist natürlich ein Pseudonym. Wir haben bei der Plattenfirma angerufen, aber dort konnte man uns auch nicht weiterhelfen. Der Sänger, so hieß es, sei tatsächlich dieser Hektor von Usedom.«

»Das ist Quatsch«, sagte Pagels.

»Und die Plattenfirma?«, wollte Roeder wissen. »Das kann doch gar keine seriöse Firma sein!«

»Seriös oder nicht, das kann ich nicht entscheiden. Metronome. Fest steht, dass die Firma in Schweden sitzt, und sie hat Zweigniederlassungen in Dänemark und bei uns. Sie produzieren Jazz und Schlager, und zum Beispiel auch die Schallplatten von Siw Malmkvist, falls Ihnen das etwas sagt.«

»*Liebeskummer lohnt sich nicht*«, wusste Horst.

»Genau. Es ist immer gut, wenn man Abiturienten zur Hand hat, die man bei solchen Dingen fragen kann«, spottete der Kriminalrat.

Horst ärgerte sich. Dabei war er sich ziemlich sicher, dass der Chef ebenfalls sein Abitur hatte. Und Roeder? Der wahrscheinlich auch.

»Jedenfalls sehe ich in diesem Song nicht so sehr eine Verherrlichung dieses Bundesbahn-Erpressers, sondern ein Spottlied auf die Polizei. Dagegen kann man nur erfolgreich vorgehen, indem man selbst Erfolg hat. In dem Augenblick, wo dieser Roy Clark hinter Schloss und Riegel setzt, wird niemand mehr dieses Lied spielen. Und ab dem Augenblick, wo wir die Banklady verhaftet haben, gibt es auch keinen Anlass mehr, die Arbeit der Polizei zu verspotten.«

»Wir tun unser Möglichstes!«, versicherte Roeder.

»Das weiß ich«, gab der Chef zu. »Aber wenn das Mögliche nicht mehr ausreicht, dann müssen wir eben das Unmögliche tun. Fangen Sie Roy Clark, fangen Sie die Banklady!« Er verließ den Raum und knallte die Tür zu.

»Warum ist er so nervös?«, fragte Horst.

»Er hat einen Brief gekriegt«, sagte Roeder. »Trudchen hat das erzählt. Das Fantom hat ihn persönlich angegriffen.«

»Per Brief?«, fragte Pagels.

»Ja. Sinngemäß stand da drin: ›Sie und all Ihre Leute haben wohl grad das Zeug, ein paar kleine Kaufhausdiebe zu fassen, aber nicht Roy Clark!‹ Zum Glück weiß die Presse nichts davon.«

Donnerstag, 16. November 1967

Horst Berger hatte nach diesem Rüffel sofort eine weitere Sitzung der Sonderkommission einberufen.

»Unmögliches erledigen wir sofort …«, hatte Wilfried gespottet.

Bei der Sitzung zeigte sich sehr rasch, dass Wunder in der Tat etwas länger dauerten. Die Abstimmung der beteiligten Polizeibehörden verlief weiterhin zäh. Der Hamburger Polizeipräsident hörte sich die Diskussion eine Weile an, schließlich stand er auf und bat um Ruhe. »Wir haben jetzt alle möglichen Argumente gehört«, sagte er. »Dabei ist vor allen Dingen herausgekommen, dass wir alle am gleichen Strang ziehen müssen. In einem Fall von solcher Tragweite ist es erforderlich, dass einer bestimmt, in welche Richtung gezogen wird. Da der Schwerpunkt der Anschläge auf Bundesbahneinrichtungen bisher in und um Hamburg gelegen hat, halte ich es für angebracht, dass unsere Kriminalpolizei die Führung übernimmt.«

Der niedersächsische Kollege schüttelte den Kopf. »Bederkesa«, sagte er. »Das ist nur einer der Orte, die in Niedersachsen liegen, und die von Hamburg aus nur mit großem Zeitaufwand erreichbar sind. Ich halte es nicht für vertretbar, dass in einem solchen Fall, wo der Bote mit dem Geld weit über hundert Kilometer fahren muss, alles zentral von Hamburg aus geregelt wird.«

Der Polizeipräsident schüttelte den Kopf. »Da haben Sie mich missverstanden«, sagte er. »Der Bote mit dem Geld muss von dort losfahren, wo es der Erpresser will. Das kann Bremen sein oder Bremerhaven, oder das kann Hamburg sein. An und für sich ist Hamburg der logische Ausgangspunkt. In Hamburg sitzt die Bundesbahndirektion, an die sich der Erpresser gewandt hat. In Hamburg sitzt auch die Bild-Zeitung, mit der er gelegentlich korrespondiert. Und viele seiner Briefe sind bei der Polizei in Hamburg eingegangen. Wenn er verlangt, dass der Geldbote vom Hamburger Hauptbahnhof aus starten soll, dann tun wir das. Sie haben recht, dass er von dort aus je nach Verkehrslage wahrscheinlich zwei oder vielleicht sogar drei Stunden braucht, bis er in der Gegend von Bederkesa eintrifft. Aber diese Zeit lassen wir nicht ungenutzt verstreichen. Diese Zeit nutzen wir, um alle verfügbaren Polizeikräfte aus dem nordwestlichen Niedersachsen und aus Bremen und Bremerhaven so zu verteilen, dass wir das Gebiet so engmaschig wie möglich überwachen können.«

»Funkgeräte wären nicht schlecht!«, rief einer der Teilnehmer aus dem Hintergrund.

»Ja, natürlich. Leider ist es noch immer so, dass die Polizei in den ländlichen Gebieten froh sein muss, wenn sie überhaupt über ein Dienstfahrzeug verfügt. Funkgeräte haben wir nicht in ausreichender Menge. Wir werden uns daher im Wesentlichen darauf beschränken müssen, uns versteckt aufzubauen und alles zu registrieren, was uns auffällt. Lediglich der Mann mit dem Geld kann sich aktiv darum bemühen, den Täter festzunehmen.«

»Schusswaffengebrauch?«

»Möglichst ohne. Aber wir alle wissen, dass das Fantom vor Gewalt nicht zurückschreckt. Dass bisher bei seinen Anschlägen niemand ums Leben gekommen ist, ist nur einem glücklichen Zufall zu verdanken. Aber denken Sie immer daran: der Mann soll festgenommen werden, nicht hingerichtet. Die Strafe, die er am Ende bekommt, verhängt das zuständige Gericht.«

Freitag, 17. November 1967

Endlich einmal hatte er Ruhe. Waltraud war zum Einkaufen, die beiden Kinder hatte er in die Badewanne gesteckt. Alexander Dobruck atmete auf. Dies war die Gelegenheit, auf die er schon seit Tagen wartete. Er nahm die silberne Schachtel vom Regal, die sein Nachbar neulich vergessen hatte. Sie hatten Monopoly gespielt, ein endloses Spiel. Alexander war von Anfang an unkonzentriert gewesen. Die starren Regeln gefielen ihm nicht. Mit zunehmendem Alkoholgenuss hatte auch die Aufmerksamkeit der anderen nachgelassen. Es wäre möglich gewesen, Waltraud, die neben ihm saß, einen Stapel der blassgelben Zweitausender zu entwenden, aber das kam für ihn nicht infrage, weder im Spiel noch im wirklichen Leben.

Nein, was ihn reizte, war etwas ganz anderes. Nicht die Regeln des Kapitalismus, an denen sich das Spiel orientierte, sondern die Regeln des wirklichen Lebens. Und da entschieden weder irgendwelche zufällig verteilten Ereigniskarten und Gemeinschaftskarten über den Lauf der Dinge noch der Besitz von Straßen, Häusern und Hotels, sondern die Entschlossenheit des Einzelnen. Und es ging nicht darum, den Westbahnhof zu kaufen, sondern es ging darum, ihn in die Luft zu sprengen.

Wie weit würde diese Explosion reichen? Würde sie die Häuser auf der Hafenstraße und auf der Seestraße ebenfalls hinwegfegen? Und das Hotel auf der Berliner Straße? Alexander, der die Häuser und Hotels willkürlich verteilt hatte, wischte sie mit einer Handbewegung vom Spielbrett. So, jetzt sah die Lage schon ganz anders aus. Wenn er jetzt seine Figur auf die Rundwanderung schickte, dann brauchte er keine Miete mehr zu bezahlen, jedenfalls nicht für Häuser und Hotels, dann hatte er freie Bahn. Ärgerlich blieb nur die Steuer. Aber wie man es drehte und wendete, gegen die Steuer konnte man nicht an. Das war der Staat. Den musste man als gegeben hinnehmen.

Natürlich gab es nicht nur das Element der Zerstörung. Es gab auch den Aufbau. Und wer entschlossen genug war, der konnte sein eigenes Leben bestimmen. Er konnte Geld kassieren, immer wieder neu, aber das reichte nicht aus. Er konnte seine Fantasie ausleben. Er konnte Dinge schaffen, die es bisher überhaupt noch nicht gab. Das war in den starren Regeln des Spiels nicht vorgesehen. Da gab es nur diesen Kerl, der mit erhobenem Zeigefinger in der Ecke des Spielfeldes saß und rief: »Gehe in das Gefängnis!« Im wirklichen Leben befand sich in dieser Ecke das Patentamt, das einem seine Erfindung patentierte und ihm von nun an dauerhaften Reichtum bescherte. Alexander riss einen Zettel von dem Block ab, auf dem sonst Waltraud ihre Einkaufsliste notierte, und er schrieb darauf mit großen Druckbuchstaben: PATENTAMT.

Wohin jetzt damit? Er hatte ursprünglich das Gefängnis durch das Patentamt ersetzen wollen, aber das wäre nicht richtig gewesen. Das Gefängnis existierte auch im wirklichen Leben, und es war eine reale Bedrohung, mit der man rechnen musste. Nein, realistischer wäre es, das Patentamt in der linken, oberen Ecke anzusiedeln. *Frei Parken* stand da. Das war natürlich völliger Blödsinn. Im wirklichen Leben konnte man nirgendwo frei parken. Nichts war umsonst, kein Gegenstand und keine Dienstleistung. Man musste für alles bezahlen.

Im Badezimmer gab es Tumult. Die Jungs stritten sich wegen irgendetwas. Der Kleine zeterte, der Große schrie ihn an. Das konnte Alexander jetzt nicht gebrauchen. »Ruhe da!«, brüllte er. Er schlug mit der Faust auf den Tisch, sein Setzer rollte über die Kante. Ärgerlich bückte er sich und hob ihn wieder auf. Im Badezimmer war es jetzt ruhig.

Vielleicht sollte er das Spiel besser einpacken. Waltraud wäre ärgerlich, wenn sie zurückkam und entdeckte, dass er allein Monopoly spielte, anstatt sich um die Kinder zu kümmern. Er sah auf die Uhr. Noch konnte Waltraud nicht zurück sein, oder? Egal, eine Runde würde er noch spielen. Er warf die Würfel, einen Pasch, würfelte noch einmal, und dann rückte er vor bis zum Nordbahnhof. Zong, die nächste Bombe! Häuser und Hotels flogen durch die Luft, wieder stritten die Kinder im Badezimmer, und in diesem Augenblick kam Waltraud zur Tür herein.

»Was ist denn hier los?«

Alexander wusste nicht, was er sagen sollte. Es gab einfach keine Erklärung dafür, dass er hier allein Monopoly gespielt hatte und noch dazu auf eine so wilde, hemmungslose Weise, dass die Figuren auf dem Tisch und auf dem Fußboden verstreut waren.

»Und was ist mit den Kindern? Warum schreit jetzt der Kleine?«

Wortlos verließ Alexander die Küche. Und dann sah er die Bescherung. Der Große hatte in die Wanne gekackt. In grenzenloser Wut packte Alexander Dobruck seinen Sohn und schmiss ihn quer durch die Küche in Richtung Waltraud: »Da hast du deinen Balg!«

Waltraud versuchte, das Kind aufzufangen; es gelang ihr nur halb. Sie brüllte ihren Mann an: »Bist du jetzt vollkommen wahnsinnig geworden?«

Alexander antwortete nicht. Was hätte er auch sagen sollen? Er warf seiner Frau einen wütenden Blick zu und verließ das Haus.

»Es ist nicht viel passiert«, sagte der Doktor. Waltraud hatte die beiden Kinder geschnappt, sie in ihre Trainingsanzüge gesteckt und war sofort mit ihnen zum Arzt gelaufen. Der hatte den Großen untersucht und keine bleibenden Schäden festgestellt.

»Er hat ihn quer durch die Küche geschmissen!« Waltraud war noch immer außer sich.

»Das geht nicht«, sagte der Doktor bestimmt. »So was darf er niemals wieder tun. Sie haben alle Glück gehabt. Ein paar blaue Flecken hat das Kind abgekriegt, aber die sind in ein paar Tagen wieder weg.«

»Ich dachte, er bricht ihm alle Knochen!«

»Bei einem so kleinen Kind ist der Vorteil, dass es gar nicht weiß, was mit ihm passiert. Es ist völlig entspannt, wenn es durch die Luft fliegt, und daher landet es auch ziemlich sanft. Wenn Ihr Mann Sie durch die Luft geschmissen hätte, sähe die Geschichte ganz anders aus.«

»Ja.« Sie zog ihren Sohn wieder an. Der hatte inzwischen aufgehört zu weinen.

»Ist Ihr Mann schon öfter gewalttätig geworden?«

Waltraud Dobruck antwortete nicht. Sie konzentrierte sich darauf, ihrem Sohn die Stiefel zuzubinden.

»Frau Dobruck?«

»Nein. – Nein, eigentlich tut er so was nicht.« Sie sah den Arzt nicht an.

Der sagte: »Eigentlich?«

Keine Antwort.

»Schlägt er Sie?«

Keine Antwort.

»Frau Dobruck, darf ich Sie einmal untersuchen?«

»Nein.«

Der Arzt seufzte. Er sagte: »Sie müssen wissen, was Sie tun. Aber eines steht fest: So ein Ereignis wie dieses darf sich nicht wiederholen. Das Kind hätte tot sein können. Dass nicht mehr passiert ist, das ist einfach nur ein glücklicher Zufall. Machen Sie Ihrem Mann das bitte klar.«

Freitag, 24. November 1967

Susanne war nervös. Sie ging im Wohnzimmer auf und ab und wartete auf den angekündigten Anruf ihres Halbbruders. Das Hamburger Abendblatt hatte geschrieben: Der Sieg in der blutigen Schlacht von Dak To im Hochland von Südvietnam hatte in Washington Optimismus ausgelöst. Bei Susanne nicht. Ihr Halbbruder lag im Lazarett.

Endlich klingelte das Telefon. Susanne nahm den Hörer ab. »Susanne Berger.«

»Hallo, Susanne!« Es rauschte und knackte in der Leitung, aber am anderen Ende war tatsächlich George.

»Wie geht es dir?«

»Großartig«, behauptete George. »Nein, das ist vielleicht übertrieben. Aber es geht mir nicht schlecht, wirklich. Und hier im Lazarett kann mir überhaupt nichts passieren.«

»Hast du Medikamente bekommen?«, fragte Susanne vorsichtig.

»Ja, natürlich. Ich habe keine Schmerzen. Jetzt nicht mehr. Es war höllisch, als es passiert ist. Vor einer Woche war das. Eine von diesen Fallen. *Booby Traps*. In dem Augenblick, als ich mit dem Fuß ins Leere trat, da wusste ich: Das war's. Eine Fallgrube, knapp drei Fuß tief, mit angespitzten und im Feuer gehärteten Bambusstöcken. *Punji Sticks*. Es gibt verschiedene Varianten. Dies war die einfachere Version nur mit senkrecht aufgestellten Spießen. Meine Kameraden haben mich da rausgezogen, dann kam der Hubschrauber, und der hat mich ins Lazarett gebracht.«

»Und jetzt? Was wird aus deinem Fuß?«

»Der kommt wieder in Ordnung. Natürlich nicht völlig in Ordnung, das geht ja nicht, wenn er an so vielen Stellen durchbohrt worden ist, aber ziemlich in Ordnung. Das Wichtigste war erst mal die Desinfektion und die antibakterielle Behandlung. Diese Stöcke werden mit Scheiße eingeschmiert, und wenn man nicht aufpasst, dann gibt es sehr hässliche Entzündungen. Aber hier im Lazarett kennen sie diese Dinge. Noch zwei Wochen, haben sie gesagt, und dann bin ich wieder einsatzfähig.«

Susanne schwieg. Sein Optimismus war ihr unheimlich. War das eine Folge der Medikamente?

»Susanne?«, fragte George.

»Werden wir abgehört?«, fragte Susanne.

»Abgehört? Nein, das glaube ich nicht. Warum sollte uns jemand abhören?«

»Also gut. George, ich sehe die Sache so. Du weißt, dass ich von Anfang an dagegen gewesen bin, dass du in diesen Krieg gezogen bist …«

»Ich bin einberufen worden.«

»Wie auch immer. Diese Verletzung jetzt, das ist vielleicht ein Wink des Schicksals. Eine letzte Warnung. Wenn ich etwas tun soll …«

»Nein«, unterbrach sie George. »Das ist lieb von dir, aber das brauchst du nicht. Ich kann doch meine Kameraden jetzt nicht im Stich lassen. Die Lage ist schwierig, das weißt du wahrscheinlich aus der Presse.«

»Die Presse schreibt, General Westmoreland sei optimistisch«, sagte Susanne. »Der Gegner sei bankrott. Das Ende sei sichtbar.« Sie konnte den Hohn nicht ganz aus ihrer Stimme heraushalten. Westmoreland war der Oberbefehlshaber. Dass er Optimismus heuchelte, verstand sich von selbst.

»Er lügt«, sagte George knapp.

»George, soll ich nicht doch …«

»Nein, wirklich nicht. Ich muss da durch. Ich pass schon auf mich auf. – Ich glaube, jetzt sollten wir besser aufhören. So ein Ferngespräch, das kostet ja schließlich ein Vermögen. Wir sehen uns bald. Nächstes Jahr irgendwann. Bis dann, Susanne!« Er beendete das Gespräch.

Verdammter Narr, dachte Susanne. Sie weinte.

»Danke«, sagte George. Er gab den Hörer dem jungen Sanitäter zurück, der ihm beim Telefonieren geholfen hatte. Er konnte nicht selbst telefonieren. Dass er nicht nur den Fuß, sondern auch die rechte Hand schwer verletzt hatte, hatte er Susanne nicht erzählt. Er war vorwärts gestürzt, mit der Hand in die nächste Falle. Aber alles würde heil werden; er war auf dem Weg der Besserung.

Was ihn bedrückte, war nicht die Verletzung, sondern seine Unfähigkeit, mit Susanne über alles zu sprechen. Sie meinte es gut mit ihm, aber das allein reichte nicht aus, um die Brücke zwischen ihnen wiederherzustellen, die ihr ganzes Leben lang bestanden hatte. In der Schule, im Studium. Erst indem er der Einberufung gefolgt war, hatte er sich von ihr fortbewegt, in eine Welt, die sie nicht verstand. Aus den Briefen, die sie einander geschickt hatten, war das nicht deutlich geworden. Erst als sie ihn in Saigon besucht hatte, da war ihm klar geworden, dass sie niemals begreifen würde, warum er noch immer hier war. Eigentlich wusste er es selber nicht.

Aber fest stand, dass er sich entschieden hatte, dass er eine Verantwortung für sein Land übernommen hatte, und die konnte er nicht einfach zurückgeben. Jedenfalls redete er sich das ein.

Im nächsten Augenblick dachte er: Was bist du für ein Narr! Und was tust du für schreckliche Dinge. Das Kind, das er erschossen hatte. Im Halbdunkel einer Bambushütte. Eine Bewegung hinter ihm, er hatte sofort reagiert. Als er sah, wer da hinter ihm gestanden hatte, war der kleine Junge schon tot. Susanne würde ihn verachten, wenn sie das wüsste. Aber das durfte sie nie erfahren. Es reichte schon aus, wenn er sich selbst verachtete.

Mittwoch, 29. November 1967

Der Redakteur Lochner von Bild Hamburg rief an. »Ich habe wieder einen Brief gekriegt«, sagte er. »Einen Brief von unserem Freund Roy Clark. War heute Morgen in der Post.«

»Und was schreibt er?«, fragte Horst Berger.

»Das Übliche. Er weist noch einmal darauf hin, dass es demnächst einen ganz großen Knall gäbe, wenn er nicht endlich sein Geld bekäme. Die einzige Veränderung gegenüber seinen bisherigen Botschaften besteht in der Summe. Er verlangt diesmal wieder eine halbe Million.«

»Er wird nervös«, sagte Horst. Am 8. Oktober hatte das Fantom siebenhunderttausend gefordert, am 15. Oktober dreihunderttausend, am 23. Oktober fünfhunderttausend, am 5. November siebenhunderttausend und jetzt wieder fünfhunderttausend Mark.

»Er wird misstrauischer«, widersprach der Journalist. »Er ruft nicht mehr an. Er geht ganz offensichtlich davon aus, dass inzwischen alle Anschlüsse überwacht werden. Statt zu telefonieren, schickt er jetzt Briefe.«

»Woher kommt der Brief?«

»Stade. Der Brief ist abgestempelt in Stade.«

»Würden Sie bitte den Brief direkt an uns weiterleiten?«

»Ist schon unterwegs, Herr Berger. Unser Bote müsste in den nächsten Minuten bei Ihnen eintreffen.«

»Danke, Herr Lochner, das ist ganz hervorragend.« Horst Berger legte den Hörer auf.

Roeder legte den Bleistift zur Seite. »Bei dir tut sich jedenfalls etwas«, sagte er. »Meine Banklady hat sich zur Ruhe gesetzt.« Das Kreuzworträtsel der Bild-Zeitung war inzwischen halb ausgefüllt.

»Das ist eine trügerische Ruhe«, widersprach Horst. »Irgendwann ist das Geld aufgebraucht, das sie erbeutet hat, und dann braucht sie neues. Und der Dezember ist ein guter Monat für Banküberfälle. Da sind die Kassen reichlich gefüllt.«

»Wir werden sehen. – Was ist denn ein Kosewort für Großmutter?«

»Drache«, schlug Pagels vor.

»Nein, das geht nicht. Das Wort soll nur drei Buchstaben haben.«

Horst wandte sich wieder den Dingen zu, die im Moment wichtiger waren. Das Fantom unternahm große Anstrengungen, seine Spuren zu verwischen. Der letzte Brief an die Bundesbahn war in Bremerhaven abgestempelt. Wenn man alle Orte, von denen der Mann Briefe geschickt hatte und an denen er auf andere Weise aktiv gewesen war, auf einer Landkarte zusammentrug, dann ergab sich ein deutlicher Schwerpunkt im Bereich des Elbe-Weser-Dreiecks. Die meisten Anschläge hatte der Mann zwar in Hamburg verübt, aber Horst Berger glaubte nicht, dass er in Hamburg wohnte. Auch nicht in Bremen. Die Reihe der Orte führte von den beiden Hansestädten weg. Alle größeren Orte hatte er einbezogen. Bis auf einen: Bremervörde. Saß der Erpresser in Bremervörde?

Horst starrte auf die Landkarte. Nein, das war jetzt voreilig geschlossen. Es gab viele Hinweise, aber sie verrieten nicht, wo der Erpresser wohnte.

Montag, 4. Dezember 1967

»Das ist es«, sagte Wilfried Pagels. »Das ist es, worauf wir die ganze Zeit gewartet haben.« Es klang spöttisch. Auf dem Schreibtisch lag die neueste Ausgabe der *Neuen Revue.*

»Was meinst du damit?«, fragte Horst Berger ungnädig. Er hatte schlecht geschlafen und war eine Viertelstunde zu spät zum Dienst gekommen. Die Titelseite der *Neuen Revue* zeigte eine vollbusige, junge Frau im gelben Bikini. Daneben die Schlagzeile: *Großer Bildbericht. Enzian-Mordprozess: die Frau zwischen Gier und Gift.* Die abgebildete Schönheit sah weder nach Gier noch nach Gift aus. Sie hatte offenbar nichts mit dem Mordprozess zu tun.

»Wo guckst du denn hin?«, sagte Pagels. »Nein, nicht das hier!« Er schlug die Illustrierte auf, suchte nach dem Inhaltsverzeichnis.

Horst las über Kopf: *Ihre Ehe hielt nicht: nach der Hochzeit war Heidi Dichters Scheich gar nicht mehr liebevoll.* Und: *Die Hormone in der Pille können Krebs verhindern.* Das versetzte ihm einen Stich. Er dachte an seinen Vater.

Pagels hatte inzwischen das Inhaltsverzeichnis gefunden. »Seite 48«, sagte er. Er schlug die entsprechende

Seite auf, und da war es. »*Zwei Küsse zu wenig*. Der neue Roman«, erläuterte Pagels. Er deutete auf den Begleittext.

»Herrschafte, in einer halbe Stund' fliegt der Hauptbahnhof in d' Luft!« – Der Bundesbahnattentäter legt Bomben aus enttäuschter Liebe. Warum stoßen ihn die Frauen zurück? – Jetzt greifen Star-Detektiv Bob Martin und seine Assistentin Ellen Kennt ein und jagen den unheimlichen Bombenleger.

»Das kann doch nicht wahr sein!« Horst war fassungslos.

»Warum nicht? Sei ehrlich, Horst, bisher haben wir keine Ahnung, warum das Fantom seine Bomben legt. Es geht um Erpressung, sagen wir. Es geht um Geld, ja, das glauben wir zu wissen. Aber kann das wirklich alles sein? Enttäuschte Liebe wäre schon ein starkes Motiv.«

»Blödsinn!«

»Nein, nein, so einfach kannst du das nicht von der Hand weisen, Horst! Lies den Text, dann weißt du jedenfalls, wovon du redest. *Zwei Küsse zu wenig* heißt der Roman. Der Mann hat eine verkrüppelte rechte Hand, eine unheimliche Kralle, die er mit einem schwarzen Handschuh tarnt. Die Frauen mögen so was nicht …«

»Ich bitte dich, Pagels!«

»Um ehrlich zu sein, es würde mich auch ein kleines bisschen abstoßen. Jedenfalls ruft er gleich nach der neuesten Zurückweisung von einer Telefonzelle aus bei der Bundesbahn an und sagt: ›*Herrschaffte! Hier spricht der Schatten! Ihr habt mir immer noch nich meine dreihunderttausend Mark bezahlt. Dafür fliegt gleich der Hauptbahnhof in die Luft!*‹ Der Hamburger Hauptbahnhof natürlich. Zum Glück sind die beiden Detektive rechtzeitig vor Ort, aber sie merken nicht, dass aus einem der Schließfächer ein unheimliches Ticken zu hören ist. Es ist. 23:00

Uhr. Und genau in diesem Augenblick, auf die Sekunde genau, passiert es …«

»Was passiert?«, fragte Horst Berger.

Pagels zuckte mit den Achseln. »Das weiß ich nicht. Genau an dieser Stelle endet die Geschichte. Fortsetzung in der nächsten Ausgabe der Neuen Revue. Vielleicht gelingt es den beiden Detektiven ja, die Bombe rechtzeitig zu entschärfen. Auf der Illustration sieht man jedenfalls, wie dieser Bob Martin die Bombe in der Hand hält. Sie sieht aus wie eine Bowlingkugel.«

Horst schüttelte nur den Kopf.

»Gib es zu, Horst, wir befinden uns in einer ziemlich schwierigen Lage. Uns bleibt nichts anderes übrig, als nach jedem Strohhalm zu greifen. Und wenn jetzt ein Romanautor die Lösung des Falles sozusagen Schwarz auf Weiß präsentiert …«

»Das ist nicht dein Ernst!«, unterbrach ihn Horst.

»Das ist mein voller Ernst. Als Roeder vorhin diese Geschichte gesehen hat, da war er sofort Feuer und Flamme. Nein, das muss ich zurücknehmen. In Wirklichkeit war er skeptisch, genau wie du und ich. Aber er hat bei der Neuen Revue im Heinrich-Bauer-Verlag angerufen und um Auskunft gebeten.«

»Hast du das nicht verhindern können?«

»Nein. Und es ist ja auch nicht so vollkommen absurd, wie du vielleicht glaubst. Dieser Autor, dieser Max Pierre Schaeffer, der ist ja nicht irgendjemand. Das ist ein renommierter Krimiautor, habe ich mir sagen lassen. Vielleicht hast du ja schon mal etwas von ihm gelesen?«

»Nein.« Horst las wenig.

»Oder du bist diesem Namen schon mal im Kino begegnet. *Vier Schlüssel*, hast du das vielleicht gesehen? Jürgen Roland hat die Regie geführt. Ein Film nach einer Romanvorlage von Max Pierre Schaeffer. Und jetzt kommt's: Die Idee zu *Vier Schlüssel* beruht auf einem wahren Fall in der Schweiz. Was sagst du jetzt?«

Horst sagte gar nichts. Er überlegte. Vielleicht war es wirklich nicht so absurd, dieser Sache auf den Grund zu gehen. »Wo steckt Roeder?«

»Beim Chef natürlich. Er will sich mit diesem Autor in Verbindung setzen, aber nicht ohne sich vorher abgesichert zu haben.«

Das Ergebnis war ernüchternd. »Er weiß nichts«, sagte Roeder. »Ich habe mit dem Mann telefoniert. Dieser Schaeffer hat sich schon einige Male mit echten Kriminalfällen beschäftigt. Und jetzt, wo der Fall dieses Bundesbahn-Erpressers sozusagen als eine Art Fortsetzungsroman direkt vor unseren Augen abläuft, da ist ihm die Idee gekommen, alles zu Papier zu bringen, was er über die Geschichte weiß. Die beiden Privatdetektive hat er natürlich frei erfunden, und auch was sonst so abläuft, entspricht nicht ganz der Wirklichkeit. Aber er baut die Fakten ein, soweit er sie kennt. Das Schließfach, in dem die Bombe liegt, hat bei ihm die Nummer 143.«

»In Wirklichkeit 134«, sagte Berger.

Roeder nickte. »Jedenfalls sagt Schaeffer, er weiß noch nicht, wie sein Roman ausgeht. Aber aus den Andeutungen, die er gemacht hat, da habe ich das Gefühl gekriegt, dass er sich schon ein Ende überlegt hat. Wenn die Wirklichkeit ihm ein noch dramatischeres Ende beschert, dann wird er wahrscheinlich darauf zurückgreifen. Wenn nicht, nimmt er das, was er hat.«

»Die Wirklichkeit ist meistens ziemlich banal«, sagte Horst.

»Das weiß er natürlich auch. Er ist ja nicht dumm. Und bezüglich der Geldübergabe hat er sich für die Möglichkeit entschieden, die eigentlich auf der Hand liegt. Der Beutel mit dem Geld soll auf ein bestimmtes Signal hin aus dem D-Zug Hamburg-Bremen abgeworfen werden.«

»Warum macht Roy Clark das nicht?«, fragte Pagels.

»Weil es in Wirklichkeit viel schwieriger ist als im Roman«, vermutete Roeder. »So ein Schnellzug fährt mit einer Geschwindigkeit von deutlich über hundert Stundenkilometern. Da gibt dann jemand ein Signal, ein Lichtzeichen wahrscheinlich. Der Geldbote wirft den Beutel mit dem Geld ab. Und wo liegt der jetzt? Irgendwo im Gras oder im Gestrüpp. Da soll ihn der Erpresser erst einmal finden. Es ist ja schließlich Nacht …«

»Warum?«, fragte Horst. »Das wissen wir doch gar nicht, dass Nacht ist. Das Geld kann man auch bei Tag übergeben.«

Mittwoch, 6. Dezember 1967

Am 6. Dezember rief Roy Clark erneut bei Bild Hamburg an. »Ozean« solle sich am Abend bereithalten.

»Was sollen wir tun?«

»Haben Sie keine weiteren Anweisungen bekommen?«, fragte Horst Berger.

»Nein. Nur das, was ich Ihnen eben gesagt habe.«

»In dem Fall bleibt uns nichts weiter übrig als abzuwarten«, versicherte Horst. »Aber rufen Sie uns bitte sofort an, wenn Sie neue Informationen haben.«

Horst Berger, Wilfried Pagels und Sigmund Roeder hielten sich bereit. Alle Vorbereitungen waren getroffen, alle Möglichkeiten durchdiskutiert. Aber weitere Nachrichten kamen nicht.

»Das Fantom führt uns an der Nase herum«, sagte Roeder.

Horst Berger hatte sich gerade einen neuen Becher Kaffee geholt, als Pagels plötzlich sagte: »Und was ist, wenn uns in Wirklichkeit die Zeitung an der Nase herumführt?«

Berger setzte seinen Becher ab. »Wie meinst du das?«

»Wenn diese Journalisten uns nun einfach nur die Hälfte ihrer Informationen mitgeteilt haben? Sie haben gesagt, der Bote solle sich am Abend bereithalten. Aber wo er sich bereithalten soll, das haben sie nicht gesagt. Wenn er sich nun einfach an einem Punkt bereithalten soll, von dem Roy Clark unterstellt, dass die Bild-Zeitung genau weiß, wo das ist?«

Horst schüttelte den Kopf. »Solch einen Punkt gibt es nicht. Bisher hat der Erpresser uns immer zu verschiedenen Orten geführt. Lüneburg, Bremen, Horneburg …«

»Der letzte Treffpunkt war der Rasthof Wolfskuhle in Bremen. Wenn das nun auch der heutige Treffpunkt sein sollte?«

Horst hielt das für unmöglich.

Roeder griff zum Telefon und ließ sich mit dem Rasthof Wolfskuhle verbinden. »Es geht um Roy Clark …«, sagte er.

Der Wirt ließ ihn gar nicht erst ausreden. »Einen Moment«, sagte er. »Ich hole ihn eben ans Telefon!«

Roeder war verblüfft. »Aber …«

Horst Berger stellte das Telefon auf laut. Die Stimme des Wirts schallte aus dem Lautsprecher: »Alle mal herhören! Hier ist ein Anruf für Roy Clark! Wenn Roy Clark mal bitte ans Telefon kommen würde …« Im Hintergrund Gelächter. Nach kurzer Pause rief jemand: »Ja, hier, ich bin das! Gib mal her, den Hörer …!« Ein anderer unterbrach ihn: »Nein, ich bin Roy Clark, das Gespräch ist für mich!« Die Menge johlte.

Roeder lachte nicht mit. Er sagte: »Hören Sie bitte zu. Nach unseren Informationen ist es möglich, dass der Mann, der sich Roy Clark nennt, heute noch einmal bei Ihnen im Rasthof anruft. Würden Sie uns dann bitte sofort informieren?«

»Ja, klar, das ist doch selbstverständlich.« Und dann, an die fröhliche Runde im Hintergrund gerichtet: »Seid mal ruhig. Das ist die Polizei, die ich hier am Telefon habe. Mit der macht man keine Scherze. Also seid mal einen Augenblick ernst. Die Polizei sagt: Alle Roy Clarks, die jetzt hier sind, die sollen nachher noch einmal hier in der Gaststätte anrufen, und dann soll ich der Polizei Bescheid sagen, dass Roy Clark hier bei mir angerufen hat …«

Selbst Roeder begriff jetzt, dass sein Vorstoß zu nichts führte.

In Bremen hatte inzwischen die Stimmung ihren Höhepunkt erreicht. Jemand hatte Geld in die Musikbox gesteckt, eine Uhr tickte, und dann dröhnte die Stimme des unbekannten Sängers der Metronome-Schallplatte in voller Lautstärke durch den Raum: *»Die Bombe platzt um 20:00 Uhr. Roy Clark …«*

Roeder legte den Hörer auf.

Die Zeit verstrich. Nichts geschah. Um 20:15 Uhr rief Horst Berger noch einmal bei der Redaktion der Bild-Zeitung an. Nein, es gab keine neuen Nachrichten.

Horst sagte zu seinen Kollegen: »Ich glaube, es hat keinen Sinn, dass ihr hier noch länger wartet. Wahrscheinlich kommt der Erpresser nicht bei diesem Wetter.«

Draußen schneite es. Roeder zog schon seinen Mantel an.

Pagels rief zur Sicherheit noch einmal beim Deutschen Wetterdienst an. »Im Westen ist noch mehr Schnee als bei uns«, sagte er. »In Bederkesa ungefähr sieben Zentimeter.«

»Geht nach Hause«, sagte Horst. »Ich bleibe noch eine Weile hier. Für alle Fälle. Aber ich bin mir sicher, dass heute nichts mehr passiert.«

Er sollte recht behalten.

Donnerstag, 7. Dezember 1967

Der nächste Anruf von Roy Clark. Der Erpresser meldete sich beim Bild-Redakteur Lochner und kündigte weitere Sprengstoffanschläge an, wenn man ihm nicht umgehend siebenhunderttausend D-Mark übergeben würde. Der Motorradfahrer mit dem Geld solle sich für den nächsten Tag bereithalten und auf weitere Anweisungen warten.

Freitag, 8. Dezember 1967

Die Polizei hielt sich ebenfalls bereit. Am 8. Dezember hatten sich Horst Berger, Pagels und mehrere Fernmeldetechniker der Kriminalpolizei seit dem frühen Morgen in der Wohnung von Ernst Lochner versammelt. Die Fangschaltung war installiert. Sie würde innerhalb von Sekundenbruchteilen anspringen.

»Wir brauchen also nicht mehr den Anrufer längere Zeit am Telefon festzuhalten?«, fragte Horst zur Sicherheit noch einmal nach.

»Nein. Sie geben mir das Zeichen, dass der Erpresser am Telefon ist. Ich gebe über den zweiten Anschluss durch, dass die Fangschaltung aktiviert wird. Das bewirkt, dass die elektromechanischen Elemente nicht wieder in ihre Ruhestellung zurückfallen, sondern dass die Nummer des Anrufers gespeichert wird. Dann dauert es ein paar Minuten, bis wir genau wissen, von welchem Apparat aus angerufen worden ist.«

»Fein«, sagte Horst. Dabei war es vermutlich sinnlos. Wenn sie gewusst hätten, dass der Anruf aus Hamburg käme, hätten sie eine gewisse Chance gehabt, den Mann in seiner Telefonzelle zu erwischen. Wenn der Anruf aber von irgendwo in Niedersachsen kam, dann war die Chance gleich Null. Aber immerhin würden sie einen weiteren Punkt auf der Landkarte bekommen. Einen weiteren Punkt, an dem sich der Erpresser zu einem bestimmten Zeitpunkt aufgehalten hatte.

Ihre Geduld wurde auf eine harte Probe gestellt. Lochner hatte in der Redaktion bekanntgegeben, dass er aus ermittlungstechnischen Gründen heute nicht in seiner Wohnung angerufen werden wollte. Um 11:37 Uhr klingelte das Telefon zum ersten Mal. Der Journalist ging ran. Der Fernmeldetechniker signalisierte mit einem Handzeichen, dass er bereit sei.

»Lochner?«

Einen Augenblick lang passierte gar nichts. Jemand atmete. Schließlich eine Stimme: »Oh, falsch verbunden!« Dann wurde die Verbindung unterbrochen.

»War er das?«, fragte Pagels.

Der Journalist schüttelte den Kopf. »Eine Frau«, sagte er. »Der Stimme nach eine ziemlich alte Frau. Nein, das war nicht Roy Clark.«

Die Zeit verstrich. Pagels wurde losgeschickt zum Bäcker, um belegte Brötchen zu holen. Der Journalist spendierte Apfelsaft von Vorlo.

»Ein Kaffee wäre jetzt nicht schlecht«, brummte Pagels.

Aber der Bild-Redakteur war Teetrinker. »Wir können aus der Bäckerei Kaffee holen«, schlug der Journalist vor.

Pagels schüttelte den Kopf. »Zu viel Aufwand«, entschied er.

Da es im Augenblick nichts weiter zu tun gab, nahm der Journalist ein dickes Buch aus dem Regal, das er offensichtlich bisher knapp zur Hälfte gelesen hatte. Die Stelle, bis zu der er gekommen war, hatte er durch eine umgeknickte Seite markiert. Horst stand hinter ihm. Er sah ihm über die Schulter, aber er konnte mit den Namen und Begriffen in dem Text nichts anfangen.

Lochner merkte, dass der Polizist ihn beobachtete. »*Hundert Jahre Einsamkeit*«, sagte er.

»Oh.« Horst hatte erwartet, dass der Mann seichtere Lektüre bevorzugte.

Pagels hatte einen Toto-Zettel vor sich liegen. Er kaute auf seinem Bleistift und versuchte sich vorzustellen, wie die Spiele am nächsten Wochenende ausgehen würden. Nach langem Überlegen entschied er sich für einen Sieg der Auswärtsmannschaft. Der Fernmeldetechniker schüttelte den Kopf.

Auch für Alexander Dobruck schlichen die Stunden dahin. Er hatte alles vorbereitet, aber während er in seiner kleinen Werkstatt stand, kamen ihm ernste Zweifel. Was wäre, wenn alles schiefging? Was wäre, wenn die Polizei hier auftauchte und seinen Schuppen durchsuchte? Sie würden den Sprengstoff finden, und damit wäre alles klar. Was für ein Narr er doch war! Es wäre ein Leichtes gewesen, all das belastende Material in einen Rucksack zu packen und irgendwo in den Wäldern der Wingst zu deponieren, wo es niemand finden würde. Das konnte er immer noch tun. Eine reine Sicherheitsmaßnahme.

Dobruck war unentschlossen. Er öffnete die Tür und warf einen Blick nach draußen. Es hatte wieder geschneit. Nein, er konnte das Zeug nicht im Wald verstecken, nicht bei Schnee. Die Spuren würden ihn verraten. Sicher würde irgendein neugieriger Förster den Fußspuren nachgehen und den Rucksack finden. Nein, alles musste so bleiben, wie es war.

Alles musste bleiben, wie es war. Tatsächlich? Wenn er keine Veränderung wollte, dann könnte er immer noch aufhören. Er würde die Erpressung aufgeben, er würde keine Bomben mehr legen. Stattdessen würde er sich ganz auf das konzentrieren, was er wirklich schon immer gewollt hatte: seine Erfindungen. Den Senkrechtstarter. Den *senkrecht startenden und landenden Raumflugkörper*. Im Kopf wusste er schon lange, wie das Fahrzeug aussehen und wie es funktionieren sollte. Aber wenn er es zum Patent anmelden wollte, dann brauchte er saubere technische Zeichnungen und einen überzeugenden Text. Das ging nicht ohne fremde Hilfe. Da lag das Problem. Wenn er Fremde einschaltete, dann riskierte er zwangsläufig, dass ihm seine Ideen gestohlen wurden. Es war hoffnungslos.

Und wenn alles so blieb, wie es war? Keine Erfindung und auch kein Geld von der Bundesbahn? Ein friedliches Leben mit Waltraud und den Kindern? Dazu fehlte die finanzielle Grundlage. Er brauchte das Geld aus der Erpressung, um ein friedliches Leben führen zu können. Nein, er hatte keine Wahl.

Allmählich wurde es Zeit, dass er sich auf den Weg machte. Wo war die Pistole? In der Werkzeugkiste unter Nägeln und Schrauben. Er steckte sie in die Manteltasche, dann trat er nach draußen. Im Haus war kein Licht. Waltraud war noch immer nicht zurück. Sie war mit den Kindern bei ihrer Freundin. Er hatte ihr gesagt, dass es heute spät werden würde. Wieder einer dieser nächtlichen Transporte am Wochenende, hatte er behauptet. Sie hatte ihn angeguckt, gelächelt und genickt.

Es war kurz nach 18:00 Uhr, als das Telefon erneut klingelte. Horst Berger schreckte hoch. Der Journalist klappte den Márquez zu, schob das Buch zur Seite, griff zum Telefon und nahm den Hörer ab.

»Lochner?«

»Hier ist Roy Clark …«

Der Journalist gab das verabredete Handzeichen; der Fernmeldetechniker wurde aktiv.

»Was ist das Kennwort?«, fragte der Journalist.

»Ozean. Kennwort Ozean. Jetzt hören Sie gut zu: Der Kradfahrer fährt mit dem Geld nach Himmelpforten. In Himmelpforten gibt es einen Wegweiser zum Altersheim. Dort weitere Anweisungen …«

»Hören Sie!«, rief Lochner, aber der Erpresser hatte schon aufgelegt.

»Von wo hat er angerufen?«, fragte Horst.

»Gleich«, sagte der Techniker. Er war noch nicht fertig.

»Wissen Sie, wo das liegt?«, fragte Lochner?

Ja, Horst wusste, wo Himmelpforten lag. Knapp fünfzehn Kilometer westlich von Stade. An der B 73.

»Der Anruf eben ist aus Buxtehude gekommen«, meldete sich der Techniker.

Das bedeutete, dass der Erpresser dem erwarteten Geldboten sehr weit entgegengefahren war. Er würde irgendwo am Straßenrand versteckt auf den gelben Motorradfahrer warten, um zu überprüfen, ob der auch wirklich allein war, und ob ihm nicht womöglich mehrere Polizeifahrzeuge folgten.

Horst rief im Präsidium an und sagte, dass die zivilen Polizeiwagen, die sich an der Jagd auf den Erpresser beteiligen sollten, auf keinen Fall hinter dem Motorrad fahren dürften. »Sie sollen vorausfahren«, rief Berger. »Sie sollen jetzt sofort losfahren, aber nicht alle gleichzeitig, damit sie nicht auffallen …«

Pagels tippte ihm auf die Schulter. »Das sind keine Anfänger, Horst!«

Lochner hatte inzwischen beim Wetterdienst angerufen. »Da draußen liegt Neuschnee«, sagte er. »Seien Sie bloß vorsichtig. Bremervörde hat sechs Zentimeter Neuschnee gemeldet, und Windstärke acht. Kein ideales Wetter für einen Motorradausflug!«

»Wird schon gehen!«, sagte Horst.

Die Fahrt von Hamburg in Richtung Himmelpforten verlief ohne besondere Vorkommnisse. Die Polizei hatte inzwischen ein gelbes Motorrad mit Funk bereitgestellt. Horst Berger hielt die ganze Zeit Ausschau nach irgendwelchen verdächtigen Wagen, die am Straßenrand geparkt waren, aber er sah nichts Auffälliges. Auch seine Hamburger Kollegen, die mit vier zivilen Fahrzeugen unterwegs waren, sah er nicht. In einem der Wagen steckte Pagels, in einem anderen Haydn.

Das Christkinddorf stand unter dem Ortsschild von Himmelpforten, Kreis Stade. Briefe von Kindern, die an das Christkind in Himmelpforten gerichtet waren, wurden von der Post beantwortet. Aber sicher nicht jetzt. Es war schließlich Freitagabend, und da arbeitete auch das Christkind nicht. Es lag in der Tat Neuschnee, wenn auch keine sechs Zentimeter. Der heftige Wind war unangenehm.

Da vorn war schon das Dorf zu Ende. Und wo war jetzt der Wegweiser zum Altersheim? Er hatte ihn verpasst. Horst wendete und durchquerte den Ort zum zweiten Mal. Da! Auf der linken Seite, ziemlich unauffällig, da stand der Wegweiser. Direkt neben dem Schild lag eine zerknüllte Plastiktüte im Schnee. Berger bückte sich und hob die Tüte auf. Sie enthielt einen kleinen Zettel. Darauf stand mit krakeliger Schrift nur ein einziges Wort: *Lamstedt*.

Berger steckte den Zettel ein und sah sich um. Hier war niemand. Immerhin hatte er jetzt ein Funkgerät. Er meldete sich: »Bin in Himmelpforten. Nächster Stopp Lamstedt.«

»Nächster Stopp Lamstedt«, wiederholte die Zentrale.

Jeder wusste, was jetzt zu tun war. Ohne dass die einzelnen Polizeifahrzeuge das noch per Funk bestätigen mussten, nahmen sie nun ihre Positionen rings um Lamstedt ein. Ein Wagen fuhr nach Basbeck, einer nach Mittelstenahe, einer nach Armstorf und einer nach Hechthausen. Falls die Geldübergabe in Lamstedt stattfinden sollte, und falls Horst Berger den Erpresser nicht selbst überwältigen konnte, würden sie die Fluchtwege blockieren und den Täter auf diese Weise fassen. Außerdem waren noch Fahrzeuge der Kripo Stade im Einsatz. Deren genaue Position kannte Horst nicht. Sie waren auch nicht über Funk mit den Einsatzfahrzeugen der Hamburger Kripo in Verbindung.

Auch Haydn war unterwegs. Sein Fahrer hatte sich verspätet. Durch Zufall waren sie noch auf der B 73, als der gelbe Motorradfahrer heranbrauste, sie überholte und nach links abbog.

»Hinterher!«, sagte Haydn.

Sein Fahrer hatte keine Mühe, dem Motorrad zu folgen.

»Mehr Abstand!«, verlangte Haydn. Er hatte das unbestimmte Gefühl, dass es nicht im Sinne der Kollegen war, wenn sie sich direkt an den Geldboten hängten.

»Da vorne ist was«, sagte sein Fahrer.

»Was denn?« Haydn sah nichts.

»Ein Auto. Da rechts.«

In der Tat, auf der rechten Seite hielt ein hellblaues Goggomobil Coupé. Der Fahrer stand vor seinem Wagen am Straßenrand. Ganz offensichtlich hatte er angehalten, um zu pinkeln.

»Das ist er«, sagte der Polizist.

»Quatsch«, befand Haydn. Aber wahrscheinlich war es dennoch sinnvoll, den Mann zu überprüfen. Während Haydn ausstieg, um sich die Papiere des Unbekannten zeigen zu lassen, notierte sein Fahrer sich das Kennzeichen: OTT K-667.

Im Licht der Autoscheinwerfer überprüfte Haydn die Papiere. Er zog die Augenbrauen hoch, als der Mann ihm statt des grauen Personalausweises einen blassblauen Pass vorwies. Einen Fremdenpass. Haydn wusste zwar, dass es so etwas gab, aber gesehen hatte er einen solchen Pass noch nie. Er schlug das Heft auf. Der Pass war auf Alexander Bordan Dobruck ausgestellt, wohnhaft in Altenbruch.

»Der ist abgelaufen!«, stellte er fest.

»Abgelaufen?« Damit hatte der Mann ganz offensichtlich nicht gerechnet.

»Ja, gucken Sie hier. Das Datum. Der ist ungültig. Den müssen wir einbehalten.«

»Einbehalten?«

»Ja. Nun gucken Sie nicht so entsetzt. Beantragen Sie einfach morgen einen neuen Pass, und dann ist alles wieder in Ordnung.«

»Kann ich weiterfahren?«

»Ja, natürlich. – Einen schönen Abend noch!«

Die Polizisten behielten den Pass ein und fuhren weiter.

Alexander Dobruck war zutiefst erschrocken, als die Polizei seinen Pass überprüft hatte. Als die Polizisten weg waren und er weiterfahren durfte, warf er als Erstes den Schreckschussrevolver aus dem Fenster, den er für sechsundneunzig Mark in einem Waffengeschäft am Nobistor auf St. Pauli gekauft hatte. Nein, das war falsch. Jetzt nur keine Panik. Dobruck hielt an, wendete und fuhr zu der Stelle zurück, an der er den Revolver weggeworfen hatte. Mit der Taschenlampe suchte er den Straßenrand ab. Wo steckte das verdammte Ding?

Da lag es. Dobruck sah sich noch einmal um, dann bückte er sich, hob den Revolver auf und steckte ihn wieder ein. Er fuhr ein kleines Stück weiter, bis er an eine Stelle kam, an der die Straße einen breiten Graben querte. Das war der Lamstedter Kanal. Dobruck hielt an und stieg aus. Er folgte dem Kanal ein Stück weit in Richtung Norden. Noch einmal sah er sich um. Hier draußen war niemand. Er holte aus und warf die Pistole ins Wasser. Das war geschafft. Nicht auszudenken, was passiert wäre, wenn die Polizei die Waffe entdeckt hätte!

Dobruck zitterte noch immer, als er den Wagen startete und langsam in Richtung Lamstedt weiterfuhr. Hamburger Polizei war das gewesen, die ihn kontrolliert hatte. Sie waren ihm auf der Spur. Es hatte keinen Sinn, jetzt noch weiterzumachen.

Horst Berger hatte inzwischen den Beutel mit dem Hinweis auf das nächste Ziel am Ortseingangsschild Lamstedt gefunden. Er meldete sich über Funk: »Bin in Lamstedt. Nächster Stopp Ebersdorf.«

»Nächster Stopp Ebersdorf«, wiederholte die Zentrale.

Dort fand sich am angegebenen Ort der nächste Zettel mit der nächsten Ortsangabe. Berger fragte sich, über wie viele Stationen diese Fahrt noch gehen sollte. Solange das nächste Ziel das Ortsschild irgendeines Dorfes war, konnte er davon ausgehen, dass dort nicht das Paket mit dem Geld übergeben werden sollte. Das Fantom war viel zu schlau, um solch einen Punkt auszuwählen.

Die Schnitzeljagd verlief über weitere vier Stationen, und dann folgte schließlich eine Angabe, die nicht nur aus einem einzelnen Wort bestand:

Fahren Sie nach Bargkamp-Wingst. Vor der Ortschaft dann scharf links abbiegen in Richtung Balksee. Nach gut 1 km kommt ein Wildwechsel-Schild. Dort das Paket ablegen und wegfahren. Keine Tricks! Ich sehe alles.

Horst gab den Punkt per Funk an die Zentrale durch, legte das Paket im Schnee neben dem Wildwechsel ab und überlegte, was jetzt zu tun sei. Abgesehen von ein paar Chausseebäumen etwas weiter nördlich lag das Geldpaket im freien Gelände. Der Himmel war bewölkt. Wegen des Schnees war es nicht völlig dunkel. Dennoch konnte man nicht allzu viel erkennen.

»Ich sehe alles«, hatte der Erpresser behauptet, aber das war mit Sicherheit übertrieben. Das Einzige, was man über eine große Entfernung sehen würde, das war der Scheinwerfer seines Motorrades. Kurz entschlossen ließ Berger das Geldpaket in der Einöde zurück, stieg wieder auf sein Krad und fuhr nach Norden, bis er sich im Schutz der Chausseebäume befand. Dort parkte er die Maschine so, dass man sie von der Straße aus nicht sehen konnte. Dann ging er zu Fuß zurück bis zu dem letzten Busch, der ihm noch Deckung bot.

Horst glaubte nicht, dass das Fantom mit dem Auto kommen würde, um das Paket abzuholen. Wahrscheinlich würde sich der Mann zu Fuß entweder von Westen oder von Osten über die Felder anschleichen. Dann kam es darauf an, wer wen zuerst entdeckte, und wer schneller laufen konnte.

Horst ging davon aus, dass die Kollegen, wie abgesprochen, rings um den angegebenen Übergabepunkt in Deckung lagen. Sie hatten vorher verabredet, den Funkverkehr auf das unbedingt notwendige Maß zu beschränken. Irgendwann kommt der Mann, dachte Horst. Irgendwann kommt der Mann, schnappt sich das Paket und rennt.

Horst Berger wartete vier Stunden lang. Roy Clark kam nicht.

Sonnabend, 9. Dezember 1967

Als er nach Hause kam, stand die Tür zu seiner Werkstatt offen. Er stieg aus dem Goggo und knallte die Wagentür zu. Es klang nicht so dramatisch, wie er es beabsichtigt hatte. Es war eben nur ein Goggo. Waltraud hatte es trotzdem gehört. Sie kam nach draußen. Wie oft hatte er ihr gesagt, dass sie nicht in seine Werkstatt gehen sollte? Er setzte an zu irgendeiner wüsten Beschimpfung, aber als er ihr Gesicht sah, hielt er inne. Sie war nicht böse, wie er erwartet hatte, sie war einfach nur zutiefst erschrocken.

»Was machst du für Sachen?«, fragte sie, und es klang ganz sanft. »Alexander, was machst du für Sachen?«

»Das verstehst du nicht«, erwiderte er. Es sollte auch ganz sanft klingen, aber das gelang ihm nicht. Ein Rest Schärfe war in seiner Stimme geblieben.

»Nein, du hast recht, das verstehe ich nicht«, erwiderte sie.

In dem Moment begriff er, dass sie nicht darüber sprechen wollte, was sie entdeckt hatte. Und es konnte gar keinen Zweifel geben, dass sie Dinge gefunden hatte, die kein Mensch jemals sehen durfte. Da war die große Winde, die er sich ausgeliehen hatte, ohne zu fragen natürlich, und die er längst hätte zurückbringen sollen. Da waren die Bretter, die er untergelegt hatte, da waren die gleichen Kanthölzer wie die, die er bei Bederkesa verwendet hatte, und da waren elektrische Drähte und Batterien, deren Zweck Alexander seiner Frau auch nicht hätte erklären können, wenn sie danach gefragt hätte.

Aber sie fragte nicht.

Sie hatte auch früher nicht gefragt, als sie Sachen entdeckt hatte, die nicht stimmten. Kleinigkeiten waren das gewesen. Seine Prahlerei über den Besuch bei Bao Dai, den Kaiser von Vietnam. Dem ehemaligen Kaiser. Abgedankt, dann von den Franzosen zurückgeholt, voller Ehrgeiz vielleicht, aber letzten Endes doch nur eine Marionette der Kolonialherren. Jetzt lebte er als Playboy in Frankreich. Und Alexander hatte ihn niemals getroffen.

Aber das war völlig unwichtig, belangloser Mist, warum dachte er jetzt an so etwas, wo es doch um ganz andere Dinge ging? Um seine Freiheit, um seine Zukunft, um sein Leben.

»Was du wahrscheinlich in der Zeitung gelesen hast«, sagte er zögernd, »das stimmt alles nicht. In Wirklichkeit geht es um politische Dinge. Die Franzosen haben mich eingeschaltet …« Das war alles Quatsch, was er sagte, aber plötzlich begriff er, dass Waltraud gar nicht auf irgendeine Entschuldigung gewartet hatte.

»Das kannst du mir alles später erzählen«, sagte sie. Und: »Schön, dass du da bist. Ich mache uns jetzt einen Kaffee.«

Freitag, 15. Dezember 1967

Die Übergabe des Geldes war gescheitert. Warum sie gescheitert war, das wusste niemand. Horst war ja selbst dabei gewesen, als der entscheidende Anruf kam. Das war kein Bluff gewesen. Der Mann wollte sein Geld. Und dann hatte er offenbar plötzlich Verdacht geschöpft, dass irgendetwas faul war. Nun blieb ihnen nichts weiter übrig, als auf den nächsten Anruf zu warten.

Das Telefon läutete. Horst nahm den Hörer ab. »Berger?«

»Horst?« Irmi war am Telefon, ihre Stimme klang aufgeregt. »Horst, es ist etwas passiert. Ich stehe jetzt in einer Telefonzelle vor dem Rathaus. Mein Auto. Ich parke es doch immer auf diesem Platz beim Rathaus. Wenn man früh genug kommt, ist da immer noch was frei. Und heute natürlich auch. Und als ich heute Mittag, also jetzt gerade eben, noch einmal zum Wagen gegangen bin, weil ich mein Mittagsbrot vergessen hatte …«

»Du kannst doch auch in der Kantine essen«, unterbrach sie Horst. »Im Rathaus.«

»Nein, Horst, darum geht es nicht. Mein Auto ist weg. Als ich eben auf den Parkplatz gekommen bin, da war mein Auto weg.«

»Das gibt's doch nicht«, sagte Horst. »Hast du richtig geguckt? Ich meine, ein VW sieht schließlich aus wie jeder andere. Vielleicht hast du ihn einfach nicht gefunden. Oder du hast ihn heute Morgen woanders hingestellt. Kann das nicht sein? Dass dein Parkplatz besetzt war, und dass du das Auto woanders abgestellt hast?«

»Nein, Horst. Das Auto ist weg. Ich habe es soeben gestohlen gemeldet.«

»Und was sagt die Polizei?«

»Sie kümmern sich darum.«

»Das klingt nicht sehr ermutigend«, sagte Horst. »Also, wenn es nachher nicht wieder da ist, dann komme ich natürlich und hole dich ab aus Segeberg, das ist doch selbstverständlich.«

»Das ist lieb von dir, Horst. Aber das Problem ist etwas ganz anderes.«

»Du denkst an die Banklady? Hat die sich nicht inzwischen zur Ruhe gesetzt?«

»Sie hat sich nicht zur Ruhe gesetzt, Horst. Sie war hier. Vor vierzehn Tagen war sie hier in Bad Segeberg und hat die Sparkasse überfallen. Nicht unsere. Aber es war schlimm genug. Und es ist genauso abgelaufen wie immer. Sie sind zu zweit gekommen. Sie haben vorher einen VW geklaut, irgendwo ganz in der Nähe, und damit sind sie dann geflüchtet, aber nur ein ganz kleines Stück weit bis da, wo sie ihren eigentlichen Fluchtwagen versteckt hatten. Sie sind umgestiegen und verschwunden, wahrscheinlich in Richtung Hamburg.«

»Und du glaubst, die beiden Täter würden ein zweites Mal am selben Ort zuschlagen? Das wäre schon ziemlich dreist, nach so kurzer Zeit. Ich halte das für unwahrscheinlich. Und dass dein Auto gestohlen worden ist – solche Dinge kommen vor. Jeden Tag, viele Male. Und so ein VW ist natürlich sehr einfach zu stehlen. Deshalb wird er ja so gern genommen …«

Irmi unterbrach ihn. »Wahrscheinlich liegt das daran, dass ich bereits zweimal einen Banküberfall miterlebt habe, damals in Aumühle. Ich hatte geglaubt, ich hätte das alles hinter mir gelassen. Ich habe ja extra den Arbeitsplatz gewechselt, damit mich nichts mehr an diese schrecklichen Momente erinnern soll. Aber jetzt – jetzt ist auf einmal alles wieder da. Ich habe Angst, Horst.«

»Mach dir keine Sorgen, Irmi. Du bist ja nicht allein in der Bank. Dies ist ein viel größerer Betrieb als in Aumühle, mit viel mehr Personal. Und was auch immer geschehen mag, du stehst ja nicht einmal in vorderer Front. Da sind ja noch die Kassierer, zwei Männer, wenn ich mich recht entsinne. Und du bist doch im Hintergrund und machst die Anlagenberatung, das interessiert so einen Bankräuber doch überhaupt nicht ...«

Irmi fiel ihm ins Wort. »Wir können jetzt nicht lange reden«, sagte sie. »Ich habe meine Mittagspause schon überschritten. Ich muss zurück in die Bank. Horst, kannst du nicht bitte einfach herkommen?«

Horst überlegte. Etwas heikel war das schon, wenn er seinen Posten hier einfach verließ, denn immerhin hatte er selbst gesagt, dass die Jagd auf den Bundesbahnerpresser jetzt in ihre entscheidende Phase komme. Und natürlich war es ziemlich dämlich, wenn wirklich irgendetwas passierte, und er war dann privat nach Bad Segeberg gefahren. Ohne zu fragen. Aber andererseits ... »Ich komme«, sagte er. »Es kann ein bisschen dauern, bis ich hier wegkann, aber ich komme so schnell wie möglich.«

»Danke, Horst!« Sie hängte den Hörer auf.

Horst seufzte. In Deutschland wurden täglich Dutzende von Autos gestohlen, aber die wenigsten davon in Bad Segeberg. Und hinzu kam der Zeitpunkt. Es war wieder ein Freitag. Der übliche Arbeitstag der Banklady und ihres Komplizen.

Er klopfte an Pagels' Zimmertür.

»Du brauchst nicht anzuklopfen«, sagte Wilfried. »Das weißt du doch. Was gibt's denn?«

Horst erklärte ihm, worum es ging.

»Das ist doch überhaupt kein Problem«, fand Wilfried. »Selbstverständlich vertrete ich dich. Du musst mir nur sagen, weshalb du heute Nachmittag so plötzlich verschwunden bist. Gibt es irgendeinen dringenden Gesprächstermin mit den Kollegen aus der Arbeitsgruppe Roy Clark vielleicht?«

Horst schüttelte den Kopf. »Jedenfalls nicht in Bad Segeberg«, sagte er. In der Arbeitsgruppe saßen zwar Vertreter aller vier Nordländer, aber in Schleswig-Holstein hatte der Bahnerpresser bis jetzt noch nie zugeschlagen.

»Ach ja«, fiel es Wilfried plötzlich ein. »Den neuesten Witz kennst du ja noch gar nicht. Das haben sie vorhin in den Nachrichten durchgegeben. Es werden ja alle Telefongespräche aufgezeichnet, die in irgendeinem Zusammenhang mit Roy Clark stehen. Und die Nummer, bei der man anrufen soll, die haben wir durch Presse, Funk und Fernsehen bekanntgegeben.«

Horst nickte. Ihm stand nicht der Sinn nach irgendwelchen Anekdoten.

Wilfried ließ sich nicht beirren. »Und da kam dann also gestern Abend dieser Anruf. Der Mann hat gesagt: ›Hier ist Roy Black!‹ – Und der Polizist, der das Gespräch angenommen hat, der hat erwidert: ›Sie meinen sicher Roy Clark, oder?‹ – ›Nein‹, hat der Mann geantwortet. ›Hier ist Roy Black.‹ Aber es war natürlich weder der Schlagersänger noch Roy Clark.« Pagels lachte.

»Ich fahre zum Balksee«, behauptete Horst Berger.

»Was?«

»Zum Balksee. Ich weiß nicht, was da letzte Nacht schiefgegangen ist. Ich werde mal sehen, ob ich vor Ort irgendwelche Fußspuren finde.«

»Viel Glück.« Und dann, als Horst schon beinahe aus der Tür war, rief Pagels ihm noch nach: »Pass auf dich auf, Horst! Wenn du wirklich in einen Überfall der Banklady hineingerätst, dann ist das eine äußerst kritische Situation. Die Herrschaften sind schwer bewaffnet.«

»Ich werd schon auf mich aufpassen«, sagte Horst leichthin.

»Steck die Pistole ein!«

»Unsinn …«

»Ganz im Ernst, Horst, steck die Pistole ein!«

In der Kreissparkasse in Bad Segeberg herrschte Krisenstimmung. Irmi hatte berichtet, dass ihr Wagen gestohlen worden sei.

»Keine Panik«, sagte Lutz, der Kassierer. »Was auch immer passiert, wir sind vorbereitet.«

Das stimmte. Nach dem Banküberfall zwei Wochen zuvor hatte die Kreissparkasse eine Alarmanlage bekommen. Der rote Knopf befand sich unter dem Tresen an einer Stelle, wo ihn nicht nur der Kassierer, sondern auch alle anderen Bankangestellten mühelos erreichen konnten. Theoretisch zumindest. Wie das in Wirklichkeit aussah, würde sich möglicherweise sehr rasch zeigen.

Während der normale Kundenbetrieb weiterging, überließ Lutz die Aus- und Einzahlungen einen Moment lang Bernhard, seinem jüngeren Kollegen. Er zog sich mit den anderen in die Ecke des Kassenraumes zurück, in der der Tresor stand. »Das ist der entscheidende Punkt«, sagte er. Er wies auf den Panzerschrank. »Niemand von uns hat einen Schlüssel. Niemand von uns kann den Tresor öffnen außer dem Bankdirektor, und der ist nicht da. All das Geld, das wir für den normalen Bankbetrieb brauchen, das nehmen wir jetzt heraus, und danach wird der Panzerschrank unter keinen Umständen wieder geöffnet. Wenn jemand mehr Geld braucht, als wir in den beiden Kassen vorrätig haben, dann müssen wir ihn auf Montag vertrösten.«

»Ist das mit dem Vorstand abgesprochen?«, fragte Karin, die Sekretärin.

Lutz schüttelte den Kopf. »Nichts ist abgesprochen«, sagte er. »Ich übernehme die Verantwortung. Wenn es wirklich einen Banküberfall gibt, und wenn es ein Überfall der sogenannten Banklady sein sollte, dann sind die Täter wahrscheinlich zu zweit. Nach allem, was wir von den bisherigen Banküberfällen dieses Pärchens wissen, sind sie beide bewaffnet, mit Revolver und Maschinenpistole. Niemand soll den Helden spielen, aber andererseits soll auch niemand den Bankräubern helfen. Das Geld, das wir in den beiden Kassen haben, müssen wir herausrücken. Wir können aber versuchen, diesen Vorgang so lange wie möglich hinauszuzögern. Außerdem können wir den Tätern all die Münzen andrehen, die wir in den Kassen haben.«

»Werden sie sich darauf einlassen?«, fragte Karin.

»Ob sie sich darauf einlassen, weiß ich nicht. Das wird sich zeigen.«

»Hoffentlich kommen sie nicht!«

»Hoffentlich nicht. Weiter. An jeder der beiden Kassen gibt es einen Stapel von Hundertmarkscheinen mit registrierten Nummern. Die werden selbstverständlich zuerst herausgerückt. Und – und das ist jetzt das Allerwichtigste – sowie klar ist, dass wir es mit einem Banküberfall zu tun haben, wird der Alarm ausgelöst. Bei der Übung vor gut einer Woche war die Polizei dann innerhalb von fünf Minuten hier. Aber natürlich hatten die Polizisten vorher gewusst, dass der Alarm kommt. Heute könnte es etwas länger dauern.«

»Aber die haben doch zumindest eine Warnung erhalten«, rief Irmi. »Ich habe ihnen doch erzählt, dass mein VW gestohlen worden ist.«

Lutz nickte. »Dennoch können wir uns nicht darauf verlassen, dass sie wie der Blitz hier eintreffen.«

»Und wenn die Polizei kommt?«, wollte Karin wissen. »Was passiert dann?«

»Was dann passiert, das entscheidet die Polizei«, sagte Lutz. »Die Polizei weiß, was in einem solchen Fall zu tun ist, und sie wird die entsprechenden Anweisungen erteilen.«

»Und wenn geschossen wird?«, fragte Karin nach.

»In Deckung gehen«, sagte Lutz.

Alle gingen an ihre Arbeitsplätze zurück. Irmi war beruhigt. Aber nur ein kleines bisschen. Sie dachte an den dicken Mann, der Freitag vor einer Woche gekommen war, um ein Konto zu eröffnen. Er war ihr gleich verdächtig vorgekommen. Er hatte alle möglichen Dinge gefragt und am Ende dann doch kein Konto eingerichtet, aber Irmi hatte das Gefühl, dass er sich gründlich in der Bank umgesehen hatte.

Hätte sie das sagen sollen? Sie hatte sich nicht getraut. Natürlich wussten alle, dass sie bereits zwei Banküberfälle hinter sich hatte. 1961 und 1962 war das gewesen, in der Verbandssparkasse in Aumühle. Alle wussten auch, dass sie deswegen die Stellung gewechselt hatte und hierher nach Segeberg gekommen war. Und alle wussten, dass sie ziemlich nervös war.

Irmi sah auf die Uhr. 16:30 Uhr. Noch anderthalb Stunden, dann hatte sie Schluss. Und Horst war unterwegs, um sie abzuholen. Wahrscheinlich traf er schon deutlich vor Dienstschluss hier ein. Wie gut, dass sie ihn hatte.

Auch Horst war nervös. Der Feierabendverkehr am Freitagnachmittag hatte früh eingesetzt, und er steckte mittendrin. Vielleicht hätte er über die Autobahn fahren sollen und dann über die B 404, aber die Strecke wäre bedeutend länger gewesen. Wie dem auch sei, er hatte sich anders entschieden, und das ließ sich jetzt nicht mehr ändern.

Auf der langsamen Fahrt in Richtung Norden hatte er reichlich Zeit zum Nachdenken. Erst hatte er an die Jagd auf den Bundesbahnerpresser gedacht. Die gescheiterte Geldübergabe am Vortag. Wie würde Roy Clark reagieren? Mit einer neuen Bombe? Wie man es auch drehte und wendete, sie mussten abwarten. Es gab für die Polizei keine Möglichkeit, von sich aus aktiv zu werden.

Jetzt war ein anderes Thema an der Reihe: die Banklady. Als Horst auf Irmis Anruf hin losgefahren war, war er nicht davon ausgegangen, dass er auf irgendeinen Bankräuber treffen würde. Aber jetzt, wo er etwas länger darüber nachdachte, wurde ihm schmerzlich bewusst, dass er sich denkbar schlecht vorbereitet hatte. Er hatte zwar seine Pistole eingesteckt, aber er trug keine Schutzweste. Allerdings war die Schutzwirkung einer solchen Weste bei Beschuss durch eine *Tommy Gun* aus nächster Nähe mehr als fraglich. Eigentlich hätte Roeder jetzt hier sein müssen. Die Banklady war Roeders Fall. Aber es ging nicht um die Banklady. Es ging um Irmi.

Horst sah auf die Uhr. Kurz nach 17:00 Uhr. Und er war jetzt in Leezen. Noch eine Viertelstunde bis Bad Segeberg.

17:15 Uhr. Kurz nacheinander betraten zwei weitere Kunden die Bank. Eine schlanke, junge Frau mit Pudelmütze und gleich nach ihr ein relativ kleiner, korpulenter Mann, vielleicht fünfzig Jahre alt. Lutz, der gerade keinen Kunden hatte, sah, dass der dicke Mann seinen Mantel aufknöpfte und dem Kassierer irgendetwas zeigte.

»Ich möchte einen Scheck einlösen«, sagte der Dicke. »Schauen Sie mal, wie der aussieht.« Er machte den Mantel auf und zeigte dem Mann eine Maschinenpistole.

Lutz begriff sofort, dies war der befürchtete Überfall. Aber wie sollte er jetzt an den Alarmknopf kommen? Ein Stuhl stand ihm im Weg, und direkt vor dem Tresen mit dem Alarmknopf stand noch ein weiterer Stuhl. Er schob die Stühle zur Seite und war vielleicht noch zehn Zentimeter vom Alarmknopf entfernt, da sagte plötzlich eine Frau direkt neben ihm: »Nicht drücken, sonst schieße ich.«

Der andere Kassierer drückte jetzt heimlich den Alarmknopf und leistete hinhaltenden Widerstand. Als der Bankräuber nach dem Geld greifen wollte, das der Mann in der Hand hielt, ging der einen Schritt auf die Seite. Der Bankräuber folgte ihm. Der Kassierer ging wieder zurück, und dann noch einmal hin und zurück. Der Räuber kam nicht an das Geld. Er lud die Maschinenpistole durch und sagte: »Schluss jetzt mit den Mätzchen! Einmal noch einen Schritt zur Seite, und dann schieße ich!«

Jetzt gab es einen Tumult. Die Situation geriet außer Kontrolle. Eine Bankangestellte warf ein brennendes

Adventsgesteck nach den Tätern. Die beiden stürzten zur Tür. Der Dicke drehte sich im Ausgang noch einmal um und drohte mit der Maschinenpistole. Seine Begleiterin rannte. Vier Angestellte verfolgten die Täter.

»Haut ab!«, rief der Dicke.

Die Verfolger blieben nicht stehen. Der Dicke drückte ab. Ein kurzer Feuerstoß aus der Maschinenpistole. Ein Schrei. Bernhard stürzte zu Boden. Ein Schuss hatte seinen Oberschenkel getroffen.

Die anderen drei Verfolger hatten nicht mitbekommen, dass ihr Kollege getroffen worden war. Sie rannten weiter. »Platzpatronen sind das«, rief Lutz. »Die schießen doch bloß mit Platzpatronen. Die schnappen wir uns!« Die Täter flüchteten um die Sparkasse herum und rannten ins Dunkle. Dort war der Seminarweg. Und der führte zum Kohlenumschlagplatz, dort hatten sie das Fluchtfahrzeug geparkt.

Schon waren die beiden am Auto, aber die Verfolger waren unmittelbar hinter ihnen. Der Mann schoss erneut. Seine Begleiterin schrie.

»Los, nichts wie weg!«

Die beiden stürzten in das Auto. Gisela auf den Rücksitz, Hermann ans Steuer. Er warf die Maschinenpistole auf den Beifahrersitz, riss das Magazin heraus, suchte in seiner Tasche nach den Ersatzpatronen.

»Jetzt lass doch den Scheiß!«, rief Gisela. Sie starrte aus dem Rückfenster. Jede Sekunde mussten die Verfolger da sein. »Fahr los, Mensch, fahr los!«

Der VW sprang sofort an. Von den Verfolgern war niemand zu sehen. »Du hast sie erschossen!«, sagte Gisela.

»Blödsinn!«, widersprach Hermann. »Warnschüsse waren das, nichts als Warnschüsse!«

Seine Komplizin antwortete nicht. Sie war sich sicher, dass das keine Warnschüsse gewesen waren. Er hatte gezielt geschossen und getroffen.

»Gleich sind wir in Sicherheit!«, murmelte Hermann. Es war wohl beruhigend gemeint, aber es klang aufgeregt, geradezu in Panik.

»Reiß dich zusammen!«, verlangte Gisela. Sie wünschte, sie säße statt seiner jetzt am Steuer. Der Hermann, dieser kaltblütige Bankräuber, mit dem sie durch dick und dünn gegangen war, der hatte die Nerven verloren. Ausgerechnet jetzt, im entscheidenden Moment. Und nun kam dieses endlos lange Stück Bundesstraße bis zu der Stelle, wo sie das Taxi geparkt hatten. Warum waren sie nicht dichter an die Bank herangefahren? Das letzte Mal hatten sie es doch auch gemacht!

»Eine halbe Million!«, murmelte Hermann. »Eine halbe Million Mark. Jetzt haben wir sie endlich zusammen.«

Das stimmte nicht. Das Geld, dass sie an diesem Tag erbeutet hatten, war viel weniger, als Hermann glaubte. Und die Summe, die sie bisher durch ihre Banküberfälle eingenommen hatten, war inzwischen deutlich geschrumpft. Die lange Pause hatte an den Vorräten gezehrt. Zehn Monate Pause, vom Dezember 1966 bis zum Oktober 1967. Dies war erst der dritte Überfall der neuen Serie.

Eine Ampel war rot. Hermann griff zur Seite und fummelte an der Maschinenpistole herum.

»Lass doch den Scheiß!«, verlangte Gisela jetzt energischer als vorher.

Hinter ihnen hupte jemand. Hermann hatte nicht gemerkt, dass die Ampel umgesprungen war. Er hupte zurück, dann fuhr er weiter. Noch zwei Kilometer bis

Mözen. Wenn sie erst im Taxi saßen, hatten sie gewonnen. Im Taxi konnten sie den Polizeifunk abhören, und dann wussten sie, was ihre Verfolger planten und wo sie steckten. Das hatte sich bisher immer bewährt.

Je länger die Fahrt dauerte, desto stärker spürte Gisela, wie ihr Selbstbewusstsein zurückkam. Der Überfall hatte geklappt, sie hatten das Geld, und sie waren noch immer auf freiem Fuß. Und so würde es auch bleiben.

Jemand schrie. Das war das Erste, was Irmi bemerkte. Sie lag am Boden, ihr Bauch tat weh, und jemand schrie ganz entsetzlich. Das war der Lutz, der da schrie. Sie hatten zusammen die Bankräuber verfolgt, und die hatten auf sie geschossen. »Mein Bein!«, schrie Lutz. »Die haben mein Bein zerschossen! So helft mir doch!«

»Ich komme«, wollte Irmi rufen, aber es wurde nur ein Stöhnen daraus. Und aufstehen konnte sie auch nicht. Im Dunkeln konnte sie nicht einmal sehen, was um sie herum geschah. Nichts als dunkle Schatten, die sich bewegten. Aber die Bankräuber waren weg. Und Lutz schrie nicht mehr. Sie hatte den Eindruck, dass Helga, die Kassiererin, bei ihm war und sich um ihn kümmerte.

Und sie, sie lag hier im Dreck. Ihre Hände waren dreckig. Irgendein widerlich klebriges Zeug, das sie angefasst hatte. Und ihr Bauch. Was war mit ihrem Bauch? Plötzlich begriff sie, dass sie angeschossen worden war. Und der Dreck an ihren Händen, das war Blut. Ihr eigenes Blut. Sie verlor das Bewusstsein.

Dass Horst Berger zu schnell gefahren war, wurde ihm erst klar, als ihm auf der B 432 ein VW-Bus mit der Aufschrift *Polizei* ebenfalls mit überhöhter Geschwindigkeit folgte und ihm mit der Lichthupe signalisierte, dass er anhalten solle. Horst fuhr rechts ran.

»Verkehrspolizei. Ihre Papiere bitte!«

Es dauerte ein paar Minuten, bis er den Polizisten klargemacht hatte, dass er nicht der gesuchte Bankräuber war, obwohl er mit einem VW mit überhöhter Geschwindigkeit unterwegs war, wenn auch in der falschen Richtung.

In dem Augenblick näherte sich ein grauer VW aus Richtung Segeberg. »Das sind sie!«, rief Horst.

Die Polizei blockierte dem Fluchtfahrzeug die Weiterfahrt. Die Tür flog auf, und der Dicke am Steuer war mit einer Geschwindigkeit aus dem Wagen heraus, die Horst ihm nicht zugetraut hätte. Er hielt die Maschinenpistole in der Hand und drückte ab. Aus!, dachte Horst. Aber es geschah nichts. Die Waffe schoss nicht. Das Magazin war nicht richtig eingeführt und fiel jetzt heraus. Der Dicke ließ die *Tommy Gun* mit einem Fluch fallen und zog einen Revolver. Aber bevor er damit Schaden anrichten konnte, schlug Horst ihm die Waffe aus der Hand.

Die Kollegen legten dem Mann Handschellen an.

Und die verhuschte Frau, die da reglos auf dem Rücksitz saß, war das die gefürchtete Banklady? »Steigen Sie aus!«, verlangte Horst. Die Frau löste sich aus ihrer Erstarrung. Mit beiden Händen hielt sie noch immer die Aktentasche fest, in der sich die Beute aus dem Überfall befand. Einer der Polizisten nahm ihr die Tasche ab und überprüfte den Inhalt. »Viel Geld«, sagte er.

Dies war das Ende der Banklady und ihres Komplizen. Der Dicke konnte es noch immer nicht fassen. Er schüttelte den Kopf. »Ich hätte euch alle umgemäht«, sagte er. »Wenn das Schießeisen funktioniert hätte, hätte ich euch alle umgemäht.«

»Seien Sie froh, dass es nicht funktioniert hat«, bemerkte Horst. »Sie wären nie wieder aus dem Gefängnis herausgekommen.«

Jetzt zur Sparkasse. Trotz der späten Stunde war da noch Licht. Horst klopfte an die Tür. Jemand auf der anderen Seite winkte ab. »Geschlossen!« Horst zeigte seinen Polizeiausweis und wurde eingelassen. »Ich möchte zu Irmi«, sagte er.

Bestürzte Gesichter.

Mein Gott, dachte Horst Berger, was ist hier passiert?

»Die ist nicht hier«, sagte eine junge Frau, aber sie sah ihn nicht an dabei.

»Was ist mit Irmi?«

Der Filialleiter nahm ihn zur Seite. »Wissen Sie denn noch gar nicht, was passiert ist?«, fragte er. »Die Banklady war hier. Die Banklady und ihr Partner. Der Überfall ist gescheitert. Leider auf eine Weise, von der wir gehofft hatten, dass sie niemals eintritt.«

Horst erschrak.

»Zwei Männer und zwei Frauen von unserer Belegschaft haben die Täter verfolgt. Sie sind niedergeschossen worden. Zwei sind nur leicht verletzt, wir denken, dass sie morgen schon wieder ihre Arbeit aufnehmen können. Aber die anderen beiden hat es schwer erwischt. Der Kassierer hat einen Schuss in den Oberschenkel bekommen. Normalerweise wäre das auch nicht allzu tragisch, aber die Bankräuber haben leider mit sehr großem Kaliber geschossen. Die Kugel hat den Oberschenkel regelrecht zerschmettert. Das muss in Eppendorf operiert werden.«

Horst starrte den Mann an. »Was ist mit Irmi?«, rief er.

Der Mann seufzte »Irmi hat es leider am schwersten erwischt. Sie hat einen Bauchschuss abbekommen. So heißt es jedenfalls. Das ist das, was die Sanitäter uns erzählt haben. Mehr wissen wir auch nicht. Sie ist sofort mit Blaulicht nach Eppendorf abtransportiert worden.« Der Mann schwieg einen Augenblick und sah Horst Berger ernst an. »Wir wissen nicht, wie es ihr geht. Das Einzige, was ich sagen kann, das ist, dass sie noch gelebt hat, als der Krankenwagen losfuhr.«

»Mein Gott!«, rief Horst.

»Im Universitätskrankenhaus in Eppendorf haben sie natürlich die besten Möglichkeiten, mit solchen Verletzungen umzugehen.«

»Ich fahre sofort hin«, entschied Horst.

Der Filialleiter sah ihn an. »Ich wünsche Ihnen alles Gute«, sagte er. »Ihnen beiden. Die Irmi ist solch eine nette Frau.«

Normalerweise dauerte die Fahrt von Segeberg bis zum Universitätskrankenhaus etwas über eine Stunde. So spät am Abend ging es schneller. Die Straßen waren frei. Horst gelangte in Rekordzeit zum Krankenhaus. Das nützte ihm nicht viel. Er fand zwar rasch heraus, wo sich Irmi befand, aber er konnte nicht zu ihr. »Sie wird noch operiert«, hieß es.

»Ich warte!«, erklärte Horst.

Die Stationsschwester schüttelte den Kopf. »Das hat nicht viel Sinn«, sagte sie. »Das ist eine sehr langwierige Operation. Die Kugel hat sehr viel Schaden angerichtet. Herz und Lunge sind unversehrt, so viel steht fest. Aber wir können uns noch nicht sicher sein, ob die Wirbelsäule heil geblieben ist. Das wird überprüft.«

»Ich warte«, wiederholte Horst.

»Aber wenn die junge Frau aus der OP kommt, dann können Sie auch nicht gleich zu ihr. Selbst wenn alles gut gegangen ist. Erst einmal muss die Narkose abklingen, und dann müssen die Ärzte entscheiden, ob sie Besuch bekommen kann oder nicht. Ich muss Ihnen sagen, dass es sehr unwahrscheinlich ist, dass Sie direkt zu ihr dürfen. Mein Rat ist daher: Fahren Sie nach Hause, schlafen Sie sich aus. Und morgen früh, so gegen acht Uhr, da rufen Sie bei uns an, und dann erzählen wir Ihnen, wie es ihr geht.«

Horst schüttelte den Kopf. »Ganz gleich, wie es ihr geht. Wir gehören zusammen. Ich will da sein, wenn sie aufwacht, und wenn sie die Augen aufschlägt, dann soll sie wissen, dass ich da bin. Selbst wenn ich nur still im Hintergrund sitzen und kein Wort mit ihr sprechen darf, ich will jedenfalls da sein.«

Die Schwester sah ihn an. »Das muss der Oberarzt entscheiden. Aber eines kann ich Ihnen jetzt schon sagen, jede Aufregung wäre schädlich für sie. Das müssen Sie auf jeden Fall bedenken.«

Horst nickte.

Das Warten im Krankenhaus Eppendorf war fürchterlich. Um diese Zeit war er der Einzige, der sich im Wartebereich der Notaufnahme aufhielt. Die Illustrierten, die hübsch geordnet auf dem Tisch lagen, rührte er nicht an. Horst konnte an nichts anderes denken als an Irmi, und er wollte an nichts anderes denken. Wir werden heiraten, dachte er. Das ist eine Tatsache. Ganz gleich, wie die Geschichte hier ausgeht, das ist eine Tatsache. Wir wollen Kinder haben. Aber wenn diese unselige Schussverletzung dazu geführt haben sollte, dass Irmi keine Kinder mehr kriegen kann, dann werden wir auch ohne Kinder auskommen. Oder wir werden Kinder adoptieren, so viele, wie Irmi will.

Und wenn die Wirbelsäule beschädigt ist, wenn am Ende herauskommt, dass Irmi nie mehr gehen kann, dass sie querschnittsgelähmt ist, dann werden wir trotzdem heiraten. Ich werde meinen Beruf an den Nagel hängen. Ich hätte ihn längst an den Nagel hängen sollen. Ich will nur noch für Irmi da sein, für uns beide, und für unsere Familie, wenn es Kinder gibt. So eine Lähmung ist nicht das Ende der Welt.

An diesem Punkt meldete sich ein Teil seines Verstandes, von dem er jetzt nichts hören wollte. So eine Querschnittslähmung ist beschissen, sagte dieser unerwünschte Teil seines Verstandes. Du glaubst jetzt, dass du damit umgehen kannst, aber kannst du das wirklich? Du wirst alles, einfach alles für Irmi tun müssen. Du wirst dein gesamtes normales Leben aufgeben müssen. Und es ist schnell gesagt, dass du auf deinen Beruf genauso gut verzichten könntest. Aber kannst du das wirklich? Wovon wollt ihr leben? Von Irmis Invalidenrente? Wie viel wird das sein? Denk nicht darüber nach, Horst, es wird lächerlich wenig sein. Davon könnt ihr nicht leben.

Nein, das war Unsinn. Wenn es wirklich hart auf hart kam, dann würde sein Vater helfen. Wilhelm hatte immer geholfen, wenn Not am Mann war. Ja, natürlich, da waren auch noch die Zahlungen an seine erste Frau. Nicht allzu hoch, weil sie ja auch arbeitete, und weil Michael inzwischen fast erwachsen war. Aber das Studium musste finanziert werden. Und Berlin war nicht gerade ein billiges Pflaster. Aber das würde sich alles regeln lassen. Wilhelm würde helfen. Aber Wilhelm war selbst schwer krank.

Und eine andere Stimme meldete sich zu Wort, die sagte: Hast du eigentlich mal darüber nachgedacht, ob es in einer Situation wie dieser nicht vielleicht hilfreich wäre, schlicht und ergreifend zu beten? Wenn jemand deiner Irmi helfen kann, dann ist es wahrscheinlich gar nicht der Chirurg, der gerade ihren Körper aufgeschnitten hat, sondern dann ist es Gott der Allmächtige. Der Allmächtige. Ja, es ist lange her seit deiner Konfirmation, aber hast du das wirklich vergessen, dass du einmal jeden Sonntag in der Kirche gesagt hast: »Ich glaube an Gott den Allmächtigen, Schöpfer Himmels und der Erden?« Glaubst du etwa nicht mehr an ihn? Das wäre ein Fehler, Horst Berger. Das wäre ein schwerer Fehler.

Horst schüttelte unwillig den Kopf. Er glaubte nicht an Gott, und wenn er jetzt das Gegenteil behauptete, wäre das ohnehin gelogen, und es würde nichts ändern.

Ganz aus dem Hintergrund seines Gehirns meldete sich noch eine weitere Stimme, und die verlangte nach Rache. Du hattest es in der Hand, sagte diese Stimme. Du warst bei der Festnahme der beiden dabei. Bei der Festnahme dieser Verbrecher, die gerade vier Menschen niedergeschossen hatten, um an ein bisschen Geld zu kommen, und die keinen Moment gezögert hätten, auch dich und die anderen vier Polizisten totzuschießen, weil ihr ihnen im Weg gestanden habt. Ein glücklicher Zufall hat das verhindert. Ein glücklicher Zufall hat dazu geführt, dass dieser grenzenlos dumme Bankräuber das Magazin seiner *Tommy Gun* nicht richtig eingeführt hat, sodass es nicht eingerastet war. Aber die glücklichen Zufälle sind ungleichmäßig verteilt im Leben. Und vorher hatte es keinen glücklichen Zufall gegeben, als derselbe Mann auf die Bankangestellten gezielt und geschossen hat. Man kann dem Zufall nachhelfen. Das weißt du natürlich. *Corriger la fortune*. Und wenn der Zufall jetzt nicht so spielt, wie du das verlangst, wenn der idiotische, hirnlose Zufall einfach festlegt, dass deine Irmi hier und heute geopfert wird – willst du das wirklich hinnehmen? Du bist Polizist, Horst Berger. Du bist bewaffnet. Schieß!

Horst wischte auch diesen Gedanken zur Seite. Rache war kein geeignetes Mittel, um Unrecht auszugleichen. Er würde keine Rache üben. Er würde auch nicht beten. Er würde einfach darauf vertrauen, dass Irmi diese Nacht überstand, wie auch immer.

Er musste eingeschlafen sein. Plötzlich sagte jemand. »Herr Berger?«

Er schrak hoch.

»Entschuldigen Sie, ich wollte Sie nicht erschrecken. Ich habe Ihre Verlobte operiert. Es ist alles gut gegangen, soweit es in meiner Macht stand. Die Wirbelsäule ist unverletzt. Es ist eine sehr schwere Schussverletzung, aber nach allem, was wir jetzt wissen, gehe ich davon aus, dass sie alles ohne bleibende Schäden überstehen wird.«

»Danke.« Alles wurde gut. »Kann ich zu ihr?«

»Sie schläft, und Sie sollten sie jetzt nicht stören.«

»Kann ich trotzdem zu ihr?«

Der Arzt überlegte. Schließlich nickte er. »Wenn Sie vernünftig sind«, sagte er.

Horst Berger war nicht vernünftig. Sobald der Arzt das Krankenzimmer verlassen hatte, nahm er die Hand seiner Irmi und drückte sie ganz zart. Sie schlafe, hatte der Doktor gesagt, aber Horst hatte das Gefühl, dass sie ganz leicht lächelte.

Sonnabend, 16. Dezember 1967

»Sie sind ja immer noch hier!«, sagte die Krankenschwester.

Horst Berger schreckte hoch. Er musste eingeschlafen sein. Und Irmi – Irmi schlief noch immer. Sie sah sehr friedlich aus.

»Möchten Sie einen Kaffee?«

»Was?«

»Warten Sie, ich bringe Ihnen einen Kaffee.«

»Danke, das ist nett.«

Horst beobachtete Irmi. Sie atmete ruhig und gleichmäßig. Alles wird gut, dachte er. Alles wird gut.

Die Schwester brachte den Kaffee. »Es hat übrigens jemand für Sie angerufen«, sagte sie. »Irgendein Kriminalrat oder so etwas. Es sei dringend, hat er gesagt. Ich habe gesagt, dass Sie zurzeit nicht zu sprechen sind.«

Horst lächelte. »Danke.«

Er trank in aller Ruhe seinen Kaffee und hoffte, dass Irmi genau jetzt aufwachen würde, aber das tat sie nicht. Als die Tasse leer war, stand er auf. Die Krankenschwester war noch immer da. »Ich muss wohl im Präsidium zurückrufen«, sagte er. »Könnten Sie wohl so lange hierbleiben?«

Die Schwester nickte.

»Wo ist das Telefon?«

»Da sind Sie ja endlich«, sagte der Kriminalrat ungnädig. »Ihre Krankenbesuche können Sie auf später verschieben. Ich erwarte, dass Sie in der nächsten Stunde hier an Ihrem Arbeitsplatz sind. Es gibt neue Entwicklungen im Fall des Bundesbahn-Erpressers. Wir müssen sofort handeln. Sie werden hier gebraucht.«

»Sie irren sich«, erwiderte Horst. »Ich werde hier gebraucht.«

Ohne die Antwort seines Vorgesetzten abzuwarten, legte er den Hörer auf. Gleich darauf klingelte das Telefon erneut, aber Horst Berger kümmerte sich nicht darum. Er ging zurück zu Irmi.

»Das ging ja schnell«, sagte die Krankenschwester. In dem Augenblick, als sie das Zimmer verließ, schlug Irmi die Augen auf. Sie sah sich um und erblickte Horst.

»Rehauge!«, sagte er.

Irmi lächelte. »Das ist lange her, dass du das zu mir gesagt hast.«

»Wie geht es dir?«

»Nicht so schlecht«, sagte sie. »Viel besser als gestern. Es ist schön, dass du hier bist.«

Die gescheiterte Geldübergabe hatte doch noch ein Ergebnis erbracht. Die Polizei Stade hatte in der Nacht insgesamt einunddreißig Kraftfahrzeuge überprüft. Beim Abgleich der Daten zeigte sich, dass nur ein Fahrzeug zweimal gesichtet worden war, und zwar ein blauer Goggo mit weißem Dach, Kennzeichen OTT - K 667. Der Wagen war auf einen gewissen Alexander Dobruck aus Altenbruch zugelassen. Sollte das der gesuchte Roy Clark sein? Hauptkommissar Wehmüller aus Stade ging der Sache nach. Zunächst einmal rief er in Hamburg an.

Roeder war am Apparat. »Wir schicken einen Mann vorbei«, sagte er.

»Ich fahre schon vor«, sagte Wehmüller. »Sie treffen mich im Gemeindebüro in Altenbruch.«

Der Leiter des Gemeindebüros schüttelte nur mit dem Kopf. »Der Dobruck soll Roy Clark sein? Unser Alexander Dobruck? Blödsinn!«

Wir blamieren uns, dachte Wehmüller. Er wusste, dass er einen roten Kopf bekommen hatte. Bestimmt fragt der Mann jetzt, wie wir auf diese absurde Idee kommen. Und was sage ich dann? Was haben wir denn in der Hand? Sein Auto ist in einer bestimmten Nacht zweimal an verschiedenen Polizeikontrollen notiert worden? Wer weiß, wie oft mein eigenes Auto in irgendwelchen Nächten bei irgendwelchen Polizeikontrollen notiert worden ist!

Der Mann fragte nicht nach.

»Haben Sie irgendetwas Schriftliches von diesem Dobruck?«, fragte Wehmüller.

»Von Dobruck? Höchstens die Anträge auf Arbeitslosenunterstützung. Er ist ein paarmal arbeitslos geworden in der letzten Zeit. Die wirtschaftliche Lage ist ja insgesamt ziemlich ungünstig im Augenblick.«

»Ja.« Gut, dass ich Beamter bin, dachte der Kommissar.

Der Leiter des Gemeindebüros nahm einen Ordner aus dem Regal, blätterte darin. Er fand, was er gesucht hatte, nahm ein Blatt heraus. »Hier.«

Dobrucks Schrift wies eine gewisse Ähnlichkeit mit der Schrift der Erpresserbriefe auf. Aber was hieß das schon? Hauptkommissar Wehmüller rief in Hamburg an. Hamburg war skeptisch: »Die Erpresserbriefe sind doch fast alle in Blockschrift. Das kann man doch überhaupt nicht vergleichen.«

»Was jetzt?«

»Unser Experte ist unterwegs.«

Hauptkommissar Wehmüller seufzte. »Ob das wirklich dieselbe Schrift ist, das müssen die Experten entscheiden«, sagte er. »Ein Kommissar aus Hamburg ist unterwegs. Wir sollen bitte warten, bis er hier ist.«

»Hier ist es«, sagte Wehmüller. Altenbruch, Wehdemacker 10. Der Experte aus Hamburg, auf den er gewartet hatte, war Wilfried Pagels. Sie verstanden sich auf Anhieb. Kein Wichtigtuer, niemand, der ihm die Schau stehlen wollte.

Waltraud Dobruck öffnete nichtsahnend die Tür.

»Frau Dobruck, könnten wir bitte Ihren Mann sprechen?«

»Meinen Mann? Der ist bei der Arbeit. Worum geht es denn?«

»Er steht unter dem Verdacht, der gesuchte Bundesbahn-Erpresser zu sein.«

»Er? Das Fantom?« Die Frau lachte. »Unmöglich. Ein Phantast, ja das ist er. Das ist er immer gewesen. Das kommt von Indochina.«

»Von Indochina?«

»Ja, er war doch bei der Fremdenlegion in Indochina. 1949-54. Und als er zurückkam, da war er schwer krank. Er hatte Cholera gehabt und eine schwere Malaria, und verwundet ist er auch gewesen.«

Die beiden Polizisten sahen sich an. Jeder dachte dasselbe. Mildernde Umstände?

»Die Krankheiten hat er nie ganz überwunden«, sagte Frau Dobruck. »Manchmal war er einfach wie von Sinnen. Und in letzter Zeit ist das noch schlimmer geworden. 1966, da hat er angefangen zu trinken. Ich meine, vorher hatte er auch schon getrunken, aber jetzt trinkt er noch viel mehr.«

»Dürfen wir uns im Haus umsehen, Frau Dobruck?«

»Ja, bitte. Kommen Sie doch herein. Wir haben nichts zu verbergen.«

Auf der Eckbank in der Küche saßen zwei Jungen, vielleicht drei und vier Jahre alt. Sie starrten die Polizisten erschrocken an. Wilfried Pagels lächelte ihnen zu. Sie lächelten nicht zurück. Sie rührten sich auch nicht vom Fleck, als die Polizisten sich im Haus verteilten, Schränke öffneten, Schubladen herauszogen, die Betten durchwühlten.

»Wonach suchen Sie eigentlich?«, fragte Frau Dobruck. Es klang mehr neugierig als empört.

Die Polizisten antworteten nicht. Sie suchten nach Sprengstoff, aber sie fanden keinen. Es musste andere Dinge geben, nach denen sie suchen könnten. Das Papier zum Beispiel, auf dem die Erpresserbriefe geschrieben waren. Den dicken Bleistift, den Roy Clark verwendet hatte. Aber das schien im Augenblick alles nebensächlich.

Der Kommissar aus Stade fragte: »Sagen Sie, Frau Dobruck, hat Ihr Mann irgendwo eine Werkstatt?«

Sie schüttelte den Kopf. »Nein, so was hat er nicht. Nur den Schuppen. Da bewahrt er seine Werkzeuge auf. Hammer und Kneifzange und diese Dinge. Und den Besen zum Schneefegen.«

Der Schuppen war abgeschlossen.

»Haben Sie den Schlüssel für dieses Vorhängeschloss?«

Frau Dobruck schüttelte den Kopf.

Die Polizisten brachen die Tür auf. Pagels fragte sich, was sie hier eigentlich taten. Keiner von ihnen war ein Sprengstoffexperte. Wenn hier wirklich TNT herumlag, würden sie es gar nicht finden. Außer vielleicht, es lag in einer Schachtel, auf der *TNT* stand. Oder vielleicht *Sprengstoff, Finger weg!* Aber so etwas gab es hier nicht.

In der Werkstatt entdeckten die Polizisten Kabel, Batterien und leere Patronenhülsen. In einer kleinen, robusten Holzkiste lagen Putzlappen, und darunter fand sich eine schwärzliche Masse, zum Teil zu Klumpen verbacken. Die Kiste war olivgrün gestrichen. »Das sollen sich unsere Experten ansehen«, sagte Pagels.

Verschiedene Bretter und Balken lehnten an der Wand. Einer der Balken sah aus wie das Holz, das Roy Clark bei seinem Anschlag auf das Bahngleis bei Bederkesa verwendet hatte. Daneben stand eine kräftige Tellerwinde. Die blaue Farbe war zum Teil abgeblättert. Spuren von blauer Farbe waren in Bederkesa gefunden worden.

Der Schuppen wurde provisorisch wieder verschlossen, die Tür versiegelt. »Hier darf nichts angefasst oder verändert werden, bevor unsere Experten das alles genau untersucht haben«, sagte Hauptkommissar Wehmüller.

Frau Dobruck nickte. Der amüsierte Gesichtsausdruck war gewichen.

In der Küche saßen noch immer die Kinder in der Ecke, verängstigt und missbilligend.

Pagels fragte: »Frau Dobruck, darf ich mal Ihr Telefon benutzen?«

»Bitte.«

Pagels rief bei Roeder an. »Wir haben ihn«, sagte er. »Wir haben ihn geschnappt.«

Er hatte eigentlich nur Roeder ins Bild setzen wollen, aber im Hintergrund hörte er jetzt Beifall und irgendjemand rief: »Bravo!« Dann Roeders Stimme: »Das ist großartig, Mensch, das ist ganz großartig. Das musst du uns nachher genau erzählen. Wir stellen schon mal 'ne Flasche Sekt kalt!«

»Bis später dann«, murmelte Pagels. Nach Feiern war ihm nicht zumute. Im Gegenteil. Er fühlte sich beschissen. Er legte den Hörer auf.

Frau Dobruck sah ihn an. »Das war jetzt ein Ferngespräch, oder?«

Pagels nickte. Er zückte sein Portemonnaie und legte fünf Mark neben das Telefon.

Alexander Dobruck wurde um 18:30 Uhr auf seiner Arbeitsstelle in einer Spedition in Cuxhaven festgenommen. Er leistete keinen Widerstand.

Nachwort

Dieses Buch ist ein Roman. Die Ermittler und andere Personen sind frei erfunden. Die Jagd auf den Bundesbahn-Attentäter, der sich Roy Clark genannt hat, ist ungefähr so verlaufen, wie ich es dargestellt habe. Auch die Banküberfälle der so genannten Banklady und ihres Partners, die zeitgleich mit der Serie von Anschlägen auf die Bundesbahn stattgefunden haben, haben sich ungefähr so abgespielt, wie ich es beschrieben habe. Eine entscheidende Grundlage bilden dafür die Zeitungsartikel im Hamburger Abendblatt. Die Berichte über den Vietnamkrieg beziehen sich auf das Jahr 1967. Das Foto des von Napalm schwer verletzten neunjährigen Mädchens Kim Phúc, das durch die Weltpresse ging, ist erst im Jahre 1972 entstanden. Napalm wurde schon viel länger eingesetzt. Die Quelle für den in meinem Buch geschilderten Vorfall ist ein Bericht des kanadischen Journalisten I. Adams. Die Informationen über Herrn Langemann stützen sich auf CIA-RDP90-00552R000303480003-2. Lars Metzger danke ich für wichtige Informationen bezüglich der Glaubwürdigkeit bestimmter Angaben des Bundesbahn-Erpressers über seinen Indochina-Einsatz. Janina Sroka vom Archiv der Museumsbahn Bremerhaven-Bederkesa hat freundlicherweise einen Irrtum in der ursprünglichen Berichterstattung über den Anschlag von Bederkesa aufgeklärt. Ich danke dem Polizeimuseum Hamburg für die freundlichen Auskünfte bezüglich der damaligen technischen Möglichkeiten im Funkverkehr.

Einige ausgewählte Quellen:

ABC News (1967): *This is Saigon.*

Adams, I. (1968): *How we win their hearts and minds.* Maclean's, February 1968, S. 14 ff.

Helfgen, H. (1954): *Ich radle um die Welt*, 2. Band. Gütersloh, Sigbert Mohn Verlag. 400 S.

Stader Tageblatt 22.12.1967: *Roy Clark gefaßt!* und 23.12.2017: *Als Roy Clark die Eisenbahn erpresste.*

Hawkins, J. & Hawkins, W. (1958): *The Midtown Bomber.* The Saturday Evening Post Nov/Dec. – Das Ende der Geschichte ist außerdem unter dem Titel *Panic* in Argosy, Band 24 veröffentlicht worden. Das waren Sammlungen von Kurzkrimis, die damals bei Fleetway erschienen sind.

Hawkins, J. & Hawkins, W. (1973): *Teufel am Telefon.* München, Goldmann. 126 S.

Kühn, C. (2013): *Die Banklady*. Köln, KiWi. 243 S.

Michels, E. (2017): *Schahbesuch 1967*. Berlin, Ch. Links Verlag. 355 S.

Schaeffer, M.P. (1969): *Zwei Küsse zu wenig*. In: *Die Todesparty*. München, Lichtenberg. S. 175-252. Vorabdruck ab 3. Dezember 1967 in der Neuen Revue.

Timm, U. (2005): *Der Freund und der Fremde*. Köln, Kiepenheuer & Witsch. 173 S.